L'ÉTOILE
DU
BOUVIER

YVES VIOLLIER

L'étoile du Bouvier

LES SAISONS DE VENDÉE

* *

FRANCE LOISIRS
123, boulevard de Grenelle, Paris

Une édition du Club France Loisirs, Paris,
réalisée avec l'autorisation des Éditions Robert Laffont.

ISBN : 2-7441-2016-2

À Emmanuelle et Aurélie

Si tu veux tracer ton sillon bien droit,
accroche ta charrue à une étoile.

Proverbe berbère.

Si vous passez par la vallée de la Vie, vous ne pourrez pas manquer la haute silhouette grise chapeautée de noir du château des Établières, à flanc de coteau. Si c'est avril, vous le verrez dans l'éclatement des fleurs de son verger en pente douce vers la rivière. En juin, vous l'aurez parmi les claironnantes digitales de la Fête-Dieu. Plus tard, le parfum sucré des fruits vous affolera comme les guêpes.

Les Tireau y sont installés depuis la Révolution. Ils gardent avec un soin jaloux cette enclave républicaine en pays chouan. Élie et Marthe Girard habitent à côté les bâtiments aux toits rouges de la ferme. Ils y usent leurs forces pour faire le bonheur de celui qu'ils aiment comme leur fils, Augustin Vernageau.

Augustin, l'orphelin, a été élevé tout près, par-delà la gîte de châtaigniers sur la crête, au village de Mortevieille. Son arrière-grand-mère Athanaïse y a vu les soldats bleus brûler et tuer, cachée dans un noyer qui nourrit encore les gens du village de ses cerneaux. Athanaïse est la figure légendaire de la famille.

La Vie rejoint les Moutiers-sur-Vie, chef-lieu du canton juché sur son promontoire, quatre kilomètres plus loin. Le maire, comte des Fontenelles, y est aussi député. Il règne sans partage sur la région. Les solides maisons des commerçants s'alignent autour de la place du village, gardée par deux églises, l'ancienne toute noire comme une petite vieille blottie contre la nouvelle en granit clair, à la longue flèche de dentelle orgueilleuse. La gare du train omnibus à voie étroite est signalée par un platane, le nom des Moutiers imprimé dans un cartouche bleu.

La Vie, grossie par le Ruth, hésite au sortir des Moutiers. Elle se heurte à un chaos de rochers et oblique soudain plein sud, direction La Genétouze, la commune voisine. Un chemin creusé d'ornières la suit, la perd, gardé par des talus parfois plus hauts qu'un homme. Elle débouche à mi-distance des Moutiers et de La Genétouze dans la large vallée de la Planche du Gravier. Elle s'y étale, glisse toute lisse. Le ciel s'y regarde. Le domaine de la Trézanne est là.

D'en bas, on n'en voit rien, sinon le chemin qui monte entre les haies de prunelliers et d'aubépines. Le logis de la Trézanne règne sur le plateau, trapu, cubique, fier de ses ardoises, les bâtiments de l'ancienne métairie acagnardés contre lui. Un soir d'euphorie, le vieux Martineau, son constructeur, a prétendu que les miroitements des ardoises du logis neuf éteignaient la lumière des étoiles. Mais c'est connu, les empires humains finissent en poussière. Rien ne va plus chez les Martineau. La fille unique du dernier des Martineau, Benoîte, est née mal formée. Après avoir fréquenté Élise, la nièce du républicain Tireau, Augustin Vernageau, l'orphelin, le bâtard, a contracté un mariage blanc avec la pauvre Benoîte et est devenu l'héritier de la Trézanne. Il est un paysan hors pair, et a appris l'amour des animaux auprès d'Élie Girard et du marchand de bêtes Douillard.

Mais l'eau court dans le lit de la Vie — béni soit l'homme qui a ainsi baptisé la rivière ! Benoîte est morte le 1er août 1914, jour de la déclaration de la guerre. Le soldat de liaison Augustin Vernageau a été grièvement blessé dans les tranchées d'Asnais. Marthe Girard et Élise Tireau, la petite fille qui jouait avec lui dans le verger des Établières, l'ont trouvé presque mort quand elles lui ont rendu visite à l'hôpital de Marly-le-Roi, en 1916.

Première partie

L'anneau de chair

1.

Les yeux de verre des grands oiseaux de nuit dans la vitrine considéraient Élise avec indifférence. Elle se rhabillait. Le cabinet retentissait à côté des bruits de bassine et d'eau de M. Héliodore Duval. Le vieux médecin avait débarrassé sa méridienne d'un empilement de planches de botanique, et prié Élise de s'y étendre. Il ne pratiquait plus la médecine depuis vingt ans. Les dix-huit fermes de son domaine de Bellenoue lui suffisaient pour vivre et se consacrer à ses activités de naturaliste et d'entomologiste.

Élise avait découvert le vieux misanthrope à l'occasion d'une visite au château avec ses écoliers. Héliodore Duval avait accompagné les enfants à petits pas à travers les neuf salles de ses collections. Il souffrait d'une attaque de goutte, mais leurs questions naïves l'avaient réjoui, et il leur avait répondu avec bonhomie, les poils gris de sa moustache mal taillée lui entrant dans la bouche. C'est pourquoi elle avait décidé de le consulter.

Elle se pencha pour examiner une série de boîtes de Noctuidae, en agrafant la ceinture de sa robe dans son dos. Les papillons de nuit aux ailes bleutées reposaient sur un fond rose lilas. Le vieux savant entra en s'essuyant les mains. Il commenta, le souffle mouillé de postillons :

— J'ai capturé cette variété singulière de Pandora en 1911, dans le bois de l'étang de Bellenoue. Je l'ai appelée Lilicina.

Il se laissa aller dans son fauteuil de bureau, essuya son large front chauve avec la serviette, examina Élise de ses petits yeux de myope cernés de lourdes poches :

— Qu'est-ce que vous allez faire, mademoiselle ? Les parents de vos élèves risquent de ne pas accepter une directrice d'école enceinte sans mari.

Élise acheva de nouer la cordelière de son chapeau :

— Il n'y aura pas de scandale. Je suis venue chez vous par crainte des indiscrétions. Il faudra au moins trois mois avant les premières manifestations visibles.

Le vieil homme, impressionné par le regard clair de sa visiteuse, déplaça la serviette de toilette sur son bureau. Il releva les paupières et, souriant de ce doux sourire qui avait plu à Élise :

— Je n'apprendrai pas le calcul à une institutrice...

Ses prunelles ardentes et grises la fixèrent. Élise pensa qu'elles devaient briller ainsi lorsqu'elles chassaient les Pandora à la lanterne la nuit. M. Héliodore Duval était resté célibataire. Les insectes et les oiseaux avaient été la passion de sa vie. Il demanda :

— Souffrez-vous de quelques dérèglements ?

— J'ai été malade le matin pendant deux semaines. Maintenant j'ai l'impression de n'avoir jamais été aussi jeune. J'ai faim, soif, envie de courir...

— Quel âge avez-vous ?

Une ombre glissa sur le visage d'Élise :

— Je suis vieille... j'ai trente-neuf ans.

— Tttt ! Tttt ! fit-il, les poils de sa moustache bougèrent devant sa bouche. Bâtie comme vous l'êtes, vous êtes au faîte de votre capacité.

— Je suis vieille pour avoir un premier enfant.

Il agita son crâne pointu d'oiseau déplumé :

— Cela dépend des natures.

Elle offrit de le payer.

— Vous voulez me fâcher !

Ils se serrèrent la main. Élise retrouva la fraîcheur des

doigts lisses qui lui avaient palpé le corps. Il l'accompagna jusqu'au perroquet du couloir en appelant sa servante Alice. La grosse femme aida Élise à s'envelopper dans sa longue pèlerine bleue. Un courant d'air glacé entra par la porte ouverte du vestibule.

— Vous ne voulez vraiment pas que je demande d'atteler, mademoiselle ?

Élise secoua la tête. Le château de Bellenoue était à quatre kilomètres de La Chaize. Elle avait le temps de rentrer avant la nuit.

Le ciel était d'un gris étrange, très pâle autour du disque du soleil, couleur de plomb ailleurs dans les accumulations de nuées menaçantes. Et tout cela bougeait très vite, bousculé par des rafales tourbillonnantes. Élise se heurta au vent sitôt sortie de l'abri des lauriers de la cour. Elle retint le bord de sa capuche et s'enfonça, tête baissée, sous la voûte des chênes de l'allée. La terre dure du chemin était soulevée par des cristaux de glace, les fondrières figées. Les troncs des arbres craquaient.

Le vent tirebouchonna ses cotillons contre ses jambes au sortir de l'allée. Il la battit de gifles pleines de piquants comme des éclats de verre. Mais il se mit à la pousser en soufflant de côté après qu'elle eut obliqué. Elle eut l'impression de voler.

Elle était heureuse de marcher malgré cette rage de l'hiver. Sa poitrine lui semblait trop petite pour contenir son cœur. Elle s'était refusée jusque-là à se réjouir, par crainte d'une déception, la désolation de l'époque n'inclinant pas à l'optimisme. Elle n'avait parlé à personne de ses premières nausées. Elle ne les avait pas même évoquées dans ses lettres à Augustin. Elle avait attendu patiemment le verdict de M. Duval :

— Il n'y a pas de doute, mademoiselle, vous êtes grosse.

Grosse ? Elle avait souri. La route, toute droite, était vide. Un chien jaune parut cependant à une barrière.

Il attendit Élise, s'approcha de ses cotillons, et s'en fut, silencieux comme il était venu, sur le chemin du logis de Saint-Mars. Des gouttes se mirent à tomber, rares, crépitantes.

— Il tombe de la glace, murmura Élise, et elle fut ravie.

Elle était allée retrouver Augustin à la Toussaint. Cette décision lui était venue sur un coup de tête à la lecture d'une de ses lettres pleine de phrases tristes. Il était en convalescence à l'hôpital de Biarritz et se remettait mal. La cicatrice de son bras coupé suppurait, et un coup de froid dans les couloirs de l'hôpital lui avait valu une bronchite. Elle avait frappé à la porte du maire de La Chaize, et lui avait demandé la permission exceptionnelle d'ajouter deux jours de vacances au lundi des morts malheureusement à l'honneur en cet automne 1916.

Elle avait sauté dans le train, le samedi soir, avait roulé toute la nuit, et était descendue sur les pavés mouillés de la gare la Négresse à Biarritz, le matin. Le vent salé agitait les pins de l'avenue de la mer où étaient alignés les taxis. Elle s'était fait conduire aussitôt à l'hôpital sur le rocher. Augustin jouait aux dames en pyjama avec un soldat au crâne bandé dans une salle noire de fumée de tabac. Elle avait porté la main à sa poitrine pour contenir les battements de son cœur. Elle lui avait crié en l'embrassant :

— Je t'emmène. J'ai une chambre à l'hôtel. On va s'y reposer. Tu n'auras pas froid.

Et elle l'avait enlevé. Elle avait lancé en montant dans le taxi avec Augustin :

— Au Carlton !

Elle avait aperçu l'énorme enseigne du grand hôtel à sa sortie de la gare. Son nom lui était venu aux lèvres avant qu'elle ait eu le temps d'y penser. Elle s'était aussitôt mordu la langue : l'hôtel des princes et des célébrités d'avant-guerre allait coûter une fortune. Peu importe. Ses économies étaient dans son sac.

Élise avait pris le bras d'Augustin en capote et calot de deuxième classe sous les yeux méfiants du chasseur et l'avait conduit d'une main ferme vers le tapis rouge et les colonnes de marbre de l'entrée. On lui avait donné une clé à plaque de cuivre percée d'un numéro. Le porteur les avait accompagnés avec la valise d'Élise. Augustin avait murmuré :

— Qu'est-ce qu'il fait à l'arrière, ce parasite, pendant que les autres se font trouer sur le front ?

Élise l'avait serré contre elle :

— Augustin, laisse la guerre dehors, cette fois !

Trois mois après, Élise était encore remuée par leurs premiers instants de solitude. Augustin demeurait immobile au milieu de la chambre au parquet sombre. Il la regardait à peine, intimidé peut-être par le luxe de la chambre, le grand lit d'acajou, les fauteuils, le citronnier dans une caisse sur le balcon. Augustin sentait l'hôpital et le tabac refroidi. Elle avait éclaté de rire et une frénésie d'action l'avait prise. Elle lui avait enlevé son calot :

— Tu ne vas pas garder cet horrible uniforme !

Les fermetures de sa valise avaient claqué :

— Regarde... Je t'ai acheté un pantalon, une veste, une chemise. Je ne sais pas s'ils seront à ta taille.

Augustin continuait d'être ailleurs. Il s'était assis sur une chaise et la regardait s'agiter. L'éclat violet de ses yeux la brûlait. Elle avait insisté :

— Enlève ton manteau !

Elle avait, elle-même, envoyé promener ses souliers sur la descente de lit, et avait marché nu-pieds jusqu'à la salle de bains.

— Si on commençait d'abord par prendre un bain bien chaud ?

D'où tenait-elle soudain autant d'audace et d'énergie ? Elle s'était agenouillée devant Augustin, avait délacé ses lourds godillots. La main d'Augustin s'était posée sur ses cheveux, avait caressé, hésitante. Elle avait relevé la tête, ils s'étaient regardés. Elle avait pris cette main, et l'avait tiré vers la salle de bains. L'eau coulait des robinets dorés. Elle lui avait enlevé sa veste, sa chemise, lui avait demandé :

— Est-ce que nous enlevons le pansement ?

Il avait hoché la tête. Elle avait décollé doucement le tampon d'ouate enveloppant le moignon du bras coupé entre le coude et l'épaule. Augustin avait murmuré devant l'épissure de la cicatrice dans la glace :

— On dirait un saucisson à la ficelle.

Le milieu de la plaie suintait en effet de la lymphe. Augustin était effrayant de maigreur. Comment cette force de la nature pouvait-elle avoir été à ce point vidée de sa substance ? Elle s'était blottie contre cette poitrine creuse. Elle avait caressé les chairs boursouflées par les cicatrices de la blessure, avait défait le bouton de ceinture. La lumière tombait du vitrail de la verrière au plafond, moussant dans les chatoiements de la vapeur.

Élise avait pris la grosse éponge et elle avait frotté doucement, émue jusqu'aux larmes.

— Tu es guéri, mon amour, lui avait-elle dit tendrement comme si elle s'adressait à un enfant.

Le parfum de rose de la savonnette lui enlevait l'odeur de la guerre et de l'hôpital. Elle avait embrassé son épaule, son cou, sa moustache, avait frotté partout sans pudeur, jusqu'à la fourche de ses jambes. Elle s'en était amusée comme d'un chaton. Elle l'avait agacé, et il avait regimbé. Alors elle l'avait rejoint dans l'eau, dans la baignoire.

Ils s'étaient précipités vers le lit, encore mouillés. Et elle avait fait glisser sur lui son anneau de chair.

— Qui aurait cru que nous finirions pas nous retrouver à Biarritz, vingt ans après ?

Il avait répondu :

— Je suis trop... je suis trop content...

Et puis :

— Tu sens la vanille.

D'où connaissait-il la vanille ? Elle s'était souvenue des bâtons de vanille dans la crème anglaise avec les îles flottantes. Il avait pris une poignée de ses cheveux et les avait respirés, les yeux fermés. Il avait bougé les pieds sous le drap :

— Regarde...

Il lui avait montré le rayon de soleil entré par la fenêtre et couché sur leur lit :

— Nous oublierons le lustre et les tapis, mais nous nous rappellerons ce soleil couché avec nous, et le bruit de la mer qui est la voix du monde.

Elle avait frissonné de bonheur en sentant la chaleur du soleil à travers le drap.

Ils étaient sortis. Le pantalon était un peu trop long pour lui. Elle en avait retourné le bas. Ils avaient pris place à une table. Elle avait commandé de la viande et l'avait obligé à tout manger. Il avait le teint gris, les joues creuses. Il avait été secoué par une quinte de toux. Elle avait ri en voyant les moustaches noires d'Augustin poudrées de sucre de leur viennoiserie.

Ils avaient marché sur l'esplanade du casino. La plupart des promeneurs étaient des soldats. Le soleil saignait sur la mer. Ils étaient rentrés. Sa soie humide et chaude avait encore étreint sa chair. Ils avaient passé la journée du lendemain ensemble. Elle lui avait dit en l'accompagnant sur le gravier du parc de l'hôpital :

— Maintenant tu vas être obligé de guérir vite. Je ne vais plus pouvoir me passer de toi.

Il lui avait pressé les doigts à la faire crier :

— Moi non plus.

Du menton il avait désigné son moignon :

— Je ne te promets pas d'être là à la Noël, mais je le serai sûrement à Pâques.

Il avait tenu sa promesse. On était le 25 janvier. Elle avait reçu sa lettre, ce matin, lui annonçant son retour pour le dimanche 28. C'est pourquoi elle s'était précipitée chez M. Duval, afin d'obtenir confirmation de ce qu'elle savait déjà.

La pluie tombait dans un silence spectral. Le soleil avait disparu, avalé par la noirceur crépusculaire à quatre heures de l'après-midi. Le vent avait baissé, et chaque goutte en se posant se figeait dans une immobilité de verre. La route luisait comme un miroir. Élise marchait dans l'herbe du bas-côté par crainte de tomber. Le froid pénétrait ses bottines à lacets. Un char à bancs sortit de l'allée du château de Gouyette à l'entrée du bourg de La Chaize. Son conducteur, le grand-père d'une élève d'Élise, parut ne découvrir le verglas de la route qu'au dernier moment. Il tira les guides. Le cheval se cabra. Et tout l'équipage se mit à glisser lentement. Ils passèrent ainsi devant Élise, le paysan congestionné cramponné à la barre de sa carriole. Elle les regarda la frôler comme si elle se tenait derrière la rambarde d'une salle de patinage. Elle se sentait invulnérable, ce jour-là.

Le char à bancs tangua au bord du fossé profond, hésita, se rétablit par le miracle d'une saignée d'écoulement. Le cheval se remit en ligne et s'arrêta sur l'herbe, les reins parcourus de longs tremblements. Après un moment de stupeur, le paysan se précipita sur le frein, tourna la manivelle, s'adressa au cheval :

— C'est bon, mon Pierrot ! Il n'y a pas de mal.

Son rire roula comme des pierres dans sa gorge :

— Vous avez vu ça, mademoiselle, on a eu chaud !

Il parla de nouveau au cheval :

— Allez, mon vieux Pierrot, on va redémarrer maintenant, tout doucement...

Il relâcha le frein d'un demi-tour. La voiture descendit

lentement vers le milieu du bourg. Élise, figée, immobile, sentait maintenant ses jambes trembler. Il fallait être folle pour ne pas avoir eu peur, du moins pour le secret caché au creux de sa chair. Marthe, perspicace, avait lu son bonheur sur son visage à son retour de Biarritz, et l'avait prévenue :

— Méfie-toi, à ton âge, c'est pire que plus jeune !

— Quoi, à mon âge ?

Marthe avait prononcé avec gourmandise :

— Le démon de midi !

Élise s'était sentie rougir :

— Quel démon ? Qu'est-ce que vous en savez ?

Marthe avait pris la main d'Élise :

— Tu as entendu raconter nos diableries, à Élie et à moi. On avait votre âge, ma fille. Toute la commune parlait de nos comédies...

Élise murmura :

— Je suis folle amoureuse !

Elle se remit en marche prudemment. La route luisait comme un miroir.

2.

Le soleil orange se leva le lendemain dans un ciel comme une eau de source. L'étau du froid s'était resserré pendant la nuit. Le thermomètre d'Armand Piveteau indiquait moins douze sur le mur de sa forge. Des pendeloques de glace aux branches se heurtaient avec une musique de cristal. Les talus, au bord des chemins, étaient tapissés de ces débris de verre tombés des arbres.

Quatre enfants du bourg, seulement, prirent le chemin de l'école. Élise les renvoya après avoir attendu leurs camarades. Ils avaient organisé une longue glissade à travers la cour. Ils s'élançaient sous le préau, glissaient à partir du dernier poteau, le buste incliné, la musette sur le dos, l'écharpe dans le vent. Il arrivait qu'un second patineur vienne heurter le premier, alors les cris s'élevaient dans l'air sonore. Puis le martèlement des sabots reprenait, et leur bruit de racloir. Élise avait écrit la date du jour au tableau, et ces deux vers de Victor Hugo, en dessous :

Ceux qui pieusement sont morts pour la patrie
Ont droit qu'à leur cercueil la foule vienne et prie.

Elle enfila ses bottines, et descendit au bourg. Un rassemblement près des murailles du vieux château lui apprit l'accident de la mère Braconnier. La bonne femme avait été emportée dans la descente par sa brouette de laveuse et était venue se heurter contre le mur. Des hommes avaient transporté la malheureuse chez le docteur Delangue. Sa jambe était cassée sans aucun doute. La brouette de l'accidentée était encore là. Une grande fille arriva, le nez rougi, les cheveux en buée jaune hors d'une écharpe de laine. C'était Louisette, l'aînée de la Braconnier. Elle rééquilibra le garde-genoux, le battoir, sur le paquet de linge. Les gens s'approchèrent avec des dandinements prudents à cause du verglas :

— Tu as vu ta mère ? Comment va-t-elle ?

Louisette haussa les épaules :

— Elle crie.

La roue cerclée de fer glissait sur la glace et partait en travers. Louisette tomba à genoux, les larmes aux yeux.

— À qui est ce linge que ta mère s'en allait laver ?

— À Chauveau, le notaire.

— Laisse-le là. Le notaire ne manque pas de chemises et de culottes.

Le vent coupait dans la venelle. Un quartier de lune restait accroché au ciel. Élise suivit un journalier la tête sous un passe-montagne à pompon. La fumée blanche de son haleine avait formé un rond de givre.

Devant le café de la veuve Petitgars on commentait l'accident du marchand de bêtes Mignon survenu sur la route de la Limouzinière. La voiture avait basculé dans un contrebas. Le cheval s'était brisé les reins. On ne savait pas si le marchand était vivant.

— Et encore, on n'a pas à se plaindre, nous autres ! déclara un vieux mangé de barbe blanche jusqu'au pourtour des yeux. Là-haut, dans leurs cagnas, ils font chauffer le vin dans leurs bidons pour le dégeler !

La température resta sous zéro pendant toute la journée, et plongea de nouveau pendant la nuit. Il fallait remonter, disait-on, à l'hiver 1894 pour trouver des températures aussi basses. Le verglas ne fondit pas le lendemain. Élise s'inquiéta. Comment irait-elle accueillir Augustin à la gare de La Roche le dimanche, en supposant que le froid n'empêche pas les trains de rouler ?

Elle se précipita à la fenêtre le dimanche matin, en entendant les gouttières chanter. La route mouillée avait perdu sa glace. Elle s'offrit à accompagner le docteur Delangue à La Roche pour conduire la pauvre Braconnier à l'hôpital. L'accidentée souffrait le martyre à cause de ses fractures, et l'opération devenait urgente. Ils l'allongèrent dans le coupé Brasier du docteur, et Élise s'installa auprès d'elle pour en prendre soin. Le docteur, gonflé par sa pelisse de peau de mouton, la tête dans un casque de cuir doublé de laine, se glissa derrière le volant.

— Recouvre ta tête, tu vas prendre froid ! dit-il au mari de la Braconnier, un cantonnier à la figure noire piqué au garde-à-vous sur le trottoir, la casquette entre les doigts. Ne t'inquiète pas, on te la ramènera en bon état !

D'un signe de tête, il indiqua à son domestique de lancer le moteur à la manivelle. Des soubresauts de coléoptère agitèrent le véhicule haut perché sur des roues de bois. Le docteur était le seul propriétaire d'automobile de la commune. Il avait demandé l'élargissement du passage à niveau au conseil municipal qui avait répondu : « Vous êtes le seul à posséder une automobile à La Chaize. Comme il est probable qu'il n'y en aura jamais d'autre, le conseil ne voit pas pourquoi il modifierait la largeur du passage, et vous conseille la prudence. » Le moteur toussa, le pot d'échappement lâcha un pet et la machine ronronna avec une tranquille régularité. La Brasier s'ébranla. La femme Braconnier gémit et agrippa ses lourdes mains de laveuse au bras d'Élise.

La pauvre femme n'était pas habituée à se plaindre. La

sueur perlait à grosses gouttes sur ses tempes. Elle resta cramponnée à Élise pendant tout le voyage. Plusieurs fois, la douleur la cambra. Élise pensa à la bizarrerie du destin. Car, malgré sa compassion pour les souffrances de la laveuse, elle se réjouissait de chaque tour de roue qui la rapprochait d'Augustin.

Elle descendit de voiture devant le portail de l'hôpital napoléonien, et s'empressa en direction de la gare. Le ciel devenait bizarre. Elle s'adressa à un homme coiffé de la casquette des Chemins de fer de l'Ouest qui lui répondit :

— Un train de Bordeaux ? On ne sait pas. On prend ce qui vient. Priorité aux convois militaires.

Elle apprit un peu plus tard qu'un train avait déraillé la veille dans le marais de Luçon à cause du verglas. La venue d'un train du sud était donc peu probable. Elle acheta tout de même un ticket de quai et s'assit sur un banc sous la marquise. Le médecin lui avait donné rendez-vous pour le retour à cinq heures.

Une vieille en longs cotillons noirs vint s'asseoir auprès d'elle en boitant. Elle ouvrit le couvercle de son grand panier noir et en sortit un œuf et un quignon de pain.

— J'attends depuis deux ans, dit-elle poussant une bouchée avec son couteau. Je viens manger là, souvent. Je n'habite pas loin. Je suis sur le boulevard des marchandises...

Elle coupait une lamelle d'œuf, la posait sur une bouchée de pain, et enfournait.

— ... Constant était dans l'artillerie. Il m'a écrit de belles lettres, où il m'a dessiné les Vosges. Je n'ai plus eu de nouvelles à partir de janvier 1915. On m'a averti qu'il était porté disparu.

Le vent était glacial. Élise battait des semelles pour faire circuler le sang. La femme sortit une bouteille, une timbale de baptême en argent terni, l'offrit à Élise, qui refusa. Elle versa et, les yeux égarés dans la perspective des rails :

— À chaque fois que j'entends le sifflet d'un train, mon cœur saute. J'imagine que c'est peut-être celui-là qui ramène mon Constant. Vous n'imaginez pas le nombre de coups de sifflet donnés jour et nuit dans une gare.

Elle se leva en grimaçant, secoua ses cotillons pour en chasser les miettes.

— Je parle, mais le travail m'attend.

Élise remarqua alors seulement les premiers flocons de neige. Ils glissaient paresseusement, scintillaient sur les dalles de la marquise et le ballast, fondaient. Le ciel s'était assombri. Elle frissonna. La neige prenait la suite du verglas. Elle se leva et marcha sur le quai pour se réchauffer. Une fine poudrerie tenait sur la toiture du sémaphore. Elle se réfugia dans la salle d'attente, se recroquevilla dans sa pèlerine bleue, les mains blotties dans son giron.

Elle ressortit. Quelques flocons déboussolés tournaient sous la verrière. On n'y voyait plus au-delà de l'abri de la marquise. Un sifflet retentit. Un grondement sourd ébranla le quai, et le train de Nantes surgit, l'avant blanchi par un masque de neige. Un autre train arriva presque en même temps, dans l'autre sens. Élise le devina à travers les vitres du train de Nantes.

Elle se précipita, transportée par un fol espoir, heurta un officier d'infanterie, le buste gonflé d'importance, et ne s'excusa pas. Elle scruta entre deux voitures, le regard brillant, s'efforçant de distinguer l'autre train à travers les flots de vapeur rabattus par le froid. Elle était furieuse contre elle de se trouver au bord de la mauvaise voie. D'impératifs coups de sifflet montèrent. Le sol fut encore secoué et, le train de Nantes désespérément immobile, Élise vit défiler les voitures du train du sud. Elle s'aperçut alors qu'il s'agissait des lourds wagons d'un convoi de marchandises.

Elle n'avait plus d'espoir. Elle pensait à sa descente vers l'automobile du docteur sous la neige. Les flocons étaient devenus plus épais. La couche atteignait deux ou trois centimètres. Deux gamins adossés à une charrette à bras chargée d'un monticule de valises regardaient tomber la neige avec des yeux d'enfants éblouis, la tête coiffée d'une officielle casquette de la compagnie. Le plus grand poussa un cri, s'élança, s'accroupit, et lança une boule qui roula sous la charrette.

Une silhouette parut derrière lui, poudrée de neige. Le cœur d'Élise sauta. Elle joignit les mains. Ces grandes enjambées de paysan lui étaient familières, et la manche gauche de capote vide. Elle hésita encore un peu. Puis elle s'élança :

— Augustin !

Elle se serra contre lui, de tout son corps, heureuse, si heureuse ! Elle éclata de rire, en brossant les moustaches blanches de flocons. Elle frotta ses joues contre les joues mouillées, les embrassa.

— Je le savais, dit-elle, que tu viendrais quand même !

Les deux gamins, cessant de jouer, les observaient avec curiosité, et cherchaient dans la neige les traces de ce voyageur surgi de nulle part. Les mains d'Élise palpèrent les flancs d'Augustin. Il était mieux. Il avait repris un peu de couleur, et des joues.

— C'est toi qui m'as guéri..., lui chuchota-t-il.

Ils ne se lâchaient pas des yeux, les prunelles jaunes contre les prunelles bleues. Elle cambra les reins contre lui :

— Merci, mon Dieu !

Ces effusions auraient paru scandaleuses quelques années plus tôt. Mais ces quais avaient été les témoins de tant de déchirantes séparations depuis trois ans. La manche vide du soldat imposait le respect. Le chef de gare était sorti de son bureau, il parlait à un mécanicien en bourgeron le nez levé vers la pendule, et se grattait le crâne sous sa casquette. Élise enlaça le dos d'Augustin, et ils marchèrent ainsi, elle blottie contre son flanc infirme, son rire heureux découvrant ses dents blanches.

Ils sortirent sur la place sans se soucier de la neige. Augustin lui dit tout de même :

— Mets ta capuche !

Elle se tortilla pour glisser le drap de Verdun sur sa tête sans enlever son bras de la taille d'Augustin. L'averse était toujours aussi violente, et les arbres et la place de la gare étaient ensevelis.

— Comment as-tu fait ? Tu étais dans ce train de marchandises ?

Il lui expliqua qu'il avait été bloqué à La Rochelle, à cause du déraillement de Luçon. Plus aucun transport de voyageurs n'était assuré avant le lendemain. Des femmes cheminots lui avaient appris le passage de ce convoi prioritaire du service des armées. Une grande fille rousse à la figure grainée de son l'avait poussé dans un wagon rempli par les corderies de Rochefort :

— Bon voyage, soldat !

Ils parlaient fort. La neige étouffait leurs voix. Élise la gobait, suivant des yeux la chute entêtée des flocons. Ses pieds s'enfoncèrent jusqu'aux chevilles près de la bordure d'un trottoir. Elle resserra son bras chaud autour d'Augustin :

— Tu ne vas pas pouvoir rentrer ce soir aux Établières. Nous allons te loger à La Chaize.

Des enfants couraient sous la neige. Un petit râblé chargé d'une provision de boules criait d'une voix éraillée :

— Les artilleurs ! Les artilleurs !

Une troupe grouillait autour d'un colossal bonhomme de neige. Les doigts et les nez étaient rouges. Une fillette de six ou sept ans sautait à cloche-pied. Chaussée d'un seul sabot, elle levait un pied mouillé dans un gros bas de laine en appelant :

— Jérémie ! Jérémie !

Augustin et Élise s'arrêtèrent auprès d'elle. Une mousse de cheveux blonds pleins de flocons sortait de son châle de laine grise. Élise toucha la joue de la fillette. Elle sentit alors son enfant tressaillir en elle pour la première fois.

Le docteur Delangue tournait autour de la Brazier avec impatience. Il se contenta de répondre par un signe de tête à la présentation d'Augustin et dit à Élise :

— Brossez-vous et montez !

Il ajouta :

— Je laisse la Braconnier ici pour quelques jours, ça ira.

Il s'adressa à Augustin avec le même ton :

— Vous allez monter là. Vous appuierez sur la pédale d'accélérateur.

Il actionna la manivelle. Augustin pressa la pédale, et le moteur s'emballa.

— Doucement ! s'écria le docteur en s'installant auprès de lui. Vous torturez la mécanique !

Il glissa le pied à la place de celui d'Augustin. La Brazier roula sur la neige en creusant deux profondes ornières.

Ils arrivèrent à La Chaize à la nuit, après un voyage difficile, car la neige confondait la route et l'accotement. Le docteur offrit à Augustin de loger dans la chambre de son pavillon au fond de sa cour. La présence du soldat dans la maison de l'institutrice aurait provoqué un scandale. Le pavillon n'était constitué que d'une grande salle aux allures de grenier. Le docteur y organisait des repas de chasse avec ses amis. Les domestiques vinrent porter des draps pour le lit de fer au coin de la cheminée. Ils jetèrent un fagot de sarments dans le foyer, apportèrent de grosses bûches de chêne et d'orneau. Augustin chargea hardiment le feu. Les murs du pavillon étaient froids. La cheminée fuma d'abord. Et un peu de tiédeur commença de circuler.

Augustin sortit sur le seuil. Le ciel était rempli d'un infini d'étoiles. Quelques poussières de neige glissaient encore çà et là, venues on ne savait d'où. La lune à son premier quartier s'appuyait sur le toit de la maison du docteur. Une lueur sourde éclairait une lucarne de l'étage. Le froid était vif, et le silence immense. Il entendit un chuchotis sur la neige, et Élise fut soudain contre lui. Ils restèrent à contempler les tremblements d'étoiles. Augustin tendit le doigt :

— Tu la reconnais, celle-là ?

— Arcturus.

— Arcturus de la constellation du Bouvier. C'est toi qui m'as appris à la reconnaître, deux mains à gauche de la première étoile de la Grande Ourse, lorsque je venais te retrouver à l'école du Bourg-sous-la-Roche. Tu l'avais baptisée...

— L'étoile du Bouvier.

— Je la guettais dans les tranchées, et dans mon hôpital. Je me disais : je la vois, elle voit Élise. Mon grand-père appelait les étoiles « éloises », en patois. Entre éloise et Élise, il n'y a qu'un o.

Il resta silencieux, bouche ouverte, devant le ciel immense.

— Augustin ! l'interpella-t-elle. Augustin ! Où es-tu encore parti ?

Il la dévisagea, le front plissé, les yeux dilatés. Sa pomme d'Adam remonta le long de sa gorge :

— Je pensais à la guerre, articula-t-il. Le mal mène le monde.

Élise glissa un doigt vers la barbe d'Augustin.

— Oublie la guerre, Augustin. Je suis là, ce soir. Tu n'es pas encore tout à fait guéri. Viens, on rentre.

Les flammes du grand feu firent danser leurs ombres sur

les chevrons. Un rassemblement de nasses, de verveux, de filets pour la pêche et la chasse était accroché aux murs. Une buse aux ailes déployées, suspendue au plafond, les fixait de son œil de verre flamboyant des éclats de la cheminée. Elle rappela à Élise les oiseaux de M. Héliodore Duval. La valise d'Augustin était ouverte sur la table.

— Je vais te montrer mon trésor, dit-il.

Élise posa sa pèlerine sur le lit et revint entourer la taille d'Augustin. Il chercha dans sa valise, et en tira un petit porte-monnaie de cuir racorni, le fermoir à bouton rouillé :

— Le porte-monnaie de ma mère.

Il l'ouvrit, y poussa quelques pièces ternies.

— La fortune qu'elle m'a laissée en héritage... Et ça, tu le reconnais ?

Elle n'était pas sûre de ne pas se tromper. Elle tendit la main vers la boîte ronde en carton noir, illustrée d'une étiquette naïve, en reconnut le volume et le poids. Le cœur retourné, la gorge serrée, elle regarda Augustin avec une belle lumière blonde dans les yeux :

— Je ne savais pas que tu l'avais encore ! Tu ne m'en avais pas reparlé.

Elle sourit, la pointe de son nez bougea :

— J'aurais dû m'en douter, dit-elle. Tu ne perds jamais rien en route. Tu n'oublies rien...

Il articula :

— *The cat is in the hat...*

C'était leur formule magique lorsqu'ils jouaient enfants dans le verger du château sous le cerisier. Elle lui avait offert cette boîte de poudre d'or qu'il avait emportée à la guerre. Élise en fit tourner le couvercle. La boîte était encore pleine aux trois quarts comme le jour de son cadeau à Augustin, trente-cinq ans plus tôt, sous le prunier des Établières. Elle y posa son doigt qui s'enduisit de paillettes dorées. Elle voulut essuyer le coin humide de ses yeux et se barbouilla d'or.

— Augustin ! Augustin ! dit-elle en se blottissant contre lui.

— Quand je portais la main à cette boîte, là-bas, je me disais que le bonheur m'avait été donné et que je n'en avais pas voulu.

— Ne regrette pas le passé.

— J'ai appris à La Rochelle par un permissionnaire qu'une compagnie entière de Vendéens du 137e avait été enterrée vivante à Verdun.

— Tais-toi, dit-elle en lui fermant la bouche avec sa main. Je ne veux pas qu'il entende parler de la guerre.

Augustin sursauta :

— Qui ça ?

Elle souriait, la poussière d'or accrochée au duvet du bord de sa lèvre :

— J'ai consulté le médecin, dit-elle, la tête penchée. J'attends un enfant.

La rougeur lui saisit la gorge, lui remonta le menton, les joues. Augustin la perçait du regard. Elle devina sa question muette et, en souriant :

— De qui d'autre que toi veux-tu qu'il soit ?

— Pourquoi... tu... tu... ne me l'avais pas dit ?

Elle haussa les épaules :

— C'était encore trop tôt.

— Je croyais que nous étions devenus trop vieux pour avoir des enfants !

— Toi, peut-être, s'écria-t-elle, pas moi !

Elle s'appuya contre lui :

— Embrasse-moi !

Il l'embrassa du bout des lèvres comme s'il craignait de la toucher.

Elle le tira contre elle :

— Je suis toujours la même, Augustin, toujours la même. Je ne suis pas devenue un tabernacle !

— Élise ! gémit-il.

Le froid maintint son étau pendant quatre jours. La neige ne fondit pas. À midi, le même soleil défaillant tremblotait dans le ciel. La température restait voisine des huit à dix sous zéro. Tous les esprits étaient tournés vers les hommes, là-bas, dormant sous la neige dans les infernales terres du nord. Les femmes cousaient pour eux des vêtements chauds. Un patron de sous-vêtement molletonné circulait, réputé pour garantir du froid et protéger du choc des balles. Mais avec ce temps sibérien tout était arrêté : on ne pouvait pas expédier de paquet, aucun courrier n'arrivait. On attendait en s'occupant à tous les travaux possibles pour se distraire des idées noires.

Augustin resta dans le pavillon du docteur. Il circula pendant le jour avec Élise, et les gens de La Chaize découvrirent le fiancé de leur demoiselle directrice. Ils ne s'étonnèrent pas de la voir au bras d'un mutilé de guerre. Ils l'envièrent : « Celui-là, au moins, on ne lui prendra plus. Est-ce qu'il ne vaut pas mieux vivre avec un bras en moins, plutôt que de mourir à la guerre ? »

Élise dormit secrètement avec lui toutes les nuits. Le docteur remarqua bien les traces de pas dans la neige, mais ne dit rien. Il se contenta de suivre du regard leur couple amoureux avec un œil rêveur, en pinçant la peau de sa joue.

Augustin partit au dégel, le quatrième jour. Il ne tenait plus en place. Il arriva aux Établières à la nuit tombée. La neige continuait de fondre et des ruisseaux couraient dans les chemins. Élie, à table, le regarda entrer en souriant. La flamme de la lampe soulignait les creux des joues et les rides profondes du visage maigre hérissé de barbe grise. Il devina les pensées d'Augustin et se gratta le menton :

— Tu m'aurais dit que tu arrivais, je me serais rasé !

Marthe était accroupie devant la cheminée. Elle se retourna, se releva en criant :

— Mon petit gars !

Elle fonça sur Augustin, l'entoura de ses bras, lui couvrit les joues de baisers sonores. Elle se recula, soupçonneuse :

— Tu n'es pas venu chez nous d'abord ? Tu es passé par La Chaize ? Depuis quand es-tu arrivé ?

Augustin voulut s'excuser, s'embrouilla :

— J'ai été bloqué par la neige. Je suis là depuis dimanche. Je...

— Ne t'excuse pas, vilain ! (Et elle lui donna une tape sur la mâchoire.) On sait bien que tu la préfères à nous !

Il aimait cet amour vigoureux de Marthe, et le rire en coin d'Élie à la table. Il frotta encore sa joue contre la joue brûlante de Marthe aux cheveux gris mouillés de sueur sur les tempes. Il palpa avec tendresse l'épaule grasse, les bras ronds. Le sarrau de Marthe sentait une cuisine qui le fit saliver :

— Qu'est-ce que vous cuisinez ?

Il vit la galetière sur le trépied, le lit de braise.

— Je crois que j'arrive au bon moment !

— Tu peux le dire, gourmand ! s'exclama Marthe, joyeuse. Je ne sais pas comment j'ai eu l'idée de la galette, ce soir. On dirait que j'avais senti que tu allais venir !

Elle s'empara de sa cuiller de bois sur la table.

— Allez, assieds-toi ! Tu dois avoir faim. On s'occupera de tes affaires plus tard..., dit-elle en désignant la valise d'Augustin.

Augustin remarqua qu'elle boitait. Il s'assit près d'Élie, qui demanda au petit valet Christophe d'aller chercher un verre dans le buffet. Joséphine prit place sur le banc en face d'eux, son fils Bernard âgé de deux ans sur ses genoux. La jeune servante de dix-sept ans vivait aux Établières depuis la mort de son mari à la tranchée des Anglaises.

La volumineuse silhouette de Marthe emplissait le foyer. Elle dosait la pâte dans la louche, la répandait sur la galetière avec un geste circulaire. Elle se releva en soupirant, appuyée des deux mains sur la pierre, apporta l'assiette de galettes sur la table. Elle posa affectueusement la main sur l'épaule d'Augustin, et écrasa son flanc contre son dos. Il eut plaisir à la chaleur de cette chair nourricière. Il mordit dans la galette roulée dans sa main, et se sentit de retour chez lui.

C'étaient des galettes de sarrasin. La première bouchée était amère, un peu acide. Elle avait goût de pierre, et plus on la mâchait, plus elle devenait sucrée. Cette saveur attendrissait Augustin sans qu'il se posât trop de questions. Il la laissait se répandre en lui. Il lança le regard par-delà la table éclairée par l'or de la lampe, vers les poutres et les solives du plafond peintes à la chaux, vers l'armoire en cerisier, les lits à rouleaux, brillant de cire dans l'ombre, la pendule au balancier d'argent. Il relut avec plaisir l'inscription sur le cadran : *Plocq, horloger.*

Marthe avait cuit les premières galettes au saindoux. Elle proposa les dernières au beurre salé en pot. Élie capitula. Augustin voulut l'imiter. Marthe fut intransigeante :

— Tu ne vas pas t'arrêter là, tu n'es pas encore bien costaud, tu as besoin de te remplumer !

Elle s'assit enfin en grimaçant sur son tabouret en bout de table. Élie expliqua qu'elle avait renversé le bassin de pierre du jardin, l'été précédent. Ils se querellèrent sur le déséquilibre du bassin plein d'eau, et la prétention de Marthe à le déplacer. Marthe épongeait les traces humides laissées sur la table par ses bras nus avec son torchon. Elle énuméra la litanie des morts de la commune et le spectre de la guerre rendit à Augustin un visage fermé. Élie précisa :

— Ton oncle Anselme, le tonnelier, ne passe plus annoncer. Il ne supportait plus. C'est maintenant le facteur, Bernier.

Le petit valet était parti se coucher dans la chambre. Joséphine venait de mettre son Bernard dans son lit, et elle se déshabillait dans le coin opposé à la cheminée où elle couchait. Marthe baissa la lumière, et ils continuèrent à parler tous les trois à voix basse. Elle tendit la main et toucha les cheveux bouclés d'Augustin.

— Et toi, demanda-t-elle, souffres-tu encore ?

— Jusqu'à maintenant, dit-il en montrant sa manche vide, j'ai l'impression de l'avoir toujours là. Son manque me fait souffrir. Le médecin de Biarritz appelait cela le syndrome du fantôme. Mais je n'ai plus de plaie. La cicatrice s'est refermée.

Marthe et Élie écoutaient, la figure grimaçante. La flamme crachotait, à cause de la mauvaise qualité du pétrole de guerre. Élie remonta machinalement la mèche et laissa filer la flamme dans le verre Matador. Augustin chuchota :

— Je n'arrivais pas à prendre le dessus. Heureusement, Élise est venue me voir.

Sa photographie le regardait, sur la poutre de la cheminée. Il se haïssait en uniforme de soldat, le menton relevé, le coude sur la sellette, la cigarette entre les doigts. Il lâcha, incapable de garder plus longtemps son secret :

— Nous avons décidé de nous marier.

— C'est bien ce que vous avez de mieux à faire, les enfants ! dit Élie avec son bon sourire.

— Élise attend un enfant...

Marthe joignit les mains et retint un cri entre ses doigts. Le petit de Joséphine gémit dans son lit. Élie fit les gros yeux, engageant sa femme à plus de discrétion. Marthe s'empara de la main d'Augustin, la pressa avec des soupirs heureux :

— J'avais vu, mon loup, que tes yeux brillaient comme ceux de quelqu'un qui vient de décrocher la lune !

Elle éclata de rire tout bas. Son rire la secoua, l'emporta, fusa. Élie fronça les sourcils.

— Quand avez-vous fait cela ? interrogea-t-elle avec une curiosité gourmande.

Elle continuait de pétrir la main d'Augustin entre ses vieilles mains potelées pleines de coupes noires. Cette fois, Joséphine se tourna dans son lit. Ils se turent et rapprochèrent leurs visages comme des comploteurs. La barbe d'Élie, vieille de huit jours, formait des épis dans les plis de la gorge et de la commissure des lèvres.

— Elle entend tout..., murmura-t-il en désignant le lit de Joséphine.

Les yeux de Marthe luisaient. Ils luisirent trop, se mouillèrent, vidèrent leur eau dans le pli du bord de sa mâchoire, débordèrent jusqu'à la rainure de la double gorge.

— On n'y croyait plus, nous autres..., soupira-t-elle. On pensait qu'on était encore punis, que toi aussi tu resterais sec comme nous...

Élie considéra ses mains, visiblement ému lui aussi.

— La naissance devrait être pour le milieu de l'été.

Marthe sourit, posa ses lèvres chaudes et mouillées de larmes sur la main d'Augustin.

— Il sera bien un peu à nous, ce petit ? fit-elle avec une moue suppliante. Ton Élise nous le laissera-t-elle ?

— Il sera à tous ceux qui l'aimeront ! répondit Augustin.

— Va chercher la bouteille..., demanda-t-elle à Élie en montrant le buffet. Apporte un verre pour moi aussi. Je ne bois jamais, mais ce soir j'ai envie !

Élie versa le vin violet. Augustin avait rêvé de ce vin pendant ses jours de fièvre. Ce vin était rude. Il avait goût de fer.

— C'est bon ? demanda Élie.

— Il n'y a pas meilleur ! répondit Augustin.

Élie leva son verre :

— Souhaitons que cet enfant ne connaisse jamais la guerre !

3.

Augustin se leva le lendemain matin comme tout le monde. Il revêtit le pantalon de laine grise, la chemise de flanelle, boucla sur ses reins la ceinture de son grand-père. Il accompagna Élie dans l'étable avant le lever du jour. Ils marchèrent dans l'allée au milieu des bêtes et les sensations d'éleveur revinrent aussitôt à Augustin. Il tapota les flancs chauds. Des têtes se retournèrent, et les bêtes semblèrent le reconnaître. Il remarqua des stalles vides. Élie se râcla la gorge et lâcha à regret :

— Tout était plein lorsque tu es parti. On a tenu autant qu'on a pu. Mais comment faire avec pour seul homme le petit valet de quatorze ans ! Il y a eu les animaux requis. On a cédé lorsqu'ils ont appelé la classe 16. Et encore Marthe ne voulait pas. Tu vois les manquants ? dit-il la voix étranglée, en élevant la lampe à carbure.

Augustin avait déjà compté. Du cheptel de trente-cinq têtes avant la guerre, il ne restait que la moitié.

— Le maître l'a exigé, ajouta Élie, comme pour se défendre devant le silence d'Augustin. Le petit et moi, on passe nos journées à cueillir les choux. À nous deux, on arrive à faire le travail d'un homme.

Il sembla à Augustin que la lampe tremblait dans la main d'Élie.

— Vous avez bien fait, dit-il pour apaiser le vieil

homme. Cela ne sert à rien d'en avoir plus qu'on ne peut.

Il s'avança entre les deux grands bœufs charolais :

— Ils sont toujours aussi beaux, ces deux-là !

Il marcha jusqu'à la barrique d'orge, en sortit la casserole et la leur tendit sous le mufle. Les deux frères se bousculèrent pour profiter de la gâterie.

— Sans leur travail, reconnut Élie, on ne résisterait pas.

Les seaux tintèrent dans la cour. Joséphine commanda à deux vaches de s'écarter. Elle sursauta lorsque Augustin lui prit le poignet pour s'installer à sa place sur le tabouret.

— Caroline ! dit-il à la vache qu'il connaissait.

Il lui lava délicatement les tétines, et se rappela les poils gênants sur l'un des trayons. Il referma les doigts sur celui-là. Le lait gicla. Une douleur fulgurante lui déchira l'épaule gauche. Il ferma les yeux, le front mouillé de sueur, appuyé au flanc de la vache. Il essaya de passer rapidement d'un trayon à l'autre pour donner à Caroline l'illusion d'une traite à deux mains. Il ne la trompa pas : elle bougea la patte, balança la queue, et refusa son lait. Ses tétines suintaient pourtant au premier tintement de seau en période de grande lactation. La chatte le savait, et elle guettait le lait sous Caroline. Augustin se leva et dit à Joséphine :

— Vas-y, elle ne veut pas de moi !

Élie portait une fourchée de foin énorme. Il jura pour repousser une vache gourmande. Augustin sortit dans le matin encore plein d'étoiles. La fermeté de l'aube avait figé le dégel. Le temps hésitait encore entre le froid et la douceur. La douleur s'estompait lentement. Augustin exhala un profond soupir pour chasser les remontées de désespoir. La main d'Élie se posa sur son épaule :

— La guerre est une horrible saloperie ! dit-il.

Et puis :

— Cela reviendra, sois patient. Pense à la terre. Elle fleurit quand on l'a pétrie dans la peine. Pense à ta femme, à ton enfant. Tout ça va finir. Tout le monde en a assez. Après les guerres, il faut reconstruire. C'est comme ça. Toi et ton enfant, vous avez de beaux jours devant vous.

Augustin s'en alla un peu plus tard. Le jour avait commencé de se lever. Le vent du sud parlait dans la poulie suspendue au-dessus de la lucarne du grenier. Le redoux était bien là. La ferraille de la poulie glapit. Augustin pensa qu'il faudrait monter y mettre de l'huile.

Il traversa l'allée cavalière du château, espérant n'y rencontrer personne : sa visite au maître des Établières serait pour plus tard. Les arbres s'égouttaient. Les fossés pleins s'écoulaient en silence. Ils profitaient parfois d'une déclivité pour sauter en ruisseaux sur le chemin. Il passa par la gîte de châtaigniers au-dessus de Mortevieille, le village de son enfance, entendit le chien aboyer, enjamba l'échalier du Pré aux Ouches. La barre de dessus lui resta dans la main. Le mauvais état des chemins et des haies était désolant. Il traversa la Vie sur la passerelle et se demanda si le tablier était encore celui qu'il avait posé avec son grand-père Athanase. Il se rappela la voix du vieil homme :

— On va y mettre des pointes de Paris. Elles seront là quand moi je n'y serai plus...

La rivière était grosse, couleur de bière. Il gravit la lande des genêts, s'approcha du grand noyer bicentenaire, toucha son écorce aux rides profondes, tachée de lichens jaune citron. Le vent du sud y chuchotait sans en faire bouger un rameau. Sur laquelle de ses branches son arrière-grand-mère Athanaïse s'était-elle juchée avec son frère pour échapper aux soldats bleus ? Ce noyer était l'arbre fondateur de la famille. Augustin tendit la tête pour se chauffer au soleil : une échelle du levant glissait à l'oblique sous les branches et lui frappait la figure. « Mon Dieu ! » gémit-il. Il ne savait pas si c'était de joie ou de détresse.

Il rejoignit l'allée de la Trézanne sur les dix heures. L'allée n'avait jamais été dans un si mauvais état. Elle était creusée d'ornières profondes comme des roues de charrettes. La boue jaune avait jailli sur les côtés et arrosé l'herbe des talus. Des branches mortes pendaient aux chênes. Des rejets d'acacias dressaient leurs broussailles pleines d'épines. La glycine de l'entrée n'avait pas été taillée depuis le début de la guerre. Ses rameaux s'insinuaient entre les barreaux de la grille et avaient commencé de les tordre.

Augustin frappa à la porte de la vieille métairie sur le côté, le logis du milieu était tout barricadé. La porte s'ouvrit. Robert Martineau, la main sur la poignée, ne manifesta pas de surprise :

— Ah ! te voilà ! se contenta-t-il de dire. Entre.

Augustin descendit lentement le seuil. Un plat de haricots fumait sur la table, près de la miche de pain.

— J'allais déjeuner. En veux-tu ?

Augustin remercia. Une langue de feu montait par intervalles entre deux bûches qui se brisaient dans la cheminée La mécanique de la pendule claquait dans le boîtier. Une voix s'éleva du coin sombre de la salle :

— Apporte-lui un verre, Robert !

Augustin s'approcha du lit de Mathilde Martineau. Elle était dissimulée par son édredon jaune. Il serra la main moite. Marthe l'avait averti : la Mathilde souffrait d'un mauvais mal. Elle ne s'était jamais remise de la mort de Benoîte. Elle ne se levait plus depuis plusieurs semaines. Elle garda la main d'Augustin :

— Vous ne saviez pas, bien sûr, que j'étais malade...,

dit-elle, ironique. On n'en parle pas dans le pays ! Comment allez-vous ? demanda-t-elle.

Il répondit seulement, confus :

— Ça va.

— Vous êtes maintenant de retour pour de bon. Ils vous ont fait assez de mal. Qu'est-ce que vous avez comme idée en tête ? Vous en avez toujours...

Elle ajouta dans un souffle, et Augustin ne le comprit pas tout de suite :

— Mon gendre...

Robert Martineau, à table, bougonna :

— Au lieu de te soucier de la santé des autres, tu ferais mieux de te soigner !

— Mais je me soigne ! se défendit-elle.

Un rictus douloureux tira sa bouche.

— Tu ne te soignes pas ! affirma-t-il, brutal. Tu y mets de la mauvaise volonté.

Il fit signe à Augustin de venir boire, et ne l'attendit pas pour vider son verre. Il ajouta, rougi par la colère :

— Elle refuse de prendre les médicaments du médecin !

— Ce n'est pas vrai, gémit-elle. Je ne les supporte pas. Ils me rendent encore plus malade.

Marianne, la servante, entra, frottant la marmite pleine de pommes de terre contre son tablier de devant. Elle la posa sur la pierre de la cheminée et, sans solliciter d'aide, cramponna l'anse des deux mains et la suspendit. Elle avait cinquante ans. Ses longs cotillons couvraient des hanches solides. Une kichenotte jaunie cachait sa figure pointue couleur de terre, creusée de rides profondes jusque sur le nez. Elle s'empara du panier sur la table et s'en alla. Robert Martineau la regarda fermer la porte :

— Elle fait tout ici. Heureusement qu'on l'a.

Augustin faillit ajouter :

— Mais vous, qu'est-ce que vous faites ? Pourquoi êtes-vous à déjeuner si tard ?

Il considéra la grande carcasse molle de Martineau, ses épaules tombantes, ses joues grasses et rougeaudes. Il remarqua les traces de doigts sur la porte de la grande armoire, les fiches de cuivre ternes. Autrefois, tout était propre comme un pain de sucre. Il hésita, et puis :

— Je suis venu vous avertir que je suis décidé à me marier.

Le feu, réactivé par Marianne, crachotait contre le fond de la marmite. Robert Martineau se resservit un verre, le porta à ses lèvres. La voix fluette de Mathilde s'éleva :

— Avec qui ?...

— Élise... Élise Tireau, la nièce de notre propriétaire des Établières. Si cela ne vous plaît pas, je suis d'accord pour annuler les engagements du mariage blanc avec Benoîte.

Robert Martineau trempait des cubes de pain dans le plat de haricots. Il semblait concentré sur la nécessité de se nourrir et ne se soucier de rien d'autre. Mathilde fut secouée par une toux sèche. Elle bougea dans ses draps à la recherche de quelque chose, sans doute un mouchoir, profita d'un répit pour articuler :

— Parle-lui donc, toi, au lieu de manger !

Robert Martineau posa son couteau, passa la main sur son front oblique jusqu'à ses cheveux décolorés :

— Qu'est-ce que cela change pour nous, que tu sois remarié ou pas...

Augustin hésita à comprendre :

— Si tu viens maintenant avec une femme, ou si tu en prends une dans deux ou trois ans, il n'y a pas de différence.

Augustin devina à quel point cet homme souffrait.

— Je pourrais ne pas venir du tout, et vous laisser disposer de votre bien.

— Notre bien ! reprit-il, et ses paupières clignotèrent, mon pauvre vieux, tu as vu ce qu'il est devenu, notre bien ! Quand tu auras fait le tour, tu verras qu'il est dans le même état que ses propriétaires. Si ce n'est pas toi qui l'as, il ira à qui ? À Marianne ? Il sera repris par le comte des Fontenelles ?

Il branla la tête, empoigna la bouteille, se servit, et servit Augustin.

— Il y a trente-cinq ans, lorsqu'on s'est mariés, on était des petits rois. Maintenant...

Il fixa ses yeux troubles dans ceux d'Augustin. Il essuya son couteau à une bouchée de pain, le ferma et, mâchonnant :

— Je la connais, Élise Tireau. Elle est institutrice. Je ne sais pas si elle sera une bonne paysanne. Je l'ai vue sur une faucheuse. Elle est travailleuse.

— Alors, vous ne seriez pas contre son installation avec moi chez vous ? Élise finirait son année à La Chaize, et arrêterait l'enseignement...

— On a besoin de vous ! s'écria Mathilde.

Augustin s'approcha du lit. La fenêtre de la salle commune donnait à l'ouest, et le soleil ne l'avait pas encore atteinte. Une lumière poudrée de gris frappait le gros édredon jaune. Mathilde leva des yeux pleins de détresse vers Augustin. Elle ôta le mouchoir de sa bouche, un sourire effleura ses lèvres :

— Aura-t-elle envie de vivre dans cette maison de détraqués ?

Robert Martineau avait à son tour quitté la table et s'était approché :

— Vous prendrez le logis, dit-elle exaltée, nous on a assez de la métairie. Vous ferez ce que vous voudrez des meubles. Moi, maintenant, ça m'est égal. Je ne les emporterai pas avec moi !

Les meubles étaient le signe de la richesse des Martineau, et le père de Robert en avait amassé comme des louis dans le logis qui ne servait qu'à cela.

— Dis quelque chose, insista Mathilde à son mari, tu étais bien de mon avis !

Ils avaient donc déjà arrêté tout cela. L'excitation lui avait redonné un peu de couleur. Elle redressait la tête, redevenait la femme nerveuse maîtresse de la maison Martineau, au grand désespoir de son beau-père. Le mariage blanc d'Augustin avec Benoîte avait été voulu par elle. Ce fut Augustin qui parla :

— Je ne sais pas de quoi je vais être capable..., confia-t-il franchement en montrant sa manche vide.

Mathilde fit entendre un petit cri, qui ressemblait à un rire :

— Tu en feras de toute façon plus que nous autres. D'autant plus si tu amènes une femme vaillante !

— Pourquoi ne guérissez-vous pas maintenant ? demanda Augustin. On va avoir besoin de vous...

Elle riva ses yeux aux solives :

— Chante, beau merle, souffla-t-elle. Je suis fatiguée. Je n'ai plus la force. Je suis minée par le dedans.

— Vous n'êtes pas vieille...

— Oh ! si, je suis vieille... De toute façon, il est trop tard maintenant.

Elle agita la tête, comme si elle repoussait la tentation d'un nouvel effort pour vivre. Augustin insista :

— Voulez-vous que je vous envoie Élie ? Vous vous rappelez qu'il a fait du bien à Benoîte ?

Elle soupira :

— Si tu veux.

— Je lui avais proposé, s'exclama Robert avec amertume. Elle m'a refusé. Tu vois comme c'est facile de la soigner !

— Arrête donc ! gémit-elle.

Elle ajouta :

— Bois donc ! lorsqu'il s'approcha de la table et se remplit un nouveau verre.

Robert Martineau était devenu alcoolique. C'est pourquoi il avait cette figure bouffie.

— Montre-lui les étables et la grange, ajouta-t-elle les yeux fermés, soudain lasse. Et puis tu lui donneras le livre de comptes. Tu sais qu'il s'y connaît avec les chiffres.

Robert Martineau prit sa casquette sur la table.

— Il ne reste pas grand-chose, grommela-t-il en se dirigeant vers la grange-étable. Sans toi j'aurais déjà tout bazardé.

Le vin ingurgité lui enflammait la figure. Il dominait Augustin d'une demi-tête, mais déplaçait ses longues jambes comme s'il portait le poids du monde. Il s'arrêta, la main sur le loquet de la porte noire de l'étable.

— Tu te rends compte, avant la guerre on était quatre grands hommes et le petit valet. Maintenant il n'y a plus que Marianne et moi, et Solange la chambrière, qui amène ses petits frères et sœurs lorsqu'on en a besoin. Tu as vu l'état de ma pauvre Mathilde, ajouta-t-il un sanglot dans la voix. Moi je ne vaux guère mieux. Le cheval a été requis. Je n'ai plus la force d'entreprendre.

Augustin, las de ses jérémiades, avança d'un pas, l'obligeant à ouvrir. Il comprit aussitôt le besoin de Martineau de se justifier : la grande étable était quasiment vide. Il n'y restait plus que six vaches, dont l'une au flanc comme un soufflet. Du vieux fumier traînait dans les stalles vides.

— Je porte la civière de fumier avec Marianne..., s'excusa Robert Martineau.

Augustin circulait dans l'allée au milieu des rescapées du troupeau de la Trézanne. Il frappa de la main la fesse d'une vache pour la faire lever.

— Mais comment avez-vous pu..., lâcha-t-il, la voix vibrante, anéanti.

— On s'est séparé de la moitié des bêtes la première année, expliqua Martineau, tête baissée, piquant le nez de son sabot avec son bâton.

— Au moment où elles valaient le moins ! l'interrompit Augustin.

— Mathilde est tombée malade. Il a fallu payer le médecin.

— Vous n'allez pas me dire que vous n'aviez pas de quoi le payer !

— C'est ce que tu crois, mon gars. On n'y arrivait pas. On en avait encore de trop. Je me suis débarrassé d'une autre moitié...

— Il fallait résister ! s'emporta Augustin. Qu'est-ce que vous croyez que font les autres ? Tout le monde se bat pour tenir en ce moment !

— Peut-être..., reconnut Martineau, moi je n'ai pas pu... Mathilde se traînait dans cette étable et dans les champs...

Augustin leva les yeux vers le vieil homme. Il eut pitié.

— Ce que j'en disais..., murmura-t-il.

Ils traversèrent la grange, affreusement vide. La seconde étable n'était occupée que par une paire de bœufs de quatre ans.

— Qu'est-ce qui va aux choux ?

— Marianne. Je vais lier les bœufs à la charrette, tout à l'heure, pour ramener le chargement.

— Quelle grandeur de blé avez-vous fait ?

— Pas beaucoup. De quoi manger. Le champ Bolia.

Augustin hocha la tête. Ils avaient ensemencé le quart d'avant la guerre. Il accepta de prendre le livre de comptes des Martineau ainsi que le voulait Mathilde, en tourna rapidement les pages, et découvrit que les difficultés étaient anciennes. Les Martineau avaient des dettes. Il emporta le livre pour chiffrer le bilan exact.

Il sortait de l'allée de la Trézanne, lorsqu'il aperçut Marianne au milieu du champ de choux. La courageuse servante portait une aissellée de feuilles. Elle cueillait de la main droite, glissait les feuilles sous le bras gauche. Elle s'était ceint la taille de deux sacs de phosphate pour se garder des feuilles ruisselantes. Les sacs étaient trempés et lourds.

Elle vint à la bordure du champ. La terre dégelée enfonçait, et Marianne en emportait des plaques sous les sabots. Elle posa son aissellée sur le fagot — six aissellées formaient un fagot — et elle entreprit de lier son fagot avec le lien de branche. Ses doigts étaient violets, creusés aux jointures par de larges crevasses d'engelures.

— Vos mains ne vous font pas trop souffrir ?

— Ce n'est pas maintenant, répondit-elle écrasant le fagot avec son sabot et tirant sur le lien. Ça fait mal après, quand on rentre, et que la main se réchauffe. Ces derniers jours, ça a été dur, avec la neige et le verglas. J'en aurais pleuré, par moments.

Elle avait la figure comme un vieux soulier, plissée, creusée, la bouche comme un trait.

— Et Robert Martineau ? demanda Augustin.

— Lui ?

Elle leva à peine ses yeux noirs, achevant de lier le fagot :

— Il fait de la neurasthénie. Ça date d'avant la guerre. Ils le cachaient. Depuis que la Mathilde est malade, il s'est mis à boire. Vous l'avez vu : il se détruit. Il en veut à la patronne de sa maladie. Il a passé toute la soirée couché sur le foin, dans la grange, le jour où elle a cessé de se lever.

— Ça ne doit pas être facile pour vous tous les jours.

— Oh ! moi..., dit-elle en rentrant de nouveau parmi les choux, ce qui me fait pitié, c'est de voir qu'on a du bien et qu'on le gaspille.

4.

Augustin examina de plus près les comptes de la Trézanne, et il découvrit l'ampleur du désastre. La moitié des terres et tous les bâtiments étaient hypothéqués. Robert Martineau avait voulu se mêler de valeurs boursières à partir du moment où son père avait commencé de lâcher prise. Il avait fréquenté le cercle républicain de La Roche, joué les messieurs avec de nouveaux amis qui lui avaient fait croire qu'il était des leurs. Ils lui avaient présenté la Bourse comme l'affaire du XXe siècle. Il avait essayé quelques actions Schneider, et avait gagné. Il avait risqué davantage, sur les conseils avisés de ses amis, sans réaliser que leurs moyens infiniment supérieurs leur permettaient de supporter sans sourciller le désagrément d'un débours. Sa dernière sottise avait été de parier sur de vieilles actions du canal de Panama revendues par un notaire véreux. Il avait racheté des titres à 60 francs de 1889 en croyant au miracle de leur revalorisation par la relance du chantier américain.

Augustin avait empilé les coupons, les avait comptés et recomptés désespérément.

Il rapporta les documents à la Trézanne le lendemain. Il ne dit rien à la maison, par respect pour Mathilde, pas sûr qu'elle fût informée de la gravité de leur déconfiture.

— Venez donc m'offrir un verre à la cave ! demanda-t-il à Martineau.

Robert Martineau s'assit sur le banc, entre les barriques de sa récolte. Augustin s'emporta à le voir mirer son vin, le verre levé dans la lumière de la porte, et déguster lentement.

— Vous vous rendez compte de ce que vous avez fait ? En ce moment, vous ne possédez même peut-être plus le banc sur lequel vous êtes assis !

Martineau ne réagit pas. Il dégagea de nouveau la pinette de bois avec les tenailles, laissa couler le vin, réajusta d'un petit coup au moment où le verre était plein. Augustin ignora le verre tendu.

— Est-ce que votre femme est au courant ? Vous me donnez la Trézanne, mais elle n'est plus à vous ! Je vous remercie du cadeau. Je ne vais pas m'y installer pour en être chassé dans six mois par un huissier. Votre seule chance, c'est de récupérer une partie des bons d'emprunt russe que vous avez eu la naïveté de racheter aussi à votre canaille de notaire. Ce n'est pas garanti. Les Russes sont en pleine pagaille. Ils ont tué Raspoutine.

— Qui c'est, ce Raspoutine ? l'interrompit Martineau.

Il était adossé à une barrique. Il tendait toujours la main vers Augustin, le verre entre les doigts. Une goutte dorée brillait au bord de son auriculaire. Augustin soupira, et prit le verre.

Il frappa à la porte de la maison de l'école de La Chaize à l'heure du déjeuner. Une petite fille moins haute que la poignée vint ouvrir, et repartit aussitôt, marchant sur ses bas.

— Mademoiselle ! Mademoiselle ! cria-t-elle, un monsieur vous demande !

Une chaise bougea, et Élise parut en blouse grise, les cheveux serrés en chignon. Elle s'empourpra de la gorge au front, et Augustin en fut ravi. Elle glissa prestement sa main dans la sienne, et posa un baiser de papillon au coin de sa moustache à la Clemenceau.

— Tu vas bien ? chuchota-t-elle.

Elle sentit que quelque chose n'allait pas chez Augustin et fronça les sourcils. Il s'attarda, malgré lui, sur le ventre d'Élise, comme pour vérifier s'il n'avait pas pris de volume depuis la dernière fois. Elle sourit :

— Entre.

Il hésita à poser ses souliers crottés sur le parquet. Elle lui tira des patins dissimulés derrière l'armoire et l'accompagna dans la cuisine. Dix filles mangeaient à la grande table de l'école, surveillées par Élise et son adjointe.

— Augustin Vernageau, mon fiancé, dit Élise.

— Je vous ai vu à La Chaize, le jour de la neige ! s'écria une blonde aux nattes sur les épaules.

— Germaine, on ne montre pas du doigt ! la gronda l'adjointe.

L'adjointe était une jeune fille menue. Sortie depuis un an de l'école normale, elle paraissait plus jeune que la grande élève à la poitrine ronde auprès d'elle. Une beurrée aux choux fumait dans les assiettes. Augustin n'avait pas mangé. Les filles serrèrent leurs chaises et leurs assiettes dans une excitation joyeuse pour lui faire une place. Élise voulut lui couper le pain. Il prit la miche, la coinça contre son moignon, et se tailla une tartine avec son couteau. Germaine ouvrait de grands yeux, comme devant un numéro de prestidigitation.

— Tu en veux ? lui demanda-t-il.

Elle opina, la commissure des lèvres pincée par un petit sourire fier. Sa voisine osa alors, les pommettes rosissantes :

— Est-ce que je pourrais en avoir moi aussi, monsieur ?

Il sortit les comptes de la Trézanne lorsque les enfants furent partis laver la vaisselle dans la souillarde en compagnie de l'adjointe. Il avait calculé que la levée d'hypothèque reviendrait au bas mot à 100 000 francs, une fortune. Il raconta les champs en friche, les étables vides, la maladie de Mathilde, la dérive de Robert Martineau dans l'alcool... À mesure qu'il parlait, il voyait Élise changer de visage. Ils avaient imaginé de s'installer à la Trézanne et cette perspective devenait irréalisable.

— Je regrette, dit-il malheureux, la gorge serrée, cela revient à payer la totalité de la Trézanne. Nous n'y arriverons pas. Dans le meilleur des cas, nous en aurons pour notre vie à rembourser la dette.

— Qu'est-ce que tu proposes ? demanda Élise.

Elle n'était pas abattue comme il l'avait cru.

— Tu pourrais conserver ton poste d'institutrice. J'essaierai de trouver un travail chez un marchand de bestiaux, si quelqu'un veut d'un bouvier infirme...

Elle suggéra, les bras croisés :

— Ta blessure de guerre te donne droit à un emploi protégé de facteur ou de buraliste...

Augustin sursauta :

— Je ne veux pas d'emploi protégé ! Je ne veux même pas de leur pension d'invalidité ! J'ai reçu assez d'aumônes pendant ma jeunesse !

Élise le savait, ils en avaient déjà parlé.

— Alors nous marions-nous, ou ne nous marions-nous pas ? interrogea-t-elle vivement. Tu as toujours prétendu aimer la terre. Et au moment où elle t'est donnée, tu la refuses.

— Parce que ça tourne mal, souffla-t-il abattu.

Il avait retrouvé son visage fermé, les sourcils froncés, la bouche arrondie en o étonné, la prunelle bleue brouillée par les fumées de la guerre.

— Il nous faudrait beaucoup de chance pour nous en sortir, ajouta-t-il. La chance n'est pas le fort de la famille.

Élise haussa les épaules.

— En travaillant, on peut y arriver. On n'est pas plus bêtes que les autres !

— Tu serais prête à travailler comme une paysanne ? demanda-t-il.

— Tu m'en crois incapable ! s'emporta-t-elle. Tu crois que je me suis tourné les pouces aux foins, aux moissons, aux vendanges, à l'école pendant ces trois ans !

Il avait ployé le dos, comme si ces cris lui faisaient mal. Une élève glissa la tête dans la porte de la cuisine. Élise levait le menton, le front empourpré, entre la révolte et les larmes, manifestement outragée ! Elle se raidit soudain, devant l'air affligé d'Augustin, s'attendrit, lui prit la main pour s'excuser :

— Je vais te surprendre mais je suis contente de ce que tu m'annonces ! On va gagner la Trézanne ensemble.

Elle est folle, pensa Augustin. On n'y arrivera pas. Mais cette folie lui donnait envie de vivre. La tête de l'élève se montra de nouveau dans la porte. Augustin voulut retirer sa main.

— Elle nous embête ! s'écria-t-elle. Nous ne sommes plus des enfants. Nous sommes fiancés !

Elle sourit. Ses dents brillaient comme la nacre du bouton à son poignet. Elle tira les doigts d'Augustin vers sa poitrine :

— Tu sens les battements de mon cœur ?

Les doigts d'Augustin frémirent. Il eut envie de ses lèvres :

— J'étais malheureuse d'arriver dans cette propriété obtenue par un bricolage de mariage blanc imaginé par mon oncle. J'ai 3 000 francs d'économie.

— Avec 3 000 francs, on peut acheter six vaches ! Nous n'aurons pas une vie facile.

— Nous sommes des Tireau, murmura-t-elle, même si cela ne te plaît pas. Notre arrière-grand-père était fils de forgeron. Il est devenu propriétaire d'un château.

— Ne me parle pas d'argent malhonnêtement gagné.

Je ne suis le fils de personne, sinon de ma grand-mère Athanaïse et de mon grand-père Athanase.

Les lèvres d'Élise bougèrent.

— C'est dommage, soupira-t-elle, je dois aller sonner la cloche pour la rentrée en classe.

Il y avait dans ce soupir une nostalgie de volupté. Ils convinrent de se retrouver le dimanche suivant. Élise ferait le voyage aux Moutiers-sur-Vie. Ils iraient voir le curé pour préparer le mariage.

Augustin fila à l'atelier de l'oncle Anselme, ce soir-là, en descendant du train dans le bourg des Moutiers. Il frappa à la petite porte découpée dans le grand portail.

— Qui est là ? Entrez !

L'oncle versait des copeaux dans le poêle au milieu de son atelier. Le foyer rougissait sa figure carrée et sa lourde moustache grise.

— Ah, c'est toi ? fit-il. Ferme la porte, le courant d'air fait voler les tisons.

Un mur de barriques emplissait le fond de l'atelier. Les noms de leurs propriétaires étaient inscrits à la craie sur leurs ventres noirs.

— Alors, te voilà de retour, lui dit-il, en réajustant les rondelles du poêle avec son long tisonnier. Tu as assez profité de leur rigolade ?

Il tendit ses gros doigts à Augustin, s'approcha de son établi et y prit une douelle qu'il éleva vers la lumière grise de la fenêtre.

— Vous ne devez pas y voir bien clair, à cette heure, constata Augustin.

L'oncle s'empara d'une douelle neuve qu'il appliqua sur la douelle usagée, les souleva, les mira.

— Je travaille jusqu'à ce que je n'y voie plus. Quand je n'y vois plus, je m'arrête. Ceux qui ne sont pas contents, c'est pareil ! lâcha-t-il, et il lança vers Augustin un coup d'œil mal aimable.

Augustin s'assit sur le banc de tonnelier de l'oncle. Il referma les doigts sur la poignée d'une plane. L'atelier sentait bon le tanin du bois et de gravelle, la fumée des copeaux de châtaignier en train de brûler dans le poêle.

— L'oncle, voulez-vous rouler une cigarette ?

Anselme souleva sa paupière écailleuse :

— De ta saloperie de tabac de l'armée ?

— C'est tout ce qu'elle m'a donné de bon. Vous fumez toujours ?

L'oncle hésita :

— Oui... non. Je n'en ai plus tellement le goût. On ne trouve plus de bon tabac, ici, quand on en trouve.

Ses yeux brillèrent lorsque Augustin sortit son paquet de scaferlati et ses feuilles de papier Job. Il posa ses morceaux de bois et rappliqua. Il s'appesantit sur le banc, enfonça ses doigts rouges dans le paquet de tabac.

— Tu sais quel nom ils m'ont donné ? se plaignit-il.

— Non.

— Corbillard, parce que j'allais avertir des morts de la guerre avec ma mule et ma charrette. Alors c'est fini, qu'ils se débrouillent sans moi !

À soixante-quinze ans, l'oncle ne tremblait pas. Il alignait le tabac sur la feuille avec une dextérité de jeune homme, tendait les mains loin des yeux à cause de la presbytie et de la lumière de plus en plus violette contre les vitres. Il tira une langue rose entre les poils de sa moustache, mouilla le papier.

— Je t'en roule une ? demanda-t-il en lançant un coup d'œil vers la manche vide d'Augustin.

— Si vous voulez, répondit Augustin. Je ne suis plus bon à grand-chose, mais j'ai appris à rouler d'une main.

Anselme ouvrit la feuille entre ses ongles noirs.

— L'oncle, je voulais vous demander quelque chose...

— Je me doutais bien que tu n'étais pas venu chez moi pour m'offrir une cigarette.

— Pourriez-vous me fabriquer un bras ?

L'oncle s'arrêta de presser les bourrelets de tabac sous le papier.

— Je veux travailler de mes mains, vous comprenez, supplia-t-il. Avec une seule main, qu'est-ce que je pourrai faire ?

L'oncle toussota, en sectionnant des ongles les barbes de tabac aux extrémités de la cigarette.

— Mais, mon gars, je sais faire des fûts, des cuves, des basses. Je ne me suis jamais coltiné au bras d'un homme. Je ne suis pas le bon Dieu. Ils ne t'en ont pas proposé des bras, dans leurs hôpitaux ?

— Ils ont des bras pour cacher la misère. Je suis sûr, l'oncle, que, si vous le vouliez, vous pourriez me fabriquer quelque chose d'utile.

— Tu crois ça ?

— Quelque chose de pas trop lourd et de solide.

L'oncle Anselme réfléchissait, les yeux levés vers la lumière du crépuscule. Augustin sortit son briquet, tendit sa flamme vers la cigarette de l'oncle, qui tira une bouffée, savoura.

— Tu m'embêtes avec ça, grogna-t-il. Il faudrait, ajouta-t-il aussitôt, pensant tout haut, que ce soit en bois pour la légèreté, avec une armature de fer pour la solidité. Tu m'embêtes ! répéta-t-il.

Et il se leva.

— Viens voir, fit-il en filant vers le fond de son atelier.

Il fouilla dans un empilement de morceaux de bois dressés contre le mur, heurta un paquet de cercles de barriques fixés à un clou enfoncé dans un chevron. Une pluie de vieille sciure et de poussière tomba.

— Allume donc ton briquet, pesta-t-il, on y verra peut-être un peu plus clair !

Il s'empara d'un madrier de section carrée, le frotta

pour le débarrasser de sa poussière, souffla dessus. Il revint vers le milieu plus éclairé de l'atelier. Mais la lumière avait encore baissé. Les dernières lueurs du jour se réduisaient à une flaque grise autour du poêle. Il alla ouvrir la porte.

— C'est du merrain de chêne, regarde comme il est serré. Il a été abattu par la tempête du 30 décembre 1899 dans l'allée du château des Fontenelles. Je l'ai fendu à la hache pour en faire des douelles.

Il se retourna vers Augustin :

— Tends ton bras...

Il appliqua la pièce de bois le long du bras tendu d'Augustin.

— Oui, j'ai largement ce qu'il faut.

— Ce qui serait bien, suggéra Augustin, ce serait de prévoir une pince ou un anneau à bloquer dans un mancheron ou une poignée.

— Pour cela, il faut mettre dans le coup le père Robin, le forgeron.

Augustin acquiesça.

— Attention ! s'écria Anselme, ne te monte pas la tête, je ne sais pas si on y arrivera !

Il souffla la fumée de sa cigarette. La lune était levée. Elle mêlait sa laitance aux ultimes lueurs du jour finissant.

Élise et Augustin rencontrèrent le curé Désamy à la sacristie. Le vieux pasteur des Moutiers se dépouillait des ornements devant la crédence de noyer dans une vapeur d'encens. Il fit glisser son aube par-dessus sa tête, rabattit sur sa nuque ses longs cheveux blancs hérissés, se revêtit de sa douillette.

— Qu'est-ce qui vous amène ? Je vous ai vus aux vêpres. On remarque les têtes jeunes et nouvelles par les temps qui courent.

Il remarqua leur embarras en présence de la sœur lingère, se saisit de son chapeau :

— Venez donc dans l'église, nous bavarderons tranquillement.

L'âge l'avait desséché. Sa peau était tendue comme un cuir sec sur ses pommettes et son nez busqué. Il était las, lui aussi. Il se laissa aller sur un banc de la chapelle de la Sainte Vierge.

— J'ai fait bâtir cette église parce que l'autre était trop petite. La remplirons-nous jamais, désormais ?

Une autre sœur s'affairait autour du maître-autel.

— Alors qu'est-ce que vous aviez à me dire ?

— Monsieur le curé, on voulait vous demander de nous marier.

Le curé fronça ses épais sourcils blancs.

— Ah ! Quand ça ?

— Le plus tôt possible sera le mieux.

Le curé fronça de nouveau les sourcils. Augustin ajouta :

— Cela nous est égal que le mariage ait lieu à six heures du matin, sans les cloches.

Le curé comprit. Il agrippa le bras d'Augustin :

— Je n'ai pas de compliments à vous faire. Depuis combien de temps ?

— Trois mois et demi, monsieur le curé.

— Trois mois et demi ! Et vous n'avez pas essayé de régulariser la situation plus tôt !

— Augustin est revenu de l'hôpital il y a huit jours, monsieur le curé ! se défendit Élise.

— Il a bien trouvé le moyen de vous faire un enfant !

Élise rougit. Augustin posa la main sur ses doigts gantés. Le curé vit ce geste, soupira, redressa le buste contre le dossier du banc, comme s'il cherchait l'inspiration dans la statue de la Sainte Vierge.

— Écoutez, chuchota-t-il, vous n'êtes plus des enfants. Il y a quatre ans, je vous aurais mariés avant le jour à cause de votre... mauvaise action. Je n'ai célébré que trois baptêmes et pas un mariage l'année dernière. Par contre, j'ai dit autant de messes d'enterrement à corps absent qu'il y a de semaines dans l'année. Alors je veux bien pour notre pauvre communauté célébrer la cérémonie à une heure chrétienne. J'autorise même les cloches, si vous le désirez !

— On se passera des cloches, monsieur le curé, remercia Augustin. Leur carillon serait mal venu en ce moment.

— Comme vous voulez. Mais attention, vous gardez le secret absolu. Quand voulez-vous ? Pas samedi prochain. Cela paraîtrait louche. Il faut le temps de publier les bans. Samedi en trois semaines ?

Augustin et Élise furent d'accord. Le curé se leva. Sa soutane encensa une forte odeur d'antimite.

— Tout le monde vous avait mariés, il y a vingt ans. Pourquoi avez-vous rompu ? demanda-t-il.

Pouvaient-ils lui dire qu'ils étaient cousins germains, et que les risques d'un mariage consanguin les avaient séparés ? Les risques demeuraient, toujours aussi grands. L'enfant à naître et les souffrances de la guerre les avaient fait passer outre. Mais ils avaient décidé de n'en parler à personne pour éviter les complications. Ils ne répondirent pas au curé. Les deux religieuses s'agenouillèrent devant la Sainte-Table, puis adressèrent une pieuse inclination vers le prêtre qui leur rendit leur salut.

— Les choses changent, confia-t-il. Il y a vingt ans, je ne vous aurais pas mariés de bon cœur. Aujourd'hui je considère votre demande comme une bonne nouvelle !...

Les sœurs en allées, il retrouvait sa voix de patriarche.

— ... mais il reste une condition à remplir. Je n'accepte de vous marier que si vous vous confessez tout de suite. Vous devez avoir un certain nombre de choses à me raconter. Je vais t'entendre le premier, Augustin. Allez, entre dans la boîte, et agenouille-toi !

De l'index, il lui montrait le confessionnal.

— Mais, monsieur le curé, se défendit Augustin, on a le temps. On se marie dans trois semaines.

— Non, insista le curé, tu es resté trop longtemps dans le péché. Va t'agenouiller.

Élise regarda Augustin s'éloigner en souriant.

— Votre tour viendra après, lui fit remarquer le prêtre. Profitez-en pour faire votre examen de conscience !

Il tira la porte du confessionnal sur lui. Elle l'entendit s'installer dans sa « boîte ». La raquette glissa, et le chuchotis de leurs voix s'éleva. La lumière de la lampe à huile, près du tabernacle, lançait des éclats sur le chandelier d'argent porté par un ange.

Augustin revint chez Anselme, et il eut l'impression de ne pas retrouver le même homme. L'oncle cligna un œil malin :

— Tu ne perds pas de temps. Tu te maries. Le curé l'a annoncé en chaire.

— À chaque pot son couvercle ! plaisanta le forgeron Robin qui était là lui aussi.

Il y avait encore Boutineau, le bourrelier. Ils n'attendaient pas Augustin les mains vides. Une bouteille était débouchée sur une barrique. Il était midi. Les trois compères étaient sanglés dans leurs tabliers de cuir. Le plus long et le plus sale était celui du père Robin, noir de charbon et de rouille, et piqueté d'escarbilles. Le bonhomme mesurait un petit mètre cinquante-cinq, mais était aussi large qu'Anselme. Son verre de vin entre ses doigts semblait un dé à coudre. Boutineau, le bourrelier, était d'un autre calibre. Surnommé Petit-Jean, du même âge qu'Augustin, il avait été dispensé de la guerre par un pied-bot. Mais il en souffrait : sa figure maigre et pâle était creusée de griffes amères. Il compensait en apportant un soin rare à sa personne, et son tablier resplendissait d'un beau fauve nourri et assoupli à la graisse.

Augustin chercha du regard à travers l'atelier, mais ne vit rien que l'habituel désordre de la tonnellerie. Il vida son verre. Robin et Petit-Jean s'assirent sur le banc de tonnelier de l'oncle. Augustin commença d'ôter sa vareuse.

— Méfiez-vous, prévint-il, ce que vous allez voir n'est pas bien beau !

Petit-Jean sortit sa boîte à lunettes. Il portait toujours ses cercles de fer pour travailler dans la pénombre de sa bourrellerie. Anselme souleva le tablier de toile bleue qui cachait le bras artificiel sur son établi. Augustin s'attendait à une ébauche, or le bras semblait fini. Les compères s'étaient mobilisés et l'avaient fabriqué en une semaine. L'oncle le présenta à Augustin :

— C'est le merrain que je t'ai montré l'autre jour. Je l'ai tordu pour lui donner cette forme de bras légèrement plié. J'ai l'habitude avec la tour de feu : on chauffe le bois, on le mouille, et on le plie au cabestan. Je l'ai fini avec ma doloire. Je l'ai nourri à l'huile de lin.

Augustin effleura le bois lisse, le doigt sur une veine. Le père Robin prit à son tour le bras entre ses deux mains ouvertes, comme un enfant :

— Je n'ai pas chargé sur le fer. Mais avec ces quatre tiges, tu pourras soulever tout ce que tu voudras. J'ai mis un anneau à l'extrémité. C'est le plus pratique, à mon avis. Si tu as envie d'autre chose, c'est possible.

Augustin enleva sa chemise. Les paupières de Petit-Jean se rapprochèrent derrière leurs lorgnons au jaillissement de son moignon rose. Augustin manœuvra ses dix centimètres de bras comme une marionnette, pour chasser l'émotion :

— Regardez, il fonctionne encore !

— Tu l'as échappé belle, mon vieux ! remarqua Petit-Jean. Le cœur n'est pas loin...

— Je n'en ai peut-être pas ! répondit Augustin.

— J'ai préparé, provisoirement, ce double étui, fit Petit-Jean en appui sur son bon pied. Je vais l'ajuster à tes mesures. C'est important, il faut qu'il t'aille comme un gant.

Il enfila une des extrémités sur le moignon d'Augustin, les doigts froids et secs piqués de trous et fendillés par les aiguilles et les tranchoirs.

— Il faut que cela soit ni trop étroit, ni trop large, murmura-t-il comme une couturière. Comment te sens-tu ?

— Pas mal.

— J'ai empli le fond d'une bourre de filasse, mais tu t'envelopperas le moignon pour éviter les échauffements.

Il donna un coup de craie sur le cuir, s'empara du bras de bois et de fer et l'engagea dans l'étui opposé. C'était l'instant de vérité. Il tira les lanières de cuir fixées au bras :

— Elles aussi, tu devras les ajuster à ta mesure. J'ai percé des trous comme pour une ceinture.

Il ceignit le torse d'Augustin, boucla les mousquetons.

— Comment te trouves-tu ?

— Comme un cheval dans les brancards ! grogna Augustin embarrassé par ce harnachement.

— C'est vrai que tu es taillé comme un percheron ! plaisanta Robin.

— Il faudra t'habituer, mon vieux, compatit Petit-Jean. Cela te serre-t-il trop ?

— Ça va ! réagit Augustin, gêné par cette attention excessive.

L'atelier de l'oncle était ensoleillé. Les feuilles du laurier-sauce brillaient derrière la vitre. Augustin se déplaça dans l'atelier. Ce bras mort lui pesait sur le côté. Il grimaçait, le regard sombre.

— Tu ne peux pas t'y habituer du premier coup ! se défendit l'oncle. Essaie donc de soulever quelque chose.

Augustin s'approcha de la bigorne à river les cercles de barriques. Il enfila l'anneau dans l'extrémité pointue de l'enclume, glissa la main sous la partie plate. Petit-Jean voulut intervenir. Les deux vieux lui intimèrent de ne pas bouger. Augustin s'arc-bouta. L'enclume et son billot s'élevèrent lentement. Des veines saillirent sur le bras et les tempes d'Augustin, qui relâcha son fardeau avec un han ! de soulagement.

— Je ne croyais pas y arriver..., avoua Augustin, les prunelles brillantes.

— On ne t'en croyait pas capable, non plus ! reconnut l'oncle, la main sur l'épaule d'Augustin.

— Vous me redonnez la moitié de moi-même ! Je vous remercie tous les trois.

— Il n'y a pas de merci ! dit l'oncle. Ça nous a fait plaisir. Ça montre qu'on n'est pas encore complètement manchots !

Ils rirent de bon cœur.

— Et que je n'entende plus personne me traiter de corbillard ! déclara-t-il menaçant.

Il retira la bride de cou de son tablier entrée dans le pli profond de sa nuque. La moustache du forgeron Robin riait. Augustin leva son verre.

— Tu sais ce qui nous ferait plaisir ? suggéra l'oncle, et il prit ses compères à témoin. C'est que tu sortes ton paquet de tabac. J'ai parlé de ton scaferlati à Petit-Jean, et il meurt d'envie de s'en rouler une.

— Il pourra s'en rouler deux, même trois, dit Augustin en donnant son paquet et ses feuilles de Job.

Lorsque Élise rejoignit Augustin sans prévenir le jeudi suivant à la métairie des Établières, elle surprit tout le monde à table. Augustin se leva et ne lui laissa pas le temps de poser son sac. Il cala son bras de bois autour de sa taille.

— Mais tu as retrouvé ton bras ! s'écria-t-elle.

— Oui, j'ai retrouvé mon bras !

Il s'empara de sa main gauche, et se mit à danser avec elle autour de la table. Il la faisait tourner. La robe d'Élise volait, sous les yeux ébahis de toute la tablée. Marthe le réprimanda :

— Augustin, tu vas lui faire tourner la tête ! Augustin, il ne faut pas !

Élise fermait les paupières. Ils tournaient de plus en plus vite. Ils entreprirent un second tour de table, heurtèrent la porte de l'armoire, le coin du buffet.

— Vous allez tout me casser !

Ils faillirent perdre l'équilibre, s'arrêtèrent essoufflés. Élise ouvrit des yeux éblouis. Elle palpa le bras de bois et de fer de l'oncle Anselme, incrédule :

— Tu as deux bras, mon chéri, dit-elle.

Elle appuya son front sur son épaule, et un sanglot souleva sa poitrine.

5.

L'oncle Pierre-Antoine Tireau s'opposa fermement à leur projet, extravagant selon lui, de s'installer à la Trézanne. Ils étaient dans le salon des Établières devant les fenêtres en rotonde ouvertes sur la vallée de la Vie. Il prit particulièrement à partie sa nièce, dont il avait été le tuteur :

— Tu ne vas pas devenir une paysanne ! T'imagines-tu un peu la dureté de cette vie ? Tu connaîtras le froid, la boue, la chaleur, la poussière...

— Oui, mon oncle, je sais.

— Tu crois savoir, parce que tu as aidé aux moissons et aux vendanges pendant deux étés. Mais le métier de paysan ne dure pas que le temps des vacances. Il faut tenir la corde et ne pas lâcher du premier au dernier jour de l'année, et du matin très tôt au soir très tard.

— On m'a tenu un discours semblable, intervint Augustin, lorsque j'avais dix ans...

— Les circonstances n'étaient pas les mêmes, répliqua sèchement l'oncle, tu n'avais guère d'autre choix !

La remarque blessa Augustin.

— Que proposez-vous, mon oncle ? demanda Élise.

— Tu as un métier. Pourquoi veux-tu l'abandonner ? Tout le monde à La Chaize loue tes qualités d'institutrice.

— Et pour Augustin ?

— Qu'il continue à travailler avec nous, comme avant la guerre. On ne s'entendait pas si mal.

— Et s'il ne veut pas rester domestique toute la vie ?

— Vous savez ce que vous êtes ? s'emporta l'oncle. Des orgueilleux, l'un et l'autre. Les Martineau sont sur la paille, comment voulez-vous vous en sortir ?

— Comment le savez-vous ?

— Par Guillet, le notaire. C'est d'ailleurs de notoriété publique. Rien n'a été encore réglé parce que la pauvre Mathilde est sur le point de mourir. Sitôt après, les choses pourraient aller très vite.

La colère souleva Augustin du canapé de velours où ils étaient assis :

— Monsieur, déclara-t-il à bout de nerfs, Élise est orpheline, moi je suis Augustin le bâtard. Il m'arrive encore d'en rêver la nuit. Nous ne voulons pas un château. Mais si nous sommes un jour chez nous, nous arriverons peut-être à oublier nos malheurs.

Pierre-Antoine Tireau se tut. Ses yeux bleus prirent un air indifférent, manière de leur signifier qu'il les laissait libres, mais qu'ils étaient prévenus. Il fut question ensuite de la situation de Marthe et Élie, qui resteraient à la ferme des Établières jusqu'à la fin de la guerre, et rejoindraient la Trézanne après leur remplacement par un fermier au retour des soldats. La tante servit le porto, et insista pour que le repas de mariage se passe au château des Établières. Ils parlèrent de robes, de chapeaux, de menus, et autres excentricités joyeuses. Mais Élise observa que les sourires de son oncle étaient convenus, et qu'il y avait désormais cette ombre entre eux.

La décision de former cortège ne fut prise qu'à la dernière minute devant l'affluence à l'église. Le ronflement nasillard de l'harmonium retentissait déjà. Il avait plu, la veille du mariage, et durant toute la nuit. Marthe et Élie s'étaient levés tour à tour pour considérer dans le noir la désolation de la pluie battante. Et puis le miracle s'était produit : la pluie avait cessé avec le lever du jour. Le soleil avait surgi. Il avait pris de la force, et une tendre lumière blonde rayonnait maintenant dans un ciel bleu. Le printemps avait rendez-vous avec les mariés.

Élise avait refusé de se marier en blanc, malgré l'insistance de Marthe. Elle portait sa robe moirée grenat, à triple bande de velours noir. Elle ne s'était autorisé qu'une folie qu'elle avait avouée rougissante à Augustin : une paire de bottes souples à la mode militaire montant jusqu'aux genoux et lacée de rubans de soie. L'oncle en habit, les pommettes et la racine du nez très couperosées, accompagna Élise jusqu'au prie-Dieu placé au milieu de l'allée.

Élie donnait le bras à Mme Tireau. La dame l'avait appelé sur les marches :

— Élie, vous allez venir avec moi !

Élie avait lancé un pathétique appel au secours vers Marthe. Il n'était déjà pas à l'aise dans son col dur qui lui sciait le cou. Marthe n'avait eu pour lui qu'un regard d'une impériale indifférence. Et il s'était rangé au côté de la châtelaine, conscient d'être autant à sa place qu'une faux dans les mains de cette dame.

Marthe triomphait, au dernier rang, au bras d'Augustin. Elle le conduisait à l'autel, et elle tenait sa revanche. Elle avait tant souffert d'être stérile. Augustin l'avait choisie pour mère. Elle l'aimait et en éprouvait de bouleversantes langueurs au milieu du corps. Augustin se pencha à son oreille :

— Vous n'avez pas mal à votre pied ?

Elle pressa le pas :

— Je n'ai jamais été aussi bien, mon loupiot !

Elle se redressait en traversant l'église remplie de tous les fidèles de la commune conviés par le curé Désamy à ce mariage d'exception en temps de guerre. Elle était fière comme un navire rejoignant le port. La large ceinture de sa robe la partageait en deux. Ses joues débordaient de sa quichenotte. Elle avait choisi la coiffe plutôt que le chapeau pour ne pas se donner des airs.

L'oncle Anselme, le père Robin et Petit-Jean se tenaient côte à côte dans le même banc. Augustin leva l'anneau de sa prothèse pour leur adresser un signe d'amitié.

Le père Désamy arriva et ouvrit le double portillon de la Sainte-Table. L'église était remplie par un rassemblement d'aïeuls fatigués, de femmes en grand deuil, d'enfants vêtus de noir. Les morts de la guerre pesèrent lourd pendant les premières prières de la cérémonie. Et puis le prêtre pria pour l'épouse : « Qu'elle mérite l'amour de son mari comme Rachel ! Qu'elle soit avisée, comme Rébecca ! » Il formula des vœux pour leur couple : « Qu'ils voient tous deux les enfants de leurs enfants, jusqu'à la troisième et la quatrième génération, et qu'ils atteignent une heureuse vieillesse. »

Le curé Désamy fit semblant d'oublier la recommandation d'Augustin, et les enfants de chœur se suspendirent joyeusement aux cordes du clocher à l'heure de la sortie. Le soleil radieux brillait sur les Moutiers lavés par la pluie. Un souffle presque tiède faisait frissonner les robes. Les rideaux gonflés flottaient lentement aux fenêtres ouvertes de la maison du boulanger au bord de la place de l'église.

Le repas fut servi dans la salle à manger du château. Marthe avait exigé de préparer la blanquette de la noce. Elle avait investi la cuisine du château, la veille. Elle avait réclamé une poêle et de la farine, reniflé les cocottes avec des grimaces, et exigé leur rinçage à l'eau claire. Elle avait pétri la viande de veau à pleines mains, et avait demandé un couteau qui coupe. Lucie, la cuisinière du château, s'était dressée contre l'envahisseuse. On aurait dit deux poules se disputant un ver. La blanquette fut délectable.

La salle à manger était décorée de photographies prises par Pierre-Antoine Tireau. Il y avait des portraits, mais surtout des scènes de la vie ordinaire : des labours sur les hauteurs de la Chaînelière ; trois glaneuses devant le moulin de l'Épinay ; un mendiant marchand de cannes ; un rémouleur assis sur le banc de sa meule. Pierre-Antoine Tireau avait promené la boîte de son appareil à travers le pays depuis 1880, convaincu que la photo était le nouvel art des temps modernes. Il s'était aménagé un laboratoire de développement dans une tour d'angle du mur d'enceinte du château, et s'y barricadait parmi ses bacs de rinçage et ses flacons de révélateur et de fixateur. Il montra sa dernière photo primée au concours de l'Amateur photographe de Paris qui avait eu les honneurs de la presse. Il l'avait intitulée « La ration journalière ». Elle représentait son petit-fils, Octave, en costume marin, la serviette sous le menton devant une assiette vide, et un quignon de pain de la ration recommandée aux civils.

Pierre-Antoine ouvrit le trépied de son appareil à chambre 13 × 18, et fit prendre la pose aux mariés devant le grand aulne des bords de la Vie qui distillait la lumière en gouttes.

Augustin tient une position proche du garde-à-vous sur l'un des clichés. Il ne sourit pas, le regard sombre, les joues creuses. On voit bien qu'il n'est pas encore tiré d'affaire. Élise a les mains croisées sur le ventre et, bizarrement, l'index déplié de sa main droite semble indiquer l'enfant dissimulé en elle. Ses yeux, qui regardent loin, éclairent son beau visage ovale aux traits fins. Une tresse de cheveux frange le bord de son chapeau au ras du front.

Sur un second cliché, les mariés se parlent, de trois quarts face. Élise pose la main sur l'épaule de son mari, dans une attitude de tendre abandon. Il rit. Il a l'air beaucoup mieux. Mais c'est elle qui parle. Un gracieux arrondi gonfle sa bouche. Ses yeux enveloppent Augustin d'un regard malicieux. Que lui dit-elle ? Elle a écrit elle-même au dos, de son écriture parfaitement calligraphiée : Little squirrel !

La troisième photographie rassemble toute la famille. On ne s'est pas mélangé. Les frontières sont respectées. Les Tireau se tiennent d'un côté, madame, les brus, et les petits-garçons et petites-filles, M. Tireau lui-même est là. Il a dû confier le déclencheur à un domestique après avoir vérifié sous le rideau noir. Marthe et Élie ont pris place de l'autre côté des mariés. On reconnaît bien les paysans au corps marqué, embarrassés devant l'objectif. Élie engoncé dans son costume cache ses mains dans son chapeau. Marthe fait face, monumentale dans sa robe de faille, à l'ombre de sa quichenotte. Près d'elle une autre femme en noir, au visage émacié, dur. Élise a noté les noms au dos : Lucie ; la guerre des cuisinières n'a pas fait long feu. La lumière vient sur le côté, un soleil rasant d'après-midi de fin d'hiver tamisé par les feuilles. À y regarder de plus près, on distingue un chien couché dans l'herbe déjà haute. Il n'en reste que la silhouette : sa tête, son pelage sont entièrement effacés.

Deuxième partie

Les vêpres du dimanche

1.

Le U de la cour de la Trézanne était fermé par ce qu'on appelait la boulangerie. Élise et Augustin avaient choisi d'habiter cette bâtisse basse de toiture, autrefois occupée par le vieux Martineau, et utilisée pour le rangement des outils et du matériel inutile. Ils avaient refusé le grand logis rempli de meubles et encore plein des souvenirs de Benoîte. Augustin avait vidé la boulangerie de ses vieilleries, avait badigeonné les murs et les poutres du plafond à la chaux, avait bouché les trous de la terre battue avec de la brique. Ils attendirent dehors dans la nuit au milieu de la cour, jusqu'à ne plus entendre le martèlement des sabots du cheval venu les conduire à la Trézanne. Élise poussa la porte. Des bûchettes de chêne lançaient des flammes dans la cheminée.

— C'est Marianne. Elle a allumé le feu, pour que nous entrions dans une maison chaude.

— Soulève-moi. J'ai toujours rêvé de franchir avec toi le seuil de notre maison !

— Je suis manchot, Élise ! Il ne faudrait pas que tu tombes, pas maintenant.

Il la souleva. Il savait qu'elle n'était pas si légère, malgré les apparences. Il hésita, choisit de l'asseoir sur la table, devant le feu. Elle ne bougea pas, le regarda fermer la porte, allumer la lampe. Il ouvrit le lit :

— Regarde !

Marianne avait poussé le zèle jusqu'à y mettre le moine.

— Elle a peur que nous ne nous réchauffions pas !

Élise enleva son chapeau, ses épingles, et ses cheveux se répandirent sur ses épaules. Elle délaça ses bottines, descendit de son promontoire et commença de se déshabiller tout de suite. Ce n'était pas la grande maison qu'il avait souhaitée pour elle. Ils étaient dans un trou de maison. Une haleine humide montait de la terre battue. Il s'embarrassa à défaire les sangles de son bras artificiel. Ils entrèrent entre les draps brûlants et secs comme du papier.

— Comment l'appellerons-nous ? lui souffla-t-elle dans la bouche.

— Si c'est une fille, tu choisiras son prénom, si c'est un garçon, ce sera moi.

— J'aimerais donner à notre fille le prénom de ma mère, Alexina.

— C'est beau, Alexina, Alexina-Élise. On pourrait appeler le garçon Donatien.

— Pourquoi Donatien ?

— Ma mère s'appelait Donatienne.

— Donatien-Augustin..., gémit-elle.

Et elle glissa sur lui le satin de l'anneau de chair.

Elle se réveilla à quatre heures. Le vent se frottait contre les murs de la maison. Son souffle ronflait dans le conduit de la cheminée. Le feu s'était éteint. Une barre de braise clignotait parmi les cendres. Elle tendit l'oreille, se dressa dans le lit. Elle sentit quelque chose de lourd tomber sur ses pieds. Elle poussa un cri :

— Augustin, il y a quelqu'un !

Augustin s'éveilla en sursaut, craqua tranquillement une allumette :

— Tu vois bien qu'il n'y a rien !

— J'ai senti une boule, là, contre mes pieds !

Il craqua une seconde allumette. La flamme éclaira deux yeux verts. Augustin bondit du lit. Un chat jaune était enroulé sur leur couvre-pied. Leur présence ne semblait nullement gêner l'animal qui les fixait en resserrant et dilatant les paupières.

— Une maison où un chat a élu domicile ne peut pas être une mauvaise maison, dit Augustin.

Sa chemise s'ouvrait et montrait sa nudité. Il tira un chiffon du coffre au pied du lit, l'étendit sur la pierre de la cheminée. Il prit le chat qui se mit à ronronner et le posa devant les cendres chaudes. Il revint vite dans le lit, les jambes grainées de chair de poule. Élise le tira contre elle :

— Embrasse-moi encore.

Elle partit le lendemain soir pour La Chaize. Augustin l'accompagna à la gare du petit train des Moutiers.

— Ce ne sera pas long, lui dit-elle, cinq jours. Et dans quatre semaines nous serons à Pâques. Prends bien soin de notre nid.

Sa voix se cassa. Elle baissa la tête, et monta subitement dans la voiture. Il comprit qu'elle était un vaillant petit soldat, et lui dissimulait ses larmes.

Il faillit heurter le petit Marcellin Barbillon en sortant uriner le matin suivant. La nuit était glacée. L'enfant de sept ans était assis sur les pavés du massif de la cour, les mains serrées entre ses jambes.

— Qu'est-ce que tu fais là ? lui demanda-t-il avec brusquerie. Tu es arrivé depuis longtemps ?

L'enfant répondit d'une voix craintive :

— Oui, assez.

Augustin le gronda plus doucement :

— Il ne fallait pas rester dehors. La porte de la maison était ouverte. Viens.

L'enfant rentra derrière lui. Son pantalon, sous sa blouse, lui descendait à mi-mollet, découvrant des chevilles maigres et noires de crasse. Ses galoches étaient rapetassées avec du fer de boîte de conserve.

— Écoute, même pour travailler dans les champs, il faut être propre. Tu vas te laver, et t'enlever ces croûtes autour de tes yeux.

Il versa de l'eau dans la cuvette, sur la pierre de la cheminée.

— Allez, vas-y, débarbouille-toi !

L'enfant plongea ses mains dans l'eau et s'en frotta la figure en s'ébrouant comme un chaton.

— Tu peux utiliser le savon ! Frotte bien tes yeux, ton nez, ta bouche, tous les trous où se met la saleté. Si ça pique, c'est bon signe. Cela veut dire que la crasse est en train de partir.

Il lui tendit une serviette :

— Alors, est-ce que tu ne te sens pas mieux ?

Marcellin hocha la tête. L'enfant avait les joues creuses, le nez en lame de couteau.

— Est-ce que tu as mangé, ce matin ?

— Oui, dit-il en se frottant timidement l'extrémité des doigts.

— Quoi ?

— De la soupe.

— Froide ? Le reste d'hier soir ?

Il hocha de nouveau et recommença de se frotter le bout des doigts.

— Ne te frotte pas ainsi les doigts. Viens. Tu vas goûter la cuisine de Marianne. Comment veux-tu tenir le coup toute la journée dans le champ si tu n'as pas mangé ?

Ils traversèrent la cour. La nuit blanchissait par-dessus le toit de la grange. Ils entrèrent dans la maison des Martineau. Marianne était courbée sur le feu dans la cheminée. Elle poussait une noix de beurre dans la poêle sur le trépied. Elle versa le pot de haricots dans la poêle, et les frissons de la friture remplirent la salle. Augustin fit asseoir Marcellin auprès de lui.

— Tu as ton couteau ?

— Oui.

Marianne leur apporta des assiettes.

— Alors, c'est un nouvel ouvrier ?

— Oui, et il aura besoin d'être vigoureux, ou je le renvoie chez lui ! dit Augustin en clignant de l'œil.

Marianne lui tendit la miche de pain.

— Où est-il, lui ? demanda-t-il à voix basse.

Elle lui fit signe de couper.

— Il n'est pas loin. Il va venir.

Il comprit que Robert Martineau achevait de se lever. Il se tourna vers le lit de Mathilde. Elle était toujours là, dans le même état que quelques semaines plus tôt. Son mari dormait dans une chambre du grand logis. Marianne couchait dans le lit en face.

— Avez-vous bien dormi ? demanda Augustin à la malade.

Elle ferma les yeux.

— Comment voulez-vous que je dorme bien ? Je dors tout le temps. Je ne fais pas la différence entre le jour et la nuit. Une lampe à bout de pétrole continue d'éclairer, par habitude. Mais elle finit par mourir.

— Elle a souffert cette nuit, à deux heures, chuchota Marianne. J'ai dû me lever.

Robert Martineau entra, les bretelles de part et d'autre des culottes. Il grogna un bonjour et traversa lourdement la salle sur ses savates de feutre. Il s'assit sur le banc en face d'Augustin et de Marcellin. Il regarda l'enfant en se mettant à manger, l'enfant baissa la tête et esquissa le geste de se frotter les doigts.

— Marcellin, arrête ! le gronda Augustin.

Il s'adressa à Martineau :

— J'ai déjà soigné les bœufs. Les vaches réclament.

Il ajouta pour se convaincre en même temps que la maisonnée :

— Ils donnent une prime de vingt francs par hectare ensemencé après le 15 février. Il faut un quart de semence de blé Manitoba de plus que de blé de pays. Mais si je ne me suis pas trompé, ça doit être rentable. Ce blé Manitoba est extraordinaire : il sera mûr aussi vite que le grain semé en octobre.

Augustin et l'enfant sortirent. Marcellin lui collait aux culottes comme un petit chien. Les bœufs Garçon-Jupon étaient les descendants des croisements parthenais-charolais défendus par Augustin. Garçon avait la robe pourpre parthenaise, Jupon était couleur froment. Ils étaient tous deux trapus, presque ronds, fermes sur leurs appuis. Marcellin leur tendit quelques feuilles de chou. Ils les lui arrachèrent des mains à coups de langue gourmande.

— Ne te sers pas de la pointe de l'aiguillon, lui recommanda Augustin. À quatre ans, ils en connaissent déjà un rayon. Ils attendent seulement que tu leur donnes des ordres clairs. Si tu les commandes bien, ils seront en confiance, tu n'auras pas à élever la voix.

L'enfant avait le grand aiguillon dans la saignée du bras comme un homme. Le bouton de l'essieu cognait contre la roue de la charrette. Les bœufs tendaient tranquillement le cou. Les lanières du joug crissaient. L'horizon jaunissait. Le coq de la Trézanne chantait derrière eux. Celui de la Mignardière lui répondait sur la droite par-delà les arbres et la vallée.

Ils arrivèrent à la grande versenne de l'Abbaye. Augustin souffrit encore de découvrir cette étendue de terre douce lentement déclive jusqu'à la prairie des bords de la Vie livrée aux orties, aux ronces et aux chardons. Robert Martineau, au temps de sa splendeur, lui avait montré les coteaux de la Planche du Gravier en disant :

— Mon grenier est là. La terre est tellement habituée à donner du blé que, si j'oubliais de l'ensemencer, le blé lèverait tout seul !

Le bois de châtaigniers du sommet protégeait de l'ardeur des vents d'ouest. Le rideau de chênes du fond contenait les fraîcheurs de la rivière. Comment avait-il pu négliger son grenier à ce point ?

— C'est un crime, déclara Augustin, de laisser en friche les plus belles terres du pays, quand tant de gens crèvent de faim !

Il attela la charrue. Les bœufs attendaient, obéissants. Leur souffle sortait de leurs naseaux en buée légère dans le matin frais. Augustin éprouvait une impression bizarre, mêlée d'exaltation et de crainte. Il avait tant souhaité cet instant. Dans les pires moments de souffrance, il s'était rappelé le plaisir des labours. Il avait eu envie de ce geste à l'origine de toutes les récoltes de l'histoire du monde. Il avait peur aussi : il ne savait pas comment allait se comporter son bras de bois. Il s'y était un peu habitué depuis trois semaines. Il avait expérimenté sa maniabilité. Il n'était pas sûr, malgré les assurances de l'oncle Anselme, de la résistance de ce bras artificiel à un travail aussi violent et prolongé. Il ne savait pas non plus s'il allait être assez habile et solide lui-même pour effectuer normalement son labour.

Il engagea l'anneau dans le mancheron de la charrue. Il parcourut des yeux l'horizon, entendit un roulement lointain, un aboiement dans les terres cachées. Il pensa à Élise et à son sourire confiant, à la chaleur de ses jambes mêlées aux siennes. Il serra la main sur le mancheron froid et un peu humide de rosée. Il dit à Marcellin :

— Vas-y !

L'enfant fit signe aux bœufs, qui raidirent le col, forcèrent sur les jarrets. Le soc pénétra la terre, l'ouvrit, la déchira. Augustin éprouva alors dans son moignon une décharge aiguë. Des couteaux lui tranchaient les chairs.

Il sentit son front se mouiller. Il ne lâcha pas prise. Il encaissa les chocs du coutre contre les pierres et les mottes. La douleur s'étala dans son épaule, sa poitrine, devint plus sourde. Il écouta alors la musique de la terre contre le versoir, s'emplit les narines de son odeur acide. C'était le moment de labourer. Les beaux jours avaient essoré la terre. Elle ne collait pas au fer. Les racines des mauvaises herbes sortaient de terre en se tortillant comme des vers blancs. Le petit se débrouillait bien. Les bœufs écoutaient sa voix de fille. Ils effectuèrent une manœuvre parfaite au bout du champ. La remontée fut longue et fatigante. Augustin sentit le commencement d'une crampe dans l'épaule à mi-chemin. Il comprit qu'il était trop crispé, se détendit, gagnant en souplesse ce qu'il perdait en force. Il leva les yeux : ni l'enfant ni les bœufs ne s'étaient aperçus de ses flottements. Ils arrivèrent en haut. Augustin dit à Marcellin :

— C'est bien, vous allez d'un bon pas.

Il lâcha les mancherons pour considérer leur longue oreillée. Il s'accroupit pour vérifier la profondeur de la raise, prit une poignée de terre et l'écrasa. Elle était grasse, noire. Il la porta à son nez :

— Sens, dit-il à Marcellin, comme elle a une bonne odeur.

— Mon petit frère, fit-il, mange encore de la terre quelquefois.

— Ça, c'est peut-être bien parce qu'il a faim.

Le regard d'Augustin suivit encore le bourrelet de son premier sillon. Il était droit. Il fumait par endroits. Il regretta l'absence d'Élise. Il aurait aimé partager avec elle la joie de ce premier sillon reproducteur. Les images lancinantes de la guerre revinrent. Il pensa qu'en ce moment soixante-six divisions françaises étaient lancées contre quatre cents pièces d'artillerie allemande au Chemin des Dames. Il se répéta la formule des poilus sur le front : « Ça va mal aujourd'hui, mais ne vous inquiétez pas, ce sera pire demain ! » Marcellin était immobile, le bout de l'aiguillon posé sur la galoche. Les bœufs attendaient, patients. Il vit que l'enfant le regardait avec un visage effaré. Il dit :

— Eh bien alors, on y va ?

Marcellin se précipita :

— Garçon, ho ! Jupon, ho !

Le printemps tarda encore. Les gelées frappèrent jusqu'au début d'avril. Et, du jour au lendemain, la chaleur fut vive. Les arbres mirent leurs feuilles. Le blé Manitoba verdit la versenne de l'Abbaye. Au mois de juillet, il avait rattrapé les blés d'automne. Élise rentra définitivement à la Trézanne. Elle avait pris, elle aussi, de l'ampleur avec les beaux jours. Elle portait son enfant très haut. Elle disait :

— Je mangerais toujours, si je ne me retenais pas. Le plus difficile ensuite sera de perdre les kilos en trop.

Elle ne s'était pas épargnée, pourtant. Elle avait voyagé toutes les semaines entre La Chaize et la Trézanne. Sitôt son arrivée, elle se précipitait sur le balai, les chiffons, pour reprendre possession de son territoire. Et elle sortait les casseroles pour tenir son homme par la langue, avant d'en être maîtresse au lit. La peau de son visage lisse et vermeille était tachée de marques brunes comme des ailes de papillon. Ses seins avaient grossi et s'étaient alourdis.

Marthe héla Élise, un dimanche matin, à la sortie de la messe :

— J'ai fait brûler le plus gros cierge, comme tu me l'avais demandé !

Augustin se retourna. Il s'en allait vers le café en compagnie d'Élise. Il vit Élise faire les gros yeux à Marthe pour qu'elle fût plus discrète. Il interrogea Élise, plus tard, sur le chemin de la Trézanne :

— Alors, comme ça, tu fais brûler des cierges maintenant ?

Élise rougit. De la sueur perlait au bord de sa lèvre. Elle la capta d'un coup de langue. Les étranges dessins en ailes de papillons étaient encore plus visibles lorsqu'elle avait chaud.

— Pour qui faisais-tu brûler ce cierge ? Ce n'est pas tellement dans tes habitudes.

Élise baissa la tête.

— Pour rien. Pour une intention particulière.

— Pour moi ? ironisa-t-il. Pour l'apaisement de ma cervelle détraquée ?

— Peut-être, souffla-t-elle entre ses dents. Ça ne te regarde pas !

Ils marchèrent l'un près de l'autre dans un silence boudeur, plein du bourdonnement des insectes. Elle leva la tête, et avoua précipitamment :

— J'ai demandé à Marthe de brûler un cierge pour l'enfant à naître.

— C'est vrai ? interrogea-t-il soudain inquiet. Tu souffres de quelque chose ?

Il voulut passer le bras autour des épaules d'Élise qui s'écarta.

— Non, dit-elle encore boudeuse, mais je ne suis plus toute jeune.

— Tu as peur que le petit ne soit pas normal ?

Elle haussa les épaules, et la peur confuse d'un enfant mal formé né de leur mariage consanguin les étrangla. Augustin s'approcha, et Élise se blottit à l'abri de son bras.

2.

La chaleur lourde de début juillet dégénéra en orage dans la deuxième quinzaine. Des nuées noires menacèrent de saccager les blés. Par chance, il ne grêla pas. Les averses cassèrent un peu de paille.

Élise souffrit de l'air moite. Elle échauffait sous les bras et le ventre. Elle ne capitulait pas pour autant. Elle allait aux champs. Elle avait aidé Augustin à planter les betteraves et les choux. De nouvelles taches brunes étaient apparues sur sa figure. Elle ne sortait jamais sans son chapeau de paille à larges bords. Ses yeux clairs y brillaient plus blonds.

Élise fut réveillée la nuit du 31 juillet par une vive douleur lombaire. L'air était électrique. Le drap lui grattait la peau. Elle n'appela pas Augustin. Il était rentré harassé et noir comme un grillon des Établières où ils avaient moissonné jusqu'au crépuscule par crainte de nouvelles têtes d'orage. Il avait prévu de repartir à trois heures. Les sangles de sa prothèse le faisaient souffrir pendant ces jours de gros travaux. Pour prévenir les échauffements, il baignait son moignon sensible dans une macération de graines de lin recommandée par Élie.

Elle écouta les grincements de l'antique pendule offerte par l'oncle pour son mariage. Elle sentit l'enfant bouger. Elle s'était habituée à ses coups de pied qui lui coupaient parfois le souffle. Il lui sembla entendre un grondement sourd d'orage. Elle souhaita l'éclair et la pluie pour rendre l'air plus respirable. Elle se reprocha son égoïsme, en pensant aux récoltes. Une berceuse de sa mère lui revint à l'esprit :

Oh ! petit enfant joli, joli
Toi qui joues, aimes, souris, souris
Sois pas pressé d'être grand...

Elle sentit tout à coup du chaud lui couler entre les jambes. Elle s'en voulut de s'être endormie et d'avoir uriné sous elle. Et puis elle comprit. Elle secoua l'épaule d'Augustin :

— Augustin, ça y est !

— Quoi ?

Il courut chez les Martineau appeler Marianne, et partit à vélo, chercher la sage-femme des Moutiers par le chemin du bord de la Vie. La nuit était pleine de choses en marche. Le noir était déchiré par des traits d'éclairs de chaleur. Leur lumière montrait les silhouettes des arbres immobiles, les faisceaux des gerbes rassemblées en treizaines dans les champs. Aucun tonnerre n'accompagnait ces éclairs. Les flaques d'ombre de la rivière s'enflammaient à leur passage. Les éteules encensaient dans les couloirs encore chauds des talus. Les pneus frottaient la terre du chemin avec un froissement d'étoffe. La sonnette de la bicyclette tintait toute seule en sautant sur les ornières.

Augustin tambourina à la porte de Julie Labrousse, la sage-femme du bas du bourg. Julie ne parut nullement alarmée. Elle refusa de partir sans avoir bu son café. Élise pouvait attendre : c'était un premier. Augustin monta vers la place du bourg, frappa à la porte de l'oncle Anselme qui se montra à sa fenêtre, la lampe pigeon à la main, le bonnet à pompon sur la tête :

— Eh ! tu vas réveiller tout le monde !

Toutes les fenêtres étaient ouvertes pour laisser pénétrer un peu d'air.

— Je suis venu chercher la Julie. Pouvez-vous me prêter votre carriole pour l'emmener à la Trézanne ?

L'oncle descendit, sans avoir pris le temps d'enfiler ses culottes. Sa longue chemise lui descendait à mi-cuisse. Ses jambes blanches rentraient en dedans comme à un cheval panard. La mule n'apprécia pas d'être réveillée à une heure pareille. Elle refusa de reculer dans les brancards et montra les dents. Anselme lui assena un coup de son poing fermé sur le chanfrein pour l'amener à la raison.

— Maudite tête de mule !

Il cria dans la rue à Augustin, tout le village devait l'entendre :

— Tu la ramèneras avec la sage-femme, tu nous diras si c'est un gars ou une fille !

La Julie Labrousse avait aidé à mettre au monde une bonne partie de la population de la commune et du canton. À cinquante ans, elle était grande, sèche comme une chèvre. Dans un pays où les enfants vouvoyaient leur mère, elle tutoyait tout le monde. Elle entra à la Trézanne comme un général, reprocha à Marianne de ne pas avoir changé les draps, lui demanda de mettre de l'eau à bouillir.

— Pas ici, tu trouves qu'on n'a pas assez chaud ? On voit bien que tu es une vieille fille, et que tu ne sais pas ce que c'est que de faire un drôle !

Augustin en prit aussi pour son grade :

— Aide-moi à déplier cette alèse de caoutchouc sous ta femme !

Le caoutchouc formait des plis.

— Regarde-moi cet empoté ! Tu crois qu'elle va être bien ? Ne reste pas là.

Elle se montrait d'une grande douceur avec Élise. Elle

l'appelait « ma petite ». Elle avait de belles mains aux doigts longs.

— Le reste a vieilli, reconnut-elle. Le bon Dieu m'a laissé mes mains de jeunette, qui ne font pas peur aux enfants. Car ce sont mes mains que les enfants voient d'abord en venant au monde.

La nuit blanchit. Augustin ne s'en alla pas aux Établières pour y terminer la moisson. Il entreprit de bricoler la barre de la faucheuse de la Trézanne en très mauvais état. Il venait régulièrement aux nouvelles à la porte de la maison.

— Tu vas voir qu'il sera bientôt plus malade que toi ! railla Julie.

Élise esquissa un sourire las. Augustin ne supportait plus cette trop longue attente. Même le bricolage ne le distrayait pas. Pourvu que l'enfant soit normal ! suppliait-il. Et dans des brusques bouffées de panique : Si elle ne résiste pas, si elle meurt comme ma mère, je ne vivrai pas plus longtemps qu'elle !

À huit heures, la situation était toujours la même. À midi, l'ouverture était comme une pièce de cent sous. À quatorze heures, Marthe arriva, conduite par Élie dans le char à bancs du château.

— Elle a deviné l'affaire lorsqu'elle ne t'a pas vu venir. Elle m'a fait la comédie pour que je la conduise avec le cheval et la voiture du château !

Marthe confirma, adressant à Augustin un cinglant :

— Tu aurais pu nous prévenir !

Elle tenait son grand panier noir à double couvercle sur son ventre. Elle rejoignit Julie Labrousse, et renforça le camp des femmes. Élie comprit l'inquiétude d'Augustin, et lui dit avec maladresse :

— Il faut du temps parfois pour ouvrir une matrice. Une génisse a mis deux jours pour faire son petit lorsque j'étais aux Fontenelles.

— C'est vrai ? interrogea Augustin.

La chaleur du dehors était rentrée dans la maison. La sueur ruisselait dans le dos d'Élise. Elle était au-delà de toute fatigue. Elle s'abandonna aux mains des femmes. Elle leur obéit. Elle poussa, se tendit comme un arc, sentit le moment du dernier effort, s'arc-bouta et, dans un cri, expulsa son enfant. Marthe cria :

— C'est un garçon ! C'est un petit gars !

Élise demanda aussitôt :

— Comment est-il ?

Les vagissements retentirent. Un sourire éclaira Marthe et Julie. Augustin se précipita et posa la question :

— Est-il bien ?

— Un peu qu'il est bien, répondit la Julie. Vous avez fait un joli moineau. Son père fermera la porte pour lui interdire de sortir, et il sautera par la fenêtre !

Augustin ne s'intéressa plus qu'à sa femme :

— Comment va-t-elle ?

Elle ouvrit les yeux. Il s'agenouilla au bord du lit.

— Élise, supplia-t-il, en posant le dos de la main sur sa joue, comment te sens-tu ?

Julie Labrousse s'interposa :

— Tu reviendras tout à l'heure. On n'a pas fini notre travail !

Marthe à son tour :

— Tu pourrais au moins regarder ton fils !

— Donatien ! murmura Augustin, en soulevant son enfant dans sa main.

La sage-femme enveloppa Donatien dans un molleton.

— Pour un enfant né avant terme, ironisa-t-elle, il est bien formé. Il est costaud. C'est pour cela qu'il nous a donné tant de mal. Regardez-moi ces mains, un vrai petit Vernageau !

Elle le tourna, lui examina le bassin, lui toucha les hanches. Elle leva les yeux vers Élise, puis Marthe, fronça les sourcils, fut sur le point de dire quelque chose. Marthe demanda :

— Il y a quelque chose qui ne va pas ?

— Non. Approche donc ta cuvette d'eau chaude !

Elle rassura Augustin :

— Ne t'inquiète pas, ta femme va se remettre rapidement. J'ai été inquiète, un moment, à cause de son âge, et parce que c'est un premier. Mais ton Élise est gaillarde. Il ne vous reste plus qu'à vous dépêcher pour donner un frère ou une sœur à cet enfant !

Augustin s'en fut déclarer la naissance de Donatien à la mairie de La Genétouze. La Trézanne se trouvait sur La Genétouze, et Donatien en était un nouveau citoyen. Les heures de permanence du maire étaient affichées. Augustin appuya joyeusement sur les pédales en direction de l'Idernière, la grande métairie du maire Bouron, installé à la mairie sur recommandation du comte des Fontenelles, son propriétaire. Tout lui semblait soudain plus facile et beau en ce lendemain de naissance. Élise s'était réveillée au petit jour en disant :

— Oh ! comme j'ai dormi !

Donatien ne les avait pas réveillés. Elle lui avait demandé :

— Apporte-le-moi.

Le matin était plein des parfums des blés moissonnés. Des geais s'envolaient en sonnant l'alarme dans un jaillissement d'ailes bleues. Ses concitoyens n'appréciaient guère Bouron, car il était sottement fier de son autorité, oublieux qu'il devait sa situation à l'autorité du château.

Les aboiements d'un grand chien fauve précédèrent Augustin dans la cour de l'Idernière. L'animal colla ses crocs menaçants au bas de pantalon d'Augustin. La femme de Bouron, agenouillée sur un drap, criblait de l'orge sous sa fenêtre. Bouron, quant à lui, s'activait à rincer une barrique qui chaloupait d'un bord et de l'autre. Une large coulée violacée et odorante serpentait depuis le seuil de la cave. Le caraco de la Bouron aux bras levés tendait sous l'effort. La poussière volait. Des poules essayaient de s'approcher. Mais un enfant armé d'une baguette les chassait. Augustin s'approcha, malgré les grondements du chien. La femme s'était arrêtée de cribler, les mains aux hanches. Bouron feignait de ne pas s'être aperçu de la présence d'Augustin.

— La mairie est fermée, lui dit Augustin. Je suis venu déclarer mon fils.

Le maire souleva le bord de son chapeau et, les sourcils froncés, dévisagea Augustin :

— Avant de déclarer ton fils, dis-moi qui tu es..., fit-il.

Augustin répondit par un sourire moqueur. La Bouron fit taire son chien.

— J'ai changé, c'est vrai, dit Augustin. On peut ne pas me reconnaître avec un bras en moins.

Et comme Bouron avait recommencé de balancer son fût, il ajouta :

— Tout le monde ne risque pas cette sorte de malheur...

Il faisait allusion au fils du maire, à l'abri, disait-on, à l'état-major, par affectation du comte, colonel d'artillerie. Bouron, touché à vif, releva la tête.

— Tu ne risques pas d'être protégé, dit-il entre ses dents. Tu as semé le désordre partout où tu es passé. Mais ne t'avise pas...

Augustin sourit, moqueur, l'anneau de sa prothèse posé sur son guidon. Le maire acheva brutalement :

— Je serai à la mairie à dix heures, si tu veux y enregistrer ton rejeton !

La femme de Bouron s'était immobilisée. Elle regarda Augustin remonter sur sa bicyclette, et elle réajusta ses cheveux dans son fichu. Le chien trottina derrière Augustin en silence.

Augustin poussa alors jusqu'au presbytère.

— Je crois que la guerre est déclarée entre le maire et moi, confessa-t-il au curé Gallot.

Un ventre de chanoine gonflait la soutane du curé souillée de taches. Le prêtre s'en excusait humblement : « Ma bonne vieillit. Je ne veux pas lui donner trop à laver. Et je n'ai pas d'argent pour m'acheter d'autre robe ! » Il était pauvre. La paroisse de La Genétouze n'était pas réputée pour enrichir ses titulaires. Il était le septième enfant d'un bordier, poussé au séminaire par son intelligence et sa foi.

— Tu as eu tort ! réprimanda-t-il Augustin. Tu arrives juste dans la commune, tu devrais tenir ta langue.

— C'est lui qui...

— Tu connais la parole de l'Évangile : « Malheur à celui par qui le scandale arrive ! » Ton fils est né cinq mois après ton mariage, et tu voudrais faire la leçon à des gens respectés dans tout le pays.

— C'est à cause de la guerre...

— Tu sais ce qu'a fait Bouron, dimanche dernier, à la quête ? reprit le curé. Il n'avait qu'un billet. Alors il a pioché dans la corbeille et s'est fait la monnaie !

— Il demande à ses domestiques de faire leurs besoins sur ses terres, ajouta Augustin. Il ne veut pas qu'ils aillent fumer la terre des autres !

Ils éclatèrent d'un rire complice.

— Ils t'ont coupé le bras jusqu'où ?

Augustin montra le dessus du biceps.

— Il paraît que tu laboures aussi bien qu'un autre avec cet anneau fabriqué par ton oncle.

— Les nouvelles vont vite !

— Le maire est un abruti. Tu n'as pas tort. Il se prend pour une lanterne, à cause de la mairie. Mais sois plus prudent. Il ne faut pas dire toute la vérité aux sots. Bouron peut être dangereux au retour du comte.

Le curé repoussa ses manches de soutane jusqu'au coude. Il avait chaud. Augustin appréciait le naturel du curé. Il le connaissait mal. Élise et lui étaient peu venus à la messe de La Genétouze. Ils préféraient faire un peu plus de chemin et aller aux Moutiers où ils étaient davantage chez eux. Augustin s'adressa au prêtre avec la même franchise :

— Si je comprends bien, monsieur le curé, vous me conseillez d'être un menteur...

Le curé sourit en joignant l'extrémité des doigts :

— On gagne davantage par la douceur que par la violence. Heureux les doux..., fit-il avec un air malin.

Augustin sourit.

— Alors, quand le baptisons-nous, cet enfant du péché ? Demain ? Comment l'appelles-tu ?

— Donatien.

— C'est un beau nom de chez nous. Saint Donatien a subi le martyre avec son frère Rogatien, à Nantes. Il était baptisé, son frère ne l'était pas. Jetés en prison à cause de leur foi, Rogatien demanda à son frère de l'embrasser, pensant que cela valait le baptême. Ils ont été torturés et exécutés. Sa fête est le 24 mai.

— On l'appelle Donatien, précisa Augustin, parce que ma mère s'appelait Donatienne.

Il n'existe pas de photographie du baptême de Donatien. La célébration rapide de la cérémonie n'a sans doute pas permis à M. Tireau d'en réaliser les clichés. La première image de Donatien date de quelques semaines plus tard. Il peut avoir trois mois. Il est assis tout nu sur un coussin brodé, jambes écartées. Ses menottes s'appuient sur une balle au dessin en damier. Sa tête est lourde et volumineuse comparée au corps gracile. Elle s'incline légèrement sur le côté. Il a du mal à tenir assis. Une main le soutient dans le dos. On n'en distingue que le poignet, probablement celui d'Élise. Il fixe l'objectif comme un chaton arraché trop vite à l'abri maternel. Bien malin qui pourrait dire à qui ressemble cette lunaire figure d'enfançon.

3.

Georges Clemenceau, devenu chef du gouvernement en novembre 1917 par 418 voix contre 65, proclama dans son discours d'investiture : « Ouvriers dans les usines, femmes, vieillards et enfants, tous sont les soldats de la France. » Les prix continuaient de flamber : la livre de beurre se vendait de 4,25 francs à 4,75 francs au lieu de 2 francs à 2,25 francs avant guerre. Une vache en lait se marchandait entre 1 000 et 1 400 francs contre 300 à 400 francs. Le prix du froment rouge et blanc était fixé à 75 francs les 100 kilos, mais les boulangers les achetaient jusqu'à 100 francs.

Augustin et Élise se sentaient coupables de profiter de cette situation. Les cauchemars de la guerre continuaient de visiter Augustin et il était souvent réveillé par la vision de son bras déchiqueté. La liste des tués dans les communes s'allongeait. Élise le soutenait :

— Ton devoir maintenant est de produire, et de nourrir ta famille !

Augustin se saoulait de travail avec acharnement. Elle travaillait avec lui au croît du bien. Ils se couchaient à pas d'heure. Ils se levaient à pas d'heure. Augustin descendait le premier du lit, enfilait ses pantalons et ses sabots. Élise feignait de dormir encore pour profiter des câlineries du réveil. Elle s'offrait à sa main curieuse en soupirant, se blottissait contre lui :

— Comme il fait froid ! Donne-moi mes bas, mon corset !

Elle s'asseyait au bord du lit, et se précipitait sur la pelle et les pincettes dans la cheminée. Elle écartait la cendre, soufflait sur les braises. Augustin partait donner aux bêtes dans l'étable. À son retour, il trouvait sa femme assise sur le coffre à sel au coin de la cheminée, le corsage défait. Elle tenait l'index et le majeur ouverts sur sa gorge blanche. La tête duvetée de noir de Donatien y était appliquée. Des bruits gourmands émanaient de sa bouche. Parfois il arrivait que la tête de l'enfant glissât en arrière : il dormait d'un sommeil repu, bouche ouverte, le tétin rose au bord des lèvres.

Augustin défrichait de nouvelles terres. Les pieds de genêts et d'ajoncs poussés dans les champs de la Trézanne lui faisaient deuil. Il partait souvent pour la journée, sa longue houe, sa cognée, sa faucille, sur l'épaule. L'anse de son panier se balançait dans le manche de ses outils. Le pain, le beurre, la bouteille de vin coupé d'eau y avaient été enveloppés par Élise. Il sentait la fumée de ses brûlots, le vert, les feuilles, les écorces, quand il rentrait. Elle le savait content d'avoir cogné, battu, pioché, avec un seul bras, l'anneau de sa prothèse passé sur un ergot mobile fixé sur le manche.

Elle baratta le lait des six vaches pour en faire du beurre. Mais c'était l'hiver. Les vaches étaient à bout de lait. Et la vieille hollandaise aux flancs creux avait le pis sec. Elle développa la basse-cour, pour porter les poulets et les œufs aux foires :

— Je prendrai ton vélo, dit-elle à Augustin. Tant pis si les voisins jugent mal une femme assise sur la selle d'une bicyclette.

Augustin avait repris ses habitudes d'écriture d'avant la guerre. Il tenait le relevé de ses défrichages sur les terres de la Trézanne : versenne de l'Abbaye : quarante-huit ares ; champ de la Grue : vingt-quatre ares ; le Moine :

trente ares ; la Vallée : dix-huit ares. Il alignait ces surfaces en colonne, comme s'il s'agissait d'argent.

— Je vois mieux mon travail quand il est fixé sur le papier, expliquait-il à Élise. Et puis il faut qu'on se prépare à racheter cette terre morceau par morceau, pierre par pierre.

— Tu n'es pas un paysan ordinaire, constatait Élise. Tu me parlerais d'une femme comme tu me parles de la terre, je serais jalouse.

— Je ne sais pas si j'aime la terre ou si je la hais, reconnaissait-il. J'ai l'impression qu'elle me trompe comme elle a trompé des générations de Vernageau. Elle leur a fait croire qu'elle leur appartenait parce qu'ils la pétrissaient. Elle donnait à d'autres le profit de ses récoltes.

Marthe fit signe à Élise, un dimanche à la sortie de la messe :

— Il paraît que vous travaillez comme des petits fous ! Je veux bien que vous ne veniez pas nous voir. Mais pensez un peu à vous. Il y a des choses dont on regrette, plus tard, de ne pas avoir assez profité !

— Rassurez-vous, lui répondit Élise à voix basse sur le même ton de comploteuse, on a les vêpres le dimanche !

— Les vêpres ? interrogea Marthe.

Et puis elle partit d'un rauque rire de gorge :

— Si je comprends bien, on n'a pas intérêt à vous rendre visite le dimanche après-midi ?

— Vous trouverez la porte close.

Ils cachaient leur amour dans le secret de leur boulangerie. Ils prétextaient des désirs de sieste pendant laquelle ils ne dormaient guère.

Ils ouvraient leur porte le soir, las du plaisir de leurs caresses, pour aller soigner les bêtes et traire. Parfois ils reprenaient les espiègleries après le souper :

— On est dimanche ! prétextait le plus entreprenant.

Élise surprit Marianne en train de se plaindre à l'une de ses commères :

— C'est une honte, leur comédie de l'après-midi. Ce n'est pas permis par le bon Dieu de mener la vie comme ça !

La désolation générale nuisait à leur bonheur. Augustin sombrait encore parfois dans des visions d'apocalypse éprouvantes. Élie avait cru remarquer que c'était en période de pleine lune.

Ils étaient comme l'oiseau sur la branche. Le toit qui les recouvrait était un abri provisoire. Ils se livraient à leurs vêpres avec une passion d'autant plus dévorante.

Le monde s'enfonçait dans de gigantesques désastres. Celui de Caporetto avait coûté trente-sept mille tués et trois cent cinquante-cinq mille prisonniers à l'armée italienne. La capitale de la Russie avait été rebaptisée Petrograd. Lénine avait aboli la propriété et confisqué tous les biens. La farine manquait. La ration journalière de pain bis avait été ramenée à trois cents grammes. Le journal *Le Publicateur*, réduit à une page, racontait qu'en sortant de table les enfants disaient : « J'ai encore faim ! » Les lundi, mercredi et vendredi avaient été décrétés jours sans viande.

Le brouillard colla à la terre pendant quinze jours en février. Les nuages restèrent à ras de sol, poissant tout de leur froide haleine humide. On aurait dit que le ciel lui-même voulait être en harmonie avec la grisaille du monde. Le petit Marcellin Barbillon rejoignit Augustin dans son champ un de ces matins-là. Le gamin connaissait bien le pays, car il y avait de quoi s'égarer : on n'y voyait pas à cinq mètres. Les corbeaux volaient en rase-mottes en se parlant pour ne pas se perdre. L'enfant fut là, soudain, près du feu d'ajoncs et d'épines noires, essoufflé, le nez et les joues rougies par la course.

— Augustin ! s'écria-t-il — il l'appelait familièrement ainsi —, les soldats veulent vous prendre la Roussette !

— Qu'est-ce que tu dis ?

— La Roussette, la vache..., bégaya-t-il en se frottant les doigts, les militaires...

— Nom de Dieu ! s'écria Augustin qui avait appris à jurer dans les tranchées.

Il ramassa son paletot sur son panier et s'élança dans le semblant d'éclaircie vers la barrière du champ. L'enfant essaya de prendre son sillage.

— C'est Élise qui t'a envoyé me prévenir ? demanda-t-il en courant.

— Oui.

Le chemin n'était qu'une boue. Augustin n'avait pas encore eu le temps de l'aménager. Il fallait choisir des os de grosses pierres. Augustin glissa, et son sabot s'emplit de boue. Il se retourna. L'enfant pétrifié, jambes écartées, était enfoncé jusqu'à mi-mollet.

— Débrouille-toi, lui cria Augustin, je n'ai pas le temps de m'occuper de toi. Mais n'y laisse pas ton sabot !

Il entra à la Trézanne par le bas de l'étang, trouva trois territoriaux, dont un adjudant, assis devant un verre à la table de la boulangerie. Élise les avait invités pour les mettre dans de bonnes dispositions. Ce n'étaient pas de mauvais bougres. Ils manifestèrent de la considération à Augustin, mutilé de guerre. Mais ils étaient chargés des saisies de vivres pour l'armée.

— Qu'est-ce qui vous a envoyés chez nous ? demanda Augustin.

Il crut comprendre que le maire, Bouron, n'était pas étranger à cette visite.

— En tout cas, vous ne pouvez pas saisir la Roussette, elle fera son veau au mois d'avril. Si vous en voulez une, prenez la hollandaise.

— La vache maigre, qui n'a plus que les os et la peau ?

L'adjudant secoua la tête. Augustin s'emporta :

— Vous n'avez pas le droit ! Vous êtes chargés de nourrir l'armée, mais vous devez respecter les ressources du territoire. Vous n'avez le droit de saisir ni les bœufs de travail, ni les vaches allaitantes, ni les vaches portantes !

— Montrez-moi où c'est écrit.

— Je n'ai pas le papier. Mais donnez-moi quarante-huit heures, je vous le trouve. Si vous emmenez la Roussette aujourd'hui, je vous jure de ne pas laisser les choses comme ça. Je connais du monde !

La détermination du manchot, victime de guerre, ébranlait les militaires. Les sous-fifres interrogeaient leur chef du regard. L'adjudant bougea sur le banc, il redressa son torse lourd comprimé par la vareuse bleu horizon, passa sa langue sur sa moustache. Il allait parler lorsque Marcellin poussa la porte, tête baissée, dans un état pitoyable. La boue lui faisait des chaussettes jusqu'aux genoux. Mais il ne s'était pas seulement enfoncé dans la vase. Il expliqua en hoquetant, et en essuyant ses larmes il se graissait la figure, qu'il était tombé en essayant de s'extraire.

— Je me suis noyé ! fit-il en pleurant.

Élise se précipita :

— Ce n'est pas grave. Je vais te trouver des vêtements pour te changer !

L'enfant en larmes se retourna, et montra le cataplasme de boue sur son fond de culotte. Les militaires ne purent contenir leur rire, tandis que le petit bonhomme de boue s'approchait de la cheminée. L'adjudant se leva en riant encore :

— Je vous accorde quarante-huit heures, pas une minute de plus. Nous serons là après-demain. Nous ne toucherons pas à votre Roussette si vous nous montrez un papier officiel, sinon...

Augustin s'approcha de la bassine fumante où Élise frictionnait Marcellin debout, tout nu. L'enfant hoquetait toujours, les deux mains ramenées sur le bas de son ventre.

— Ne pleure pas, dit Augustin en posant sa main sur la tête tondue, c'est grâce à toi s'ils n'ont pas emmené la Roussette. Tu les as fait rire, et ils se sont décidés.

Marcellin esquissa un triste sourire. Augustin lui pinça les côtes sur lesquelles la peau ondulait :

— Ce n'est pas bien gras, tout ça, gronda-t-il. Tu ferais bien de manger de la soupe, si tu veux devenir un homme. Et puis enlève tes mains d'entre tes cuisses, ton oiseau ne risque pas de s'envoler.

— Tu n'as pas froid ? demanda Élise à l'enfant.

Et puis à Augustin :

— Tu vas aller le chercher, ce papier ?

— Je ne sais pas s'il existe. Il n'existe d'ailleurs probablement pas.

Élise leva les sourcils.

— Eh bien oui, dit Augustin, ils ne peuvent pas vider toutes les étables de France, et tuer le petit dans l'œuf pour nourrir l'armée ! Il vaut mieux s'adresser au bon Dieu qu'à ses saints. Si nous allions trouver le conseiller général et député Baudry d'Asson ?

Des étoiles éclatèrent dans les yeux d'Élise.

Ils prirent ensemble le petit train des Moutiers pour La Roche, le lendemain. Le vent balayait la pluie à l'horizontale. Ils coururent vers un wagon vide. Le trafic en ce début d'année était quasiment nul.

Ils traversèrent le jardin de la préfecture sous une pluie battante. Le gardien dans sa guérite les laissa passer sans vérifier leur identité à cause du temps. Un grand escogriffe d'huissier, galonné comme un général, toucha ses moustaches lorsque Augustin demanda M. de Baudry d'Asson.

— Ces messieurs du Conseil sont en réunion. Ils ne reçoivent pas sans rendez-vous.

Il s'éloigna dans le couloir avec une démarche d'importance. Un drapeau bleu blanc rouge s'inclinait au-dessus d'un buste de Marianne. La photo du Tigre traversant la place d'armes de La Roche était accrochée près de celle du président Poincaré. Ils furent reçus par un obscur greffier, puis par le secrétaire du député, enfin par M. de Baudry d'Asson. Le marquis vieillissait. Une longue barbe de patriarche lui descendait jusqu'au milieu de la poitrine.

— J'ai peu de temps à vous accorder, mes braves, commença-t-il en s'accoudant sur son sous-main.

Augustin raconta la visite des militaires et s'éleva contre le pouvoir discrétionnaire de l'armée. Mais il vit les doigts du marquis s'agiter à mesure qu'il parlait. De Baudry d'Asson s'empara d'une épingle dans une boîte devant lui, et la curiosité parut s'éteindre dans ses yeux. Il interrompit Augustin avant qu'il ait fini.

— Alors, qu'attendez-vous de moi ? demanda-t-il sèchement.

— Ce... papier indispensable pour sauver notre bétail.

De Baudry d'Asson sourit et secoua sa tête au large front plat :

— Je ne peux pas intervenir à chaque fois qu'on prélève une bête dans une étable. Vous savez combien le service d'intendance en demande cette année ?

Il prit ses lunettes et les plaça comme une loupe devant son document :

— Cinq mille !

Il secoua de nouveau la tête, lança un œil à la montre en or posée devant lui. Il les congédiait. La pluie battait derrière les tentures de velours grenat.

— Nous ne parlons pas seulement pour nous ! intervint Élise. Aux Moutiers, l'unique vache d'un bordier a été réquisitionnée. On va prélever du foin, du grain. Les politiques ont de belles formules : « Les semailles du printemps 1918 préparent la moisson de la Victoire ! »

Comment voulez-vous moissonner, si vous empêchez les paysans qui restent de semer ?

— C'est la même chose chez moi, dans mes propriétés, reconnut Baudry d'Asson. Que proposez-vous, madame ?

Élise reprit les arguments discutés avec Augustin depuis la veille. Elle demanda des réquisitions à l'époque de la vente. Elle suggéra que le service d'intendance marque les bovins dans les étables, pour éviter la concurrence avec les marchands et ne pas obliger à s'attaquer au cheptel indispensable. Baudry d'Asson acquiesça :

— Vous avez raison. Il faut faire quelque chose.

Il ouvrit la porte de son secrétaire :

— Cette affaire des réquisitions devient insupportable. Vous rendez-vous compte qu'on réclame cinq mille bêtes à la Vendée, alors qu'on n'en prend que mille cinq cents à l'Allier !

— C'est ce que j'ai noté sur votre dossier, monsieur...

— Vous allez prendre en note les demandes de Mme et M. Vernageau. Pour l'instant, leur souci est de préserver leur cheptel. Voyez l'intendant militaire. Procurez-leur le papier dont ils ont besoin. Appelez-moi s'il y a un problème.

Il inclina sa barbe devant Augustin et Élise.

— Excusez-moi. Vous feriez une excellente avocate, madame ! fit-il en découvrant deux dents couronnées de métal blanc.

Le parquet gémit sous ses pas.

Augustin et Élise attendirent longtemps sur le banc du couloir. L'après-midi s'avançait, et l'heure du départ du petit train des Moutiers approchait. Le dénommé Joseph vint enfin les chercher, le porte-documents sous le bras.

— Eh bien voilà, dit-il en faisant sauter les fermetures, je l'ai, votre papier !

Et il leur en fit la lecture à voix haute. Augustin et Élise remercièrent à peine. Ils se précipitèrent vers la sortie et accélérèrent vers la gare. Heureusement, il ne pleuvait plus. Ils montèrent dans le train deux minutes avant le départ, se laissèrent aller sur la banquette de bois, Élise surtout, une veine bleue gonflée de chaque côté sur les tempes. Ils ne retinrent plus leur joie. Ils étaient presque seuls dans le wagon. Une femme au visage triste était appuyée à la cloison du fond, son garçonnet sous son bras.

— C'est grâce à toi ! la félicita Augustin. Si tu n'avais pas été là, on était perdu !

— J'ai seulement répété ce que tu m'avais dit.

Élise nicha son nez dans le cou d'Augustin, au-dessus du col dur de sa chemise blanche. Elle avait gardé son chapeau.

Ils lurent et relurent le document qui sauvait la Roussette. Le train roulait à travers une campagne qui perdait peu à peu de ses couleurs. Le crépuscule violet enveloppait les champs. L'ombre rendait flous les contours de leurs visages, mais leurs yeux continuaient de luire.

— Écoute-moi..., chuchota-t-elle. As-tu remarqué que je n'avais pas eu mes petits ennuis depuis plus d'un mois ?

— Qu'est-ce que tu dis ?

Et il sentit le feu lui gagner le visage.

— Je pense que je suis de nouveau enceinte.

Il fixa sa femme à travers la pénombre, partagé entre l'exaltation et l'inquiétude.

— Est-ce que ce n'est pas trop tôt ?

Elle haussa les épaules :

— La petite sœur de Donatien ne peut pas attendre longtemps, si elle veut voir le jour. Je suis vieille.

Augustin prit la main d'Élise. Était-elle vieille ? Elle ne lui avait jamais paru aussi belle que dans ce contre-jour. Son visage aux traits doux rayonnait dans le crépuscule. C'était peut-être la plénitude de ce germe d'enfant. Il s'en voulait de ne pas s'en être aperçu avant qu'elle ne le lui dise. Les récentes souffrances de l'accouchement lui revinrent à l'esprit. L'angoisse des accidents de la consanguinité l'étranglait de nouveau. Élise appuya encore la tête sur l'épaule de son mari. Elle éleva la main, et la promena dans la râpe de la barbe déjà longue de la journée.

Le petit train décrivait une légère courbe. Un troupeau de maisons violettes surgit derrière un bois noir. La femme, là-bas, au fond, avait ouvert les yeux.

4.

La pauvre Mathilde cessa de souffrir, un matin, à l'heure du déjeuner. Marianne soufflait le feu sous la poêle de haricots. Robert Martineau attendait devant son assiette, après avoir avalé sa soupe. Mathilde fit entendre un hoquet bizarre. Marianne regarda Martineau perdu dans ses rêves à table. Elle s'approcha du lit de Mathilde, chercha le souffle de la malade avec sa main sur sa bouche, toucha ses joues, lui secoua le bras. Elle se précipita chez Augustin et Élise :

— Elle a passé !

— Qui ça ?

— La patronne, Mathilde ! Elle a fait un drôle de bruit, et aussitôt je ne l'ai plus entendue respirer.

Ils accoururent dans la maison de Robert Martineau qui n'avait pas bougé de table, et invectiva Marianne :

— Vas-tu me donner mes haricots !

Une mouche noire marchait sur le front de Mathilde. Élise la chassa. Augustin partit chercher le curé Gallot.

L'enterrement ne déplaça pas grand monde. La disparition de Mathilde malade en temps de guerre n'était pas un événement. La mort d'une femme de son âge apparaissait banale et somme toute normale.

Robert Martineau mena le cortège funèbre, tout seul, à la suite du corbillard, sans prendre bien la mesure de ce qui arrivait. Il avait laissé Augustin et Élise recevoir les visiteurs. Il se retourna vers eux à la sortie de l'église, lorsque les porteurs prirent la direction du cimetière :

— Qu'est-ce que je vais devenir, maintenant ?

Il courba le dos, porta ses grosses mains vineuses à ses yeux. Le vent remuait la tête du cyprès, là-bas devant, dans le cimetière. Augustin remonta à côté de lui :

— Croyez-vous que Mathilde n'est pas plus heureuse où elle est ?

Martineau hocha la tête. Augustin lui prit le bras. Et ils entrèrent ainsi dans le cimetière de La Genétouze. Le notaire de Palluau passa bénir le corps au bord du trou. Robert Martineau se pencha à l'oreille d'Augustin :

— Va lui parler ! Il faut que nous allions le voir. Je ne veux plus m'occuper de rien.

Augustin rattrapa le notaire en manteau de cheviotte noire, obtint rendez-vous avec lui trois jours plus tard.

Il ne s'attendait pas à apprendre de bonnes choses. Il connaissait assez les chiffres de la Trézanne. Il interrogea tout de même Pierre-Antoine Tireau à la sortie du cimetière pour connaître les intentions de son ami Marchegay, principal créditeur de Robert Martineau.

— Ce n'est pas mon ami, recitifia l'oncle d'Élise. Je lui ai parlé de votre décision de reprendre cette affaire pourrie. Je ne sais pas quels sont ses projets. C'est vrai qu'il n'a pas besoin de la Trézanne pour vivre. C'est tout aussi vrai qu'il peut se débarrasser de vous très vite en exigeant le paiement de la dette.

La main de Robert Martineau trembla un peu en saisissant le heurtoir de l'étude de Me Guillet. Il n'avait pas touché une goutte d'alcool depuis la mort de sa femme. La disparition de Mathilde semblait le rendre raisonnable. Il n'avait pas prononcé dix paroles pendant les trois kilomètres à pied de La Genétouze à Palluau. Il avait poussé son bâton devant lui, les yeux vides. La maringote du boulanger s'était arrêtée, et ils étaient montés auprès de lui. Martineau avait oublié de remettre son chapeau sur sa tête, et l'avait gardé entre ses jambes. Le boulanger l'avait examiné sans pudeur, comme un vieux débris.

Ils attendirent dans le couloir de l'étude aménagé en salle d'attente. Un chien de porcelaine était rempli d'une collection de cannes, à côté d'un antique coffre de chêne sculpté de fleurs de lys. On entrait par le couloir, on sortait par la terrasse. Ainsi, on allait et venait dans la discrétion. Me Guillet appelait son étude, son « confessionnal ».

Il les fit entrer dans son bureau par une double porte matelassée. Augustin reconnut l'odeur de vieux papiers moisis. Des étagères portant des étiquettes de A à Z garnissaient les murs, chargées jusqu'à la gueule de chemises cartonnées en papier kraft.

— Alors, dit le tabellion à la figure jaune comme ses papiers, comment allez-vous, mon brave ?

Il avait une tête de brave homme, lui-même. Sa moustache grisonnante aux poils clairsemés tombait sur sa bouche. Ses doigts la caressaient sans cesse. Robert Martineau fut aussitôt bavard :

— J'ai eu une femme que je ne méritais pas. Elle était travailleuse, intelligente, honnête. Elle venait d'une famille de petits métayers. J'ai cru la dominer, mais elle n'a vécu que pour sa fille, Benoîte. Je me suis cru assez rusé pour jouer à la Bourse. Je ne l'ai pas écoutée lorsqu'elle me disait de tout arrêter. Et puis, Benoîte est morte. Mathilde est morte...

Ses tempes s'étaient mouillées de sueur. Son pouce, serré sur son chapeau, tremblait nerveusement. Augustin lui demanda :

— Lorsque vous m'avez donné la Trézanne, à l'occasion du mariage blanc avec Benoîte, vous saviez que vous étiez au bord de la ruine ?

— Mathilde voulait le mariage. Et puis, je comptais sur les titres de Panama.

— Nous donnez-vous une chance de nous en sortir ? demanda Augustin au notaire.

Me Guillet toussota, tourna les pages du dossier Martineau, arriva à la dernière, la parcourut des yeux :

— Voilà, fit-il, où les choses en sont. M. Martineau a hypothéqué sous seing privé et à l'avantage de M. Marchegay de la Jarrie sa propriété de la Trézanne. Je vous passe les détails et les dates. À ce jour, les emprunts consentis n'ont pas été remboursés. Un certain nombre d'échéances sont dépassées. Le prêteur est donc autorisé à saisir les biens et domaines correspondant au montant de la dette.

— C'est-à-dire ?

— Pour l'instant nous en sommes à 90 000 francs. Les incertitudes de la guerre peuvent très rapidement multiplier ce chiffre par deux.

Augustin savait cela.

— Il y a tout de même ces bons de l'emprunt russe.

— J'oubliais ces bons russes, vous avez raison ! reconnut le notaire en s'emparant de la liasse de coupons.

Il les feuilleta du pouce, et une nuée de poussière monta au-dessus de sa table.

— L'inconvénient, précisa-t-il d'un voix plus basse, c'est que ces coupons achetés 500 francs-or ne valent actuellement guère plus que leur poids de papier. On ne sait jamais, peut-être que dans quelques mois, quelques années, ils reprendront de la valeur. Qui peut prédire l'avenir du monde aussi bien à l'ouest qu'à l'est ?

— Que nous proposez-vous ? demanda Augustin.

Me Guillet reboutonna le premier bouton de son gilet. Les poils blanchissaient ses phalanges.

— Il y a, à mon avis, deux solutions. Je les ai évoquées avec M. Marchegay. Ou bien vous ne vous sentez pas capables d'éponger la dette, et vous devenez les métayers ou les fermiers de M. Marchegay, selon des arrangements ultérieurs. Ou bien vous en réglez une partie, en lui cédant quelque chose comme la moitié de Trézanne, et vous vous engagez à lui solder le reste selon un échéancier que nous déterminerons.

Augustin avait espéré sans trop y croire ce second cas de figure. Il s'attendait à devoir combattre. « Il va nous offrir de devenir des domestiques..., avait-il dit à Élise. — Alors, lui avait-elle répondu, il vaut mieux retourner chez mon oncle, aux Établières. Nous y serons davantage chez nous ! » Elle avait ajouté : « Tant que la guerre dure, Marchegay n'a aucun intérêt à nous chasser... »

Il interrogea le notaire :

— Quelle solution pensez-vous que nous allons choisir ? La terre ne vaut pas grand-chose aujourd'hui. Son prix n'a pas bougé, alors que tout le reste a doublé ou triplé. Un domestique de quatorze ans, il y a quatre ans, était donné pour sa vie et une paire de sabots, aujourd'hui il demande 500 francs avec sa nourriture.

Il ouvrit sa veste, chercha dans sa fausse poche, en sortit une enveloppe gonflée de billets :

— J'ai 3 500 francs économisés par ma femme pendant ses années d'institutrice, plus 500 francs sur les revenus de la Trézanne. Est-ce que cela suffira pour l'instant ?

— Quelle somme représenteraient selon vous les meubles de la Trézanne ? intervint alors Robert Martineau. Ce n'est pas la bonne période pour cette sorte de commerce, mais ça m'est égal. À présent, je me fiche de toutes ces vieilleries.

— Tout de même, s'opposa mollement le notaire, des meubles hérités de votre père et de votre grand-père !

— Et alors ? souffla Martineau. Est-ce qu'ils les ont emportés avec eux dans la terre ? Je n'aurai bientôt besoin que d'un seul meuble. À moins que tu y tiennes ? interrogea-t-il Augustin.

— Vous avez raison, l'important est de sauver la terre.

— Vendez aussi la vaisselle, et le linge !

— Je ne sais pas, fit le notaire, il faut voir...

— Envoyez des spécialistes, insista Robert Martineau. Le plus tôt sera le mieux. Vous recevrez de l'argent plus vite.

Le notaire les raccompagna à la porte de sa terrasse, un bras dans le dos, le ventre en avant. Il fit quelques pas derrière eux, et s'avança vers son jardinier qui poussait une brouette.

Ils tirèrent la lourde porte de la cour, et la cloche agitée par le choc retentit dans leur dos. Les bourgeons des marronniers de la place du marché débourraient dans un ruissellement de soleil. Leurs feuilles minuscules s'ouvraient comme des mains. L'horloge de l'église de Palluau sonna onze heures. Augustin dit :

— C'est bien, ce que vous faites là. Vous nous sauvez peut-être.

Robert Martineau tarda à répondre. Il avait récupéré son bâton contre le mur de la cour.

— Je n'ai pas de mérite. Si je peux réparer un petit peu. Je fais ça pour elle...

Il désigna le ciel de la pointe du bâton.

— Je ne l'ai pas rendue heureuse. Si je l'avais mieux soignée...

— Vous ne l'auriez pas guérie.

— Sait-on jamais. Son mal remontait sûrement à très loin.

Augustin avait freiné sur le blé Manitoba, persuadé qu'il allait être victime de son succès. Tout le monde voulait se lancer dans le blé de printemps à cause des rendements de l'année précédente. Les cours allaient baisser. Augustin avait préféré la pomme de terre. M. de Baudry d'Asson lui avait mis la puce à l'oreille en évoquant leur pénurie. Augustin en avait parlé le lendemain à l'adjudant des réquisitions, et il avait passé un contrat de quatre hectares de pommes de terre avec la commission vendéenne des achats de l'armée. Il ne l'avait dit à personne, pas même à Marthe et à Élie.

— Tu exagères, lui avait reproché Élise, tu pourrais au moins en parler avec eux.

— S'ils travaillaient à leur compte, je leur dirais. Ils sont sous le gouvernement de ton oncle. Lui est assez finaud pour savoir ce qu'il doit entreprendre.

Trois antiquaires se disputèrent le mobilier de la Trézanne.

— Voilà les corbeaux ! dit Augustin, lorsqu'il les vit descendre de voiture en costume noir.

Le notaire, mandaté par Martineau, les accompagnait, un livre de comptes et un crayon à la main. Robert Martineau dirigeait la visite en espadrilles :

— Il faut me bazarder tout ça ! disait-il avec une sorte de frénésie liquidatrice, balayant de la main le contenu des salles et des chambres.

— Pas le linge ! suffoquait Marianne, en découvrant ouvertes les portes des armoires remplies par des générations de Martineau.

— Le linge aussi !

Il tournait les poignées de porte avec une évidente jubilation, retrouvait une vitalité depuis longtemps enfuie.

— N'en faites pas trop, le réprimanda Me Guillet, ils vont penser que vous êtes prêt à vous en débarrasser à n'importe quel prix.

Il y avait vraiment de beaux meubles, des cabinets paysans de style Louis XV, des enfilades trois portes, quatre portes, en noyer, achetées par le grand-père à des saisies. Une armoire, ou « presse », atteignit la somme de 950 francs, le prix d'une paire de vaches. Pierre-Antoine

Tireau vint acheter quelques menus objets. Il s'intéressa à une douzaine de verres en cristal de Bohême.

— Mon père les a rapportés d'une livraison de grain à Angers, dit Martineau. Je devais avoir douze ans, les verres étaient emballés dans une caisse de foin.

— Votre père avait du goût.

— Son goût, c'était surtout ce qu'il y avait de plus cher. C'était encore mieux si c'était volumineux.

Élise dit à Augustin :

— Cet homme me surprend. Il semble ne pas souffrir. À sa place, j'aurais l'impression qu'on m'arrache les entrailles.

— Il a souffert avant. Il se moque pas mal d'une douzaine de verres ou d'une armoire. La vente le rachète. Il éprouve du plaisir à payer une partie de sa dette.

Les voitures de déménagement arrivèrent. Les armoires, les bonnetières, les hommes-debout, défilèrent, sanglés aux ridelles, à travers le bourg de La Genétouze sous un précoce soleil de plâtre. Les gens, la main en visière, la figure rouge sous la quichenotte, commentèrent :

— Y n'en avait.

Enfin Augustin, Élise, puis Marianne, purent visiter le logis vide. Leurs pas résonnèrent sur les carreaux de terre rouge du couloir. Ils entrèrent sur le parquet de ce qui avait été la salle à manger. Restait seule, pendue au linteau de cheminée, une lampe à huile de fer et de cuivre, oubliée dans la vente. Élise la décrocha :

— Elle sera pour nous.

Ils parlaient à voix basse, car les voix résonnaient comme dans un tombeau. Marianne, les mains jointes sur les joues, levait les yeux vers le losange en stuc du plafond et l'anneau de fer où pendait autrefois le lustre de porcelaine. Elle avait par habitude chaussé les patins, puis les avait abandonnés.

— Mon Dieu ! répétait-elle.

Ils passèrent dans d'autres salles, toutes vides.

— Je ne pensais pas la maison aussi grande, fit Augustin.

— C'est la fin d'un monde, chuchota Élise pour ne pas être entendue de Marianne.

Augustin considéra le ventre arrondi de sa femme :

— C'est le commencement d'un autre...

Elle s'appuya sur son bras, et ils gravirent le large escalier de granit conduisant à l'étage.

Marchegay les attendait en bas. Il était grand, massif, les jambes et les reins affûtés par la culotte de cheval, le visage en lame de serpe sans cesse aux aguets. Il avait réussi comme marchand de biens. On disait que les désastres du phylloxéra étaient à l'origine de la fortune de son père. Son cheval isabelle aux sabots, à la crinière et à la queue noir ébène était attaché à l'anneau du pilier.

— Vous avez coupé la glycine à mort, leur dit-il après les avoir salués, vous avez bien fait. Elle a tordu les barreaux de la grille. La végétation a plus de force qu'on ne croit.

De l'index, il chassa sur le mur la poussière d'un barreau descellé. Il parlait avec de grands mouvements de mâchoire, en accentuant exagérément les â et les ô.

— Alôrs, vous déménâgez ? demanda-t-il.

Les mains dans les poches, paupières rapprochées, il porta sur la cour un regard de propriétaire. Il remarqua une rangée de tuiles déplacées sur le toit de la métairie.

— Il y a encore de l'ordre à mettre, commenta-t-il.

Et puis :

— Quand pârtez-vous ?

Augustin sentit le sang déserter son visage.

— Nous ne sommes pas décidés à partir, lui répondit-il la voix étranglée. Vous devez avoir mal lu les actes du notaire.

— Il y a ce qu'on veut, et ce qu'on peut ! répliqua Marchegay, et son regard se rétrécit.

Il s'assit familièrement sur le banc de pierre, près de la porte de la boulangerie. Augustin et Élise restèrent debout, elle, les bras croisés, lui, palpant nerveusement son bras de bois. Marianne avait disparu dans la porte de la métairie.

— Non, dit-il soudain plus conciliant, je ne vous demande pas de partir. Je sais que vous vous êtes déjà donné assez de mal, et que les affaires sont dures. Vous avez réussi l'an dernier avec le blé Manitoba et, cette année (il cligna de l'œil), vous essayez le même coup avec les pommes de terre. Mais ce sont de petits bénéfices, avec cette guerre de misère...

— Où voulez-vous en venir, monsieur Marchegay ? coupa Augustin, la voix vibrante.

Marchegay sourit et replia les jambes sous le banc. Il s'adressa plutôt à Élise qui n'avait pas bougé :

— On a fait une bêtise, vous et moi, en acceptant le découpage proposé par cet âne de Guillet. Vous êtes obligés de faire des gymnastiques impossibles, comme d'aller demander de l'aide aux députés...

Il cligna de nouveau de l'œil. Ainsi, il savait tout, et voulait qu'on le sache.

— Vous ne pourrez pas y arriver ! Joseph, mon fils, est venu en permission, la semaine dernière. Il m'a reproché de vous avoir abandonnés. Il est prêt à venir s'installer à la Trézanne et à vous aider, après la guerre.

— Nous aider en nous prenant pour domestiques ! Je ne sais pas ce que votre fils vous a vraiment dit pendant sa permission, monsieur Marchegay, en tout cas on ne peut pas réécrire les actes. Ce qui est écrit, est écrit.

— Méfiez-vous, dit Marchegay devenant soudain menaçant, je ne vous ferai pas de cadeau.

— On n'attendait pas de cadeau de votre part, monsieur Marchegay !

— Alors, comme ça, ce sera la guerre.

— La guerre, je connais, gronda sourdement Augustin. Je n'ai plus qu'un seul bras, mais je saurais épauler un fusil.

Marchegay reprit la mèche de cheveux gris qui lui était tombée sur les yeux, et se redressa.

— Vous l'aurez voulu. N'attendez pas le moindre sentiment de ma part. Il faudra payer à la date, ou partir !

— C'est entendu, monsieur, dit Augustin blanc comme un linge. Ce ne sera pas la peine de revenir ici, monsieur. L'argent sera déposé chez le notaire.

Élise n'avait pas dit un mot. Elle avait gardé les bras croisés. Mais l'éclat de ses yeux, les frémissements de son visage encourageaient son homme. Le grand Marchegay se dirigea vers son cheval avec une majesté outragée. Le père Martineau sortit de sa métairie :

— Dès que j'aurai l'argent des meubles, je vous le remettrai, monsieur Marchegay. Cela vous fera une avance ! dit-il sur un ton faussement humble.

Le vieux bonhomme avait tout entendu et, en sortant à leur rescousse, il prenait une revanche sur l'homme qui le tenait dans sa main et prétendait leur faire rendre gorge. Le cheval était d'une rare couleur café au lait. Ses sabots firent voltiger des pierres. Marianne sortit à son tour.

— Maintenant on sait ce qu'il nous reste à faire : réussir ! dit Élise.

L'épidémie de grippe espagnole atteignit la Vendée en juillet, pendant les grandes chaleurs des moissons. Elle frappa le père Bassigeau au retour des champs, un soir, près de la Trézanne, sur le chemin des Farfadets. Le nez de son sabot heurta le rebord d'une pierre de granit, et il tomba. On pensa à un chaud-refroidi, sans chercher d'autres explications.

Émilienne Potiron connut quasiment le même sort à la Couleuvrière, quelques jours après. Elle quitta le champ au milieu de l'après-midi pour aller chercher la collation. Comme elle ne revenait pas, sa belle-mère s'en fut la chercher et la trouva dans son lit, claquant des dents et tremblant de tous ses membres. Le vieux docteur Mouche, appelé à son chevet, n'hésita pas :

— C'est la grippe espagnole. Elle est arrivée à l'hôpital militaire de La Roche. Heureusement, dit-il à la malade, vous êtes jeune et de santé robuste, vous résisterez.

Huit jours après, le curé Gallot conduisait Émilienne Potiron au cimetière. Et la mort se mit à frapper à l'aveugle, aussi bien les jeunes que les vieux. Elle lançait ses balles silencieuses. Parfois elles faisaient coup double.

Ce fut le cas chez Marcellin Barbillon. Le terrain y était propice. Les Barbillon nichaient dans un trou de maison du Chiron, à l'entrée de la carrière située à six cents ou sept cents mètres de la Trézanne. Ils vivaient à dix dans les deux pièces acagnardées contre une paroi de granit gris taillée dans le rocher : le père, la mère, les sept enfants et le grand-père. Le grand-père carrier avait eu la jambe écrasée par un bloc de pierre. Le père buvait comme la terre. Il avait fait six drôles en six ans à sa femme Louise, et un septième à l'occasion de sa permission de 1915. La guerre avait été pour Louise une bénédiction : elle avait interrompu le cycle des grossesses. Les Barbillon n'étaient pas plus malheureux en l'absence du père. Le grand-père gagnait quelques sous en rempaillant les chaises et en fabriquant des paniers. L'argent n'était plus dépensé en boisson. Et les quatre enfants aînés chinaient, les plus grands tiraient les petits par la main : ils frappaient aux portes des métairies. Ils recevaient souvent en ces temps de guerre : les paysans, même les plus avares, craignaient d'offenser le bon Dieu et d'attirer le malheur en refusant du pain, du beurre. Enfin, Marcellin avait travaillé de plus en plus souvent à la Trézanne au cours de ces derniers mois. C'était une bouche de moins à nourrir, et l'espoir de sortir de la misère noire grâce à son travail. Louise mourut la première, très vite. Marcellin dit un matin :

— Ma mère est malade.

Et, deux jours plus tard, en se frottant les doigts :

— Elle est morte cette nuit.

Pauline, la sœur cadette de Marcellin, fut prise à son tour.

— Cette guerre, confia à Élise le docteur Mouche qui l'avait guérie autrefois d'une influenza, a engendré une épidémie pareille à celles qui ont fait trembler le monde. Les gens sont fatigués. Ils deviennent des proies faciles. Chez nous, pour l'instant, nous résistons assez bien, mais à Paris on compte mille morts par semaine. On dit la grippe espagnole. En vérité, il faudrait parler de choléra ou de charbon. Les malades saignent ou souffrent de diarrhées. Et tu sais ce que j'oppose à cette saloperie ? Des ventouses, ou des cataplasmes à la graine de moutarde ! Je ferais mieux de réciter des prières !

Le cheveu rare, les traits tirés, le vieux rationaliste franc-maçon avait jeté son chapeau devant lui sur la table.

— Je suis fatigué, tu sais. À nos âges, il y a des choses qu'on ne devrait plus faire. J'arrive de chez les Barbillon. Je passe sur la crasse, l'odeur, les crottes de poules dans la maison. J'ai trouvé une petite fille morte déjà, et un petit garçon sur le point de la suivre.

Avant de partir, il se pencha au bord de son boggey :

— N'oublie pas de faire bouillir toutes tes eaux de cuisine. Ne mange pas de fruits crus !

Élie ajouta :

— Prenez du fer !

Il recommanda de boire de l'eau de clous tous les jours, et de se purger avec une bouillie de choux et de graine de lin.

Le ventre d'Élise était rond comme un tas de blé. Elle

souffrait de la chaleur plus qu'à sa première grossesse, devenait cramoisie avec la montée du soleil.

— N'aie pas peur, disait-elle à Augustin, je suis en bonne santé. Je me demande si ma situation ne me met pas à l'abri de l'épidémie.

— Tu vas faire comme moi : te gargariser tous les matins à l'eau-de-vie, et t'en frictionner tout le corps.

— Mais tu sens l'alambic !

— Comme ça, les mouches ne viennent pas me tourner autour !

Des averses lourdes et froides s'abattirent en septembre. Elles décrochèrent les feuilles, remplirent de boue les chemins et les cimetières. Augustin alla chercher Julie Labrousse, l'accoucheuse, un après-midi, sous une pluie battante, Marcellin encapuchonné à l'arrière sur le porte-bagages. Augustin lui confia son vélo à son arrivée aux Moutiers :

— Tu vas aller aux Établières. Tu diras à Marthe qu'Élise a besoin d'elle. Elle comprendra.

L'enfant s'empara du guidon. Il pédalait en crabe, la jambe glissée sous le cadre.

— Eh ! va doucement, les chemins sont mouillés !

Augustin emprunta de nouveau le mulet de l'oncle Anselme. Julie Labrousse, sa mallette sur les genoux, se plaignit de ses douleurs. Elle redoutait la recrudescence de la grippe avec le mauvais temps.

Élise donna naissance à leur second enfant plus facilement que la première fois. Julie Labrousse perça la poche des eaux, et tout alla très vite.

Élise gémissait.

— Ne te retiens pas, ma fille, lui recommandait Julie, au contraire !

Lorsque Marthe arriva, enveloppée dans sa grande

limousine de laine, luisante de pluie, Julie se retourna, triomphante :

— Tu arrives après la bataille. Le drôle ne t'a pas attendue. Ferme la porte !

Le drôle, en l'occurrence, était une drôlesse.

— Vous en avez de bonnes, répliqua Marthe, vexée, avec un temps pareil !

Les flammes du feu s'étaient couchées sous le courant d'air. Marthe enleva la serviette des mains de Marianne, et essuya le front, les lèvres d'Élise.

— Comment te sens-tu, ma belle ?

Elle reçut la petite, la mignota, baisa ses joues, ses fesses, la posa vagissante sur l'oreiller près de sa mère. Élise glissa le doigt dans le petit poing serré :

— Alexina !

La petite sembla reconnaître la voix de sa mère. Elle cessa ses grimaces, entrouvrit les paupières.

— Regarde, s'écria Marthe, elle a les yeux de son père !

Julie montra la délivrance à Augustin :

— Votre Alexina, comme vous l'appelez, n'est pas bien grosse. Ta femme fait de l'albumine. Je crois bien qu'il faudra que vous vous arrêtiez là ; une prochaine fois, cela pourrait se passer plus mal.

— On ne demande pas de prochaine fois, fit Augustin en s'asseyant au bord du lit. C'est déjà une chance d'avoir eu deux enfants à nos âges !

Donatien gronda dans son berceau où il s'était tenu coi jusque-là. Il s'agrippa aux barreaux, se dressa.

— Écoutez-le, ce voyou, s'exclama Marthe en se précipitant, il est jaloux. Tu as raison, ne te laisse pas faire. Méfie-toi de ces brailleuses, elles savent s'y prendre !

Elle l'approcha d'Élise :

— Tu la vois, ta petite sœur ?

Il fixa l'enfant nouveau-née de ses grands yeux clairs,

et tendit les mains vers sa mère. Ils lui trouvèrent une petite place et le couchèrent près d'elle.

— Marche-t-il tout seul ? demanda Julie.

— Pas tout à fait encore. Il préfère se traîner sur le derrière. Il est paresseux comme beaucoup de garçons.

Élise était lasse tout d'un coup. La fatigue des dernières heures lui fermait les paupières. Elle aurait aimé dormir. Donatien, Alexina étaient une revanche sur leur destin d'orphelins. La paix retrouvée sur le visage d'Augustin incliné vers sa petite fille était une merveilleuse récompense.

Elle rouvrit les yeux. Il était toujours auprès d'elle, la chevelure bouclée par la pluie. Quelques cheveux blancs vrillaient parmi les noirs. Il ne s'était pas rasé depuis deux jours. Il était rugueux comme un arbre. Elle vit Julie prendre Donatien et le porter vers la table :

— Attendons voir comment il s'y prend pour marcher, ce garnement !

Le tenant par les mains, la sage-femme l'obligea à avancer sur le plateau de la table. Mais, après trois pas chancelants, Donatien plia les genoux, et se laissa tomber sur le derrière.

— En effet, il n'est pas courageux !

Elle fit alors bouger les jambes de l'enfant, palpa ses hanches. Élise lui découvrit le même froncement de sourcils inquiet qu'un an plus tôt. Mais, après avoir relâché les jambes de Donatien, Julie Labrousse ne dit rien.

Troisième partie

La réduction

1.

Les cloches de toutes les églises annoncèrent la fin de la guerre le lundi 11 novembre, sur les cinq heures de l'après-midi. Elles ne provoquèrent aucun rassemblement, ni aux Moutiers ni à La Genétouze. Les gens n'avaient pas le goût aux réjouissances, après quatre années de malheur. Et puis la grippe continuait de tuer. Le forgeron Chaillot, de La Genétouze, manifesta ses opinions en peignant les pierres d'angle de sa maison en bleu, blanc, rouge, la nuit suivante.

Élise profita du marché du jeudi 14 pour rendre visite à Julie Labrousse. Donatien ne marchait toujours pas. Elle avait encore à l'esprit les grimaces de la sage-femme manipulant le petit.

Elle la trouva occupée à plumer une poule sous son hangar. Elle la suivit dans sa maison où Julie présenta la poule aux flammes pour griller le duvet.

— Crois-tu que nos petits soldats vont revenir bien vite ? interrogea Julie. Certains les imaginent là pour Noël. À mon avis, s'ils sont de retour à Pâques, ce sera beau.

Elle fit asseoir Élise sur le banc, posa la poule sur la table, lui tira les tripes, en jeta un morceau au chat. Élise se décida :

— Je suis venue vous parler de Donatien...

Quelque chose se resserra douloureusement dans sa poitrine tandis qu'elle prononçait ces mots.

— Je croyais que tu étais de nouveau en espérance ! plaisanta Julie. Tu sais que je t'ai recommandé d'y prendre garde.

— Julie, lui reprocha Élise, je ne vous parle pas de moi. Qu'avez-vous remarqué chez Donatien ?

— Quoi remarqué ? se défendit Julie, et elle releva du dos de la main une mèche de cheveux tombée de son chignon. C'est un joli petit garçon.

— Ne me racontez pas d'histoires, dites-moi la vérité.

Elle ne s'en apercevait pas mais, après son départ, Julie dirait qu'Élise était blanche comme la chaux des murs.

— Qu'est-ce que tu veux que je te dise, je ne suis pas médecin !

Et puis, devant la mine défaite d'Élise, elle reposa son couteau. Elle s'essuya les avant-bras à son tablier, et vint s'asseoir sur le banc près d'elle.

— C'est vrai que je ne suis pas médecin, répéta-t-elle les yeux fixés sur le dehors, et je peux me tromper. Mais j'en ai tant vu, ma pauvre petite, à chaque porte, c'est devenu un réflexe : je vérifie à chaque naissance.

— Et alors ?

— Il me semble que ton petit bonhomme a quelque chose aux hanches.

— Il est déhanché ?

— Peut-être. Je peux me tromper.

— C'est pourquoi il est en retard à marcher ?

— Oui, et non. Le petit Alexandre Esnard a marché à onze mois.

Élise eut la vision de l'enfant des Esnard, malhabile, et elle eut envie de pleurer.

— Et Alexina ? demanda-t-elle, courageuse.

— Je ne crois pas. C'est plus difficile. Elle est trop

petiote. Pour vérifier mes boniments, tu devrais demander au médecin.

— Je n'ai pas osé jusque-là...

Julie posa sa main, grasse encore de la tuerie de la poule, sur celle d'Élise :

— Ah ! ma pauvre. Mais ce n'est pas une maladie. On peut très bien vivre déhanché. À cause de cela, Maurice Marionneau, Jean Boutineau et bien d'autres ne sont pas allés à la guerre. Peut-être qu'ils s'y seraient fait tuer.

Élise n'était pas en état d'écouter les longs discours. Elle se leva.

— Tu vas tout de même prendre un café.

— Non, je ne pourrais rien avaler.

Elle pria une femme de Belleville, sur le marché, de demander au docteur Mouche de passer à la Trézanne.

Le docteur vint le lundi suivant. C'était un bel après-midi d'automne. Il y avait eu un peu de brouillard le matin et de la gelée blanche sur les talus. Le soleil avait nettoyé tout cela, et il rayonnait franc comme de l'or. Augustin était parti labourer avec son chapeau de paille. Il était de bonne humeur. La récolte de pommes de terre avait été à la mesure des espérances, et leur prix dépassait les prévisions : 0,35 francs le kilo à chair blanche, 0,50 le kilo à chair jaune. Élise ne l'avait pas averti de ses démarches. Elle préférait qu'il fût absent.

Le docteur se cramponna prudemment aux ridelles de sa voiture pour descendre : il vieillissait, le marchepied était haut. Il s'avança vers Élise d'un pas alerte malgré tout, en bougeant les épaules comme un jeune homme. Il porta le doigt à son feutre :

— Alors, ma belle, on a besoin de son vieux médecin ? Tu as bien fait de préciser que ce n'était pas urgent. J'ai craint d'abord que vous ne fussiez touchés pas la grippe. Qu'est-ce qui t'arrive ? demanda-t-il en se défaisant de son manteau de ratine gris qu'Élise étala sur le pied du lit.

Il effleura le cerisier de l'armoire et en respira l'agréable odeur de cire d'abeille.

— Je voulais simplement vous montrer mes enfants, déclara Élise souriante. Ça n'est pas inutile de les faire examiner par un médecin.

Mouche devina qu'Élise lui cachait quelque chose. Elle ferma la porte : Marianne traversait la cour, attirée par l'attelage du docteur à l'anneau du pilier.

— Tu ne pourrais pas allumer la lampe ? J'y verrais plus clair.

Donatien pleura d'être livré aux mains de cet étranger avec ses ustensiles de fer. Mouche lui contrôla les oreilles, la bouche, la poitrine, le ventre. Il le dressa sur la table :

— Quel âge a-t-il ?

Il l'obligea à quelques pas, lança un regard à Élise pardessus ses lunettes. Il allongea Donatien sur la table, lui palpa les hanches les pieds joints, l'aida à se rasseoir, ôta ses lunettes.

— C'est pour cela que tu m'as fait venir ? Je ne te raconterai pas d'histoires : il s'agit bien d'une luxation.

— De chaque côté ?

— Oui, double.

Élise ressentit le choc de ces paroles, bien qu'elle s'y fût préparée. Elle restait devant lui, bras croisés, se frottait les bras comme si elle avait froid.

— C'est malheureusement une infirmité ordinaire dans ce pays. Il y a eu trop de mariages consanguins. Tout le monde est plus ou moins cousin. Cela donne ces accidents de la nature. Cela saute parfois plusieurs générations.

Élise l'interrompit :

— Augustin et moi sommes cousins germains.

Mouche ouvrit des yeux ronds, haussa les sourcils, et son front se creusa de rides profondes.

— C'est pour cela que vous aviez interrompu votre belle histoire d'amour, il y a une quinzaine d'années ?

Élise le vit réfléchir, et sut qu'il cherchait à démêler leurs liens de cousinage.

— C'est simple, fit-elle, le père d'Augustin est Armand Tireau, le frère de ma mère. Sa mère, Donatienne, a été servante au château des Astiers. Armand Tireau s'est conduit avec elle comme un goujat. Il n'a même pas su qu'il avait un fils.

Le vieux médecin tenait maintenant Donatien sur ses genoux comme un aïeul. L'enfant, rassuré, osait des gestes familiers. Il avait tiré la montre du médecin de son gousset. Elle était en or. Mouche la lui appliqua sur l'oreille pour la lui faire écouter.

— Ton oncle Pierre-Antoine le sait ? hasarda-t-il.

Elle secoua la tête.

— Il n'y a que nous, et vous désormais.

Il reprit ses lorgnons, et la considéra de son œil sans pudeur de praticien.

— L'amour a été le plus fort..., murmura-t-il. L'amour est la cause de beaucoup de maladies et de guerres, mais qu'est-ce qu'on s'ennuierait sans lui !

Élise lui enleva Donatien, et lui apporta Alexina, qu'elle démaillota.

— Je ne sais pas si c'est une bonne coutume de tenir ainsi les jambes des enfants emprisonnées, remarqua-t-il.

— Juliette Labrousse m'a recommandé de bien serrer le maillot.

— Elle répète ce qu'on disait avant elle.

Il examina les jambes et les hanches de la petite :

— Elle est jeune encore, mais je crois qu'elle n'a rien. Pour l'instant tu vas me supprimer ce maillot et lui laisser bouger les jambes. Regarde...

Il serra les jambes d'Alexina :

— En la maintenant ainsi, tu fais sortir le fémur de sa cavité. Si elle a froid, tu ajouteras une couverture !

— Et pour Donatien ?

Donatien jasait dans son lit. Il grimaça, en voyant le médecin s'approcher de lui.

— Il est beau, ton garçon, dit-il. Il a les cheveux bouclés de son père. Tu iras voir le docteur Pierre, à La Roche. Il pourra peut-être réduire la luxation.

Il griffonna une lettre à l'intention de son confrère sur le coin de la table.

— C'est certainement idiot ce que je vais dire, mais c'est tout de même moins grave que d'avoir un bras en moins...

— Ce n'est pas la même chose, répondit Élise la voix blanche, la luxation est une malformation. Un bras coupé à la guerre suscite le respect.

Elle en parla à Augustin, le soir, au souper. Donatien était assis sur les genoux de son père, à table. Augustin alternait une cuillerée de soupe pour Donatien et une pour lui. L'enfant s'excitait parfois, bec ouvert, frappant des mains sur la table parce que son père n'allait pas assez vite.

— Regarde comme ses yeux deviennent noirs ! disait Augustin à Élise.

— De qui crois-tu qu'il tient ?

Une paire de guêpes, trompées par la douceur de cette fin d'automne, bourdonnaient mollement autour de la lampe.

— À propos, dit Élise, j'ai vu le docteur Mouche, cet après-midi.

Elle se troubla, se sentit rougir sous le regard d'Augustin.

— C'est moi qui l'ai fait venir, je voulais lui montrer les enfants. Je n'ai pas voulu t'inquiéter, se défendit-elle, mais le retard de Donatien ne me semblait pas normal.

— Et alors ?

— Mouche lui a trouvé une luxation des deux côtés.

Augustin continua de faire manger Donatien en silence. Il oublia de prendre des cuillerées pour lui. Lorsque l'assiette fut vide, il tendit l'enfant à Élise après l'avoir embrassé :

— Tu le prends ? lui demanda-t-il.

Elle apportait la beurrée de choux sur la table. L'appétissante fumée se répandait autour de la lampe.

— Je n'ai plus faim, dit Augustin en repoussant son assiette.

Il prit son couteau. D'un geste rapide, il sectionna une guêpe posée tout près du plat, plia la lame, se leva. Il posa la main sur l'épaule d'Élise :

— Je ne m'en étais pas rendu compte, s'excusa-t-il. Et Alexina ?

— Elle n'aurait rien.

— Une chance ! fit-il, amer.

Élise l'appela :

— Augustin !

Il éleva la main, avec un geste vague, et sortit. Elle changea Donatien, le coucha. Comme Augustin ne revenait pas, elle ne donna pas le sein à Alexina. Elle sortit à son tour. La nuit était froide. Elle revint décrocher sa pèlerine, prit aussi la vareuse d'Augustin. Il était parti sans rien. Où était-il ?

La nuit aurait été claire. Mais la chaleur de la journée avait levé des vapeurs de la terre. Élise hésita au milieu de la cour. La lune glissait derrière des rideaux de brume. Des bouquets d'étoiles y accrochaient des gouttes d'argent. Elle appela, doucement, pour ne pas alerter Marianne et Robert Martineau. Une chouette chevêche déboucha devant elle et s'enfuit dans l'allée en miaulant.

Élise longea l'étable, la grange, descendit vers l'étang, s'enfonça dans le molleton de brume retenu par les frênes du bord. Elle vit luire sur l'eau noire un couple d'étoiles à vif, et le brouillard se referma aussitôt. Elle serra sa pèlerine sur ses épaules. Elle avait décidé d'aller jusqu'au bout du brouillard, à la queue de l'étang. Mais le brouillard n'avait pas de bout. Il s'effilochait en lambeaux. Elle appela une fois, deux fois, entendit courir sur le chemin. Elle appela encore. Le chien Tom bondit dans ses cotillons.

— Dis-moi où est ton maître, lui demanda-t-elle en lui enfermant le museau dans la main.

Le chien repartit devant, et l'engagea à le suivre par ses aboiements. Ils remontèrent vers le logis, traversèrent la cour, s'engagèrent sur le chemin des Farfadets, marchèrent encore. Élise découvrit Augustin sur le promontoire dominant la Planche du Gravier et la vallée de la Vie. Le chien dansa autour de lui, et se rua de nouveau vers elle.

— Pourquoi es-tu venue prendre froid ? demanda Augustin. J'étais sorti voir mon labour.

Elle entra dans son jeu et lui répondit :

— Tu n'avais pas pris ta vareuse. Le brouillard est traître en cette saison.

Elle lui tendit le vêtement qu'il enfila. La terre labourée luisait sous la lune devant eux. Aucune charpie de brume ne traînait. Le champ déroulait ses vagues brunes vers les fonds, et lançait des éclats. Les silhouettes des chênes montaient la garde autour. Mais ils voyaient audelà. Augustin avait semé de l'avoine précoce dans la versenne de l'Abbaye et, avec ce commencement de saison si doux, le guéret s'était couvert de touffes. Les coteaux des bords de la Vie s'emboîtaient les uns dans les autres autour du lit de la rivière. Un fleuve de brume blanchi au lait de lune donnait de l'ampleur à la vallée. Tom bâilla et ses dents claquèrent. Augustin murmura :

— C'était trop beau pour que ça dure. J'étais sûr qu'on allait finir par payer.

— Qu'est-ce que tu dis ?

— On a fait une faute, on paye. Nous n'aurions jamais dû avoir d'enfant.

— On n'a pas fait de faute ! se révolta Élise. De quoi est-on coupable ? Tu peux me le dire ?

— On savait qu'on était cousins germains. On ne devait pas se marier. J'aurais dû écouter mon grand-père autrefois. J'aurais dû devenir frère.

— Tu aurais fait un fameux frère ! ricana Élise. Tu es prêt à tout renier maintenant, ta famille, tes projets, l'amour que tu prétendais avoir pour moi !

— Je ne renie rien. Ce n'est pas possible : on est maudits !

— Il n'y a pas de malédiction, Augustin ! s'écria-t-elle.

Et elle secoua son bras mort en sanglotant. Il fondit à son tour. Il passa son bon bras autour de sa femme.

— À l'école, ses copains l'appelleront canard..., fit-il, la voix étranglée.

— Et toi, on t'appelait bâtard !

— Ce qui me mine, c'est de savoir que c'est notre faute. Je ne pourrai pas m'empêcher de penser à chaque fois que je le verrai marcher, et sa gorge émit un sanglot, que, s'il est comme ça, c'est à cause de nous.

— C'est ainsi, Augustin, tu n'y peux rien. Le docteur Mouche m'a parlé de plâtre qui pourrait remettre les os à leur place. Il m'a rédigé une ordonnance pour un docteur Pierre. On ira. On peut peut-être empêcher Donatien de marcher en canard comme tu dis.

Elle toucha la poitrine d'Augustin :

— Tu n'as pas froid ?

— Non.

— Moi, j'ai froid.

Il enveloppa sa femme dans sa vareuse qui sentait l'herbe blonde.

— L'amour aide à vivre, murmura-t-elle. Ne te sauve plus comme ça.

— Tu parles comme un livre. Moi, j'ai du mal à encaisser.

— Moi aussi, je reçois les coups, riposta-t-elle. Celui-là, je l'ai pris dès ma visite à Julie Labrousse.

— Et tu ne m'as rien dit ! Ça ne va pas avec ta théorie.

Il frotta sa joue à la barbe longue contre la joue tendre de sa femme. Ils avaient partagé le meilleur. Ils partageaient le pire, et ils en éprouvaient une sorte de terrible bonheur. Une nuée glissait au-dessus du labour à quelques mètres, comme une bulle. Des bouffées violentes montaient par instants des labours comme une respiration de la glèbe. Quelque chose de léger tomba dans l'herbe auprès d'eux, une branchette morte, un gland.

Marthe se fâcha tout rouge quand il passa lui annoncer la nouvelle. Elle était agenouillée au lavoir dans un garde-genoux à ses mesures, ses cotillons de grosse toile étalés autour d'elle.

— Je croyais que tu venais m'annoncer la mort ! gronda-t-elle en frappant son linge de son battoir.

L'eau froide avait rougi ses mains, et tandis qu'elle frappait encore et encore, le rouge de sa figure lui coulait sur sa double gorge. Augustin avait trouvé Élie à l'étable, lui avait parlé, et ils étaient descendus ensemble au lavoir.

— Bien entendu, toi, tu as pleurniché avec lui ! Mes pauvres hommes, quand je vous ai vus sur le chemin, vous portiez toute la misère du monde !

— C'est quand même un malheur pour le petit Donatien..., se défendit Élie.

Marthe détordit son linge, l'enfonça dans l'eau pour le rincer, lorgna Augustin :

— Celui qu'on aime le plus, c'est toujours le plus fragile de la portée. Les costauds se débrouillent tout seuls. Les faibles ont besoin d'être chouchoutés. Tu le sais bien, toi, dit-elle à Élie, on m'aurait donné un petit déhanché, je n'aurais pas hésité ! Et toi aussi !

Élie opina.

— Et puis il y a ce docteur Pierre. Vous perdez espoir tout de suite ! Cet homme va peut-être arranger ça. Et Alexina ?

— Elle n'aurait rien.

— Tant mieux. C'est peut-être plus embêtant pour une fille. Un garçon trouve toujours à se marier, surtout s'il est intelligent. Et votre drôle ne peut pas être sot !

Elle lança son linge derrière elle sur la brouette.

— Tenez, au lieu de raconter des bêtises, vous feriez mieux de me remonter ma brouette jusqu'à la maison.

Augustin se saisit des poignées.

Donatien fut admis à l'hôpital de La Roche au début du printemps 1919. Le vieux docteur Pierre avait passé la main à un plus jeune médecin revenu de guerre, le docteur Jousse. L'enfant marchait depuis quelques semaines comme un canard.

Aussi n'hésitèrent-ils pas à l'accompagner dans la salle commune de huit lits donnant sur la cour de l'hôpital et une blanche statue de la Vierge au milieu d'un parterre de roses. Un vieux souffrait de coliques néphrétiques à côté de lui et ses cris de douleur pendant les crises effrayaient Donatien. La salle exhalait de suffocants relents de médicaments et de sueur mélangés. La religieuse infirmière s'approcha avec la seringue pour la prise de sang. Donatien appela désespérément son père et sa mère au secours. Le docteur Jousse était un homme de grande taille au visage froid, capable d'annoncer la mort ou la guérison sur le même ton neutre, sans manifester d'émotion. Il avait commenté l'examen des radios de Donatien, les yeux élargis par les verres de ses lourdes lunettes d'écaille :

— La réduction du côté gauche sera plus compliquée. Le côté droit ne pose pas de problème.

Ils entendirent les cris de Donatien décroître dans le couloir tandis qu'on le roulait en direction du bloc. Ils s'assirent sur son lit et attendirent son retour. Le temps leur sembla long. Donatien revint dans une suffocante odeur d'éther. Élise caressa le petit visage rond aux paupières closes, les cheveux noirs bouclés. Elle souleva le drap, et retint un cri. Son petit était prisonnier d'un carcan de plâtre depuis la taille jusqu'à l'extrémité des doigts de pied. Ses jambes étaient horriblement écartées en crabe, les genoux pliés, la pointe des pieds retournée vers l'extérieur. Une étroite fenêtre était pratiquée dans le plâtre pour les besoins naturels.

— Quand il s'éveillera, ce sera terrible !

— Il est comme un animal dans un travail.

Le docteur Jousse déclara que l'intervention s'était bien passée. Il avait beaucoup travaillé pour ramener la tête du fémur gauche à sa place, car il n'y avait quasiment pas de cavité.

Donatien fut d'abord dévoré par la soif à cause de l'endormissement à l'éther. Il souffrit ensuite de crampes dues à son immobilisation d'écartelé. Puis, contre toute attente, il montra une patience fataliste à supporter son mal. La petite sœur Saint-Antoine, religieuse de Saint-Vincent-de-Paul, à cornette comme des ailes de papillon, lui apporta en rougissant une rose volée au parterre de la Sainte Vierge, le matin de son départ. Il lui adressa un amical petit signe d'adieu en agitant la main. Augustin commença de s'habituer à sentir peser sur son genou le plâtre de son fils qu'il tenait contre lui dans le taxi.

Il s'éveilla cette première nuit du retour de Donatien alors que la pendule sonnait deux heures. C'était la présence souffrante du petit à côté qui l'avait réveillé, et une boule lui serra la gorge. Élise bougea. Il se tourna. Elle se tourna aussi. Il ouvrit les yeux, convaincu qu'il ne se rendormirait pas.

— Tu ne dors pas ? demanda-t-il.

— Non.

— À quoi penses-tu ?

— À la même chose que toi.

Ils écoutèrent la respiration de leur petit à travers le noir. Elle dit, plus tard :

— La vie est un combat, et il y a des jours où les soldats ont le droit d'être fatigués.

Et lui :

— J'admire le curé Gallot qui croit au rachat par la souffrance.

Elle :

— Je hais la souffrance ! Le curé Gallot ne sait pas ce que c'est que de tenir un enfant crucifié dans ses bras comme un Jésus.

— Je crois qu'il le sait, dit Augustin en entourant la taille d'Élise de son bras, mais il ne donne pas à la souffrance le même sens que nous. Il sait mieux que nous que le bon comme le mauvais ne durent pas sur la terre. Il croit qu'un jour les larmes seront consolées.

Élise s'aperçut les jours suivants, en soignant Donatien, qu'il était mal tenu sur le côté droit. Elle lui glissait de l'eau de Cologne et du talc sous le plâtre avec un pinceau pour soulager son tronc et ses jambes meurtris et calmer les démangeaisons. Et le plâtre béait de ce côté-là. Elle crut bon d'en avertir le docteur Mouche, qui prévint Jousse. Le chirurgien lui répondit qu'il n'y avait pas à s'inquiéter. Le travail avait été bien fait. Il ne voyait pas de raisons de revoir Donatien avant la date prévue pour le changement du plâtre, deux mois plus tard...

Augustin avait bricolé une chaise pour que l'enfant

tienne assis, le dos calé par des coussins, sanglé par de souples lanières fournies par Petit-Jean. Donatien demeurait de longues heures silencieux, sans toucher à sa balle ni à son cheval de bois, pourvu que sa mère tournât dans la maison. Il ne parlait pas, sinon pour dire l'essentiel : maman, papa. De violentes crises de colère l'emportaient lorsqu'il était confié à la garde de Marianne. Il hurlait sur sa chaise en se tortillant, jetait ses jouets, mettait les doigts dans son pot de chambre, tirait les cheveux de Marianne. L'apparition de ses parents le rendait sage comme une image. Ils le faisaient danser sur leurs genoux.

2.

Le journal *Le Publicateur* annonça en mai la vente des chevaux démobilisés. Les tickets étaient réservés en priorité aux handicapés et victimes de guerre. Augustin en lut l'annonce à Élise un dimanche matin, après le curage des étables. Elle achevait de cirer la table, le buffet. Les habits du dimanche attendaient sur le lit. Ils se querellaient parfois sur la politique. Augustin reprochait à Élise ses penchants socialistes. Elle lui répliquait :

— Tu te donnes des airs progressistes, Augustin Vernageau, n'empêche que tu es reconnaissant à la marquise des Fontenelles de t'avoir habillé lorsque tu étais enfant.

— Pourquoi je ne le serais pas ? Je ne suis pas né dans la soie comme toi !

Leurs disputes en restaient aux taquineries. Ils goûtaient à la nonchalance de ce jour de repos. Elle apporta la terrine d'eau sur la pierre de la cheminée, remonta son cotillon pour se laver les jambes. Ses cheveux attachés en deux longues tresses pendirent de chaque côté de ses épaules.

— Ces chevaux réformés, dit-elle, ne sont sans doute pas en très bon état.

— Ce ne sont pas des chevaux réformés, mais démobilisés. Il doit y avoir de la marchandise mêlée. C'est à l'acheteur de ne pas se tromper.

Elle posa le gant au bord de la terrine, s'essuya la jambe. Le savon embaumait.

— Mon premier souvenir de cheval, dit-elle, est dans les bras de mon père. Je ne devais pas avoir plus de trois ans, puisqu'il est mort peu de temps après. Nous étions sur le Champ-de-Mars. Le cheval trottinait vers la tour Eiffel.

Augustin s'approcha, glissa la main autour de la natte de cheveux.

— Un jour, nous achèterons un cheval !

— Pourquoi pas maintenant ?

Il secoua la tête.

— Tu as l'argent des pommes de terre ! insista-t-elle en se redressant.

— Cet argent est pour Marchegay. Et encore, je ne suis pas sûr d'en avoir assez pour le contenter.

— Combien vaut un de ces chevaux ?

— Je ne sais pas, 2 500 à 3 000.

— On a le char à bancs. On s'en servirait pour conduire Donatien à l'hôpital. Le cheval rendrait service aux champs. Je le prendrais pour aller au marché.

— Tu sais ce que nous coûte l'hôpital de Donatien.

— Élie et Marthe ont de l'argent de côté. S'ils viennent à la Saint-Michel, comme c'est prévu, ils nous le prêteront. Leur argent paiera le cheval.

— Tu es encore plus inconsciente que moi ! Tu sais ce qui nous arrivera si nous ne pouvons pas payer Marchegay...

Élise se redressa la serviette sous le bras, le front buté. Son pied mouillé marquait la pierre. Sa jambe fumait à la flamme du foyer :

— Oui, je suis inconsciente, je suis folle ! — et une veine bleue se gonfla sur sa tempe. — Mais je préfère être déraisonnable, plutôt que d'attendre que la vie passe, sans rien faire.

Elle tendit la main vers la joue d'Augustin :

— Non, ne m'embrasse pas ! Tu piques !

Et puis :

— Tu peux toujours aller à cette vente. Tu verras si tu trouves un cheval qui te plaît.

La présentation des chevaux avait lieu sur le cours Bayard, près de la préfecture. Une cinquantaine d'animaux alignés derrière des cordes piaffaient à cause de la chaleur orageuse de cet après-midi. Ils n'avaient pas belle apparence pour la plupart. Ils couchaient les oreilles. On devinait qu'ils avaient connu de rudes épreuves.

— Ces pauvres bêtes choquées sont inserviables, disait un gros homme en s'éloignant, alors qu'Augustin arrivait. Elles sont tout juste bonnes pour la boucherie !

— De la boucherie, elles en viennent ! lui répondit son compagnon.

Deux cents personnes environ circulaient autour des cordes. Augustin se sentit regardé. Il se retourna, et reconnut à peine le marchand de bêtes Douillard, amaigri, assis sur un pliant, les doigts serrés sur une canne.

— Je ne suis pas beau à voir, dit crûment Aristide Douillard, ne me raconte pas de boniments. Encore aujourd'hui ça va, je remonte doucement la pente.

— Qu'est-ce qui vous est arrivé, Aristide ?

— Une attaque, sans prévenir, il y a huit mois. Mais la bête a de la ressource. J'étais paralysé. J'ai senti des picotis dans les doigts, il y a trois mois. Et tu me vois, là.

— Vous ne pouvez pas vous empêcher de venir sur les champs de foire !

— C'est ma vie. M'en priver, c'est m'enlever la raison de respirer.

Même affaibli, le maquignon avait le portefeuille fixé par une chaîne à sa poche de poitrine. Ses doigts moites s'emparèrent fébrilement du poignet d'Augustin :

— Tu es intéressé par une de ces bêtes ? Fais-moi la voir..., chuchota-t-il en clignant de l'œil droit.

Mais la paralysie lui tirait encore la figure, et le clin d'œil devint grimace. Il se leva péniblement, arc-bouté sur sa canne. Aristide avançait lentement sa jambe droite. La sueur coulait du bord de son feutre noir. Les gens le reconnaissaient, le saluaient. Il redressait le buste. Augustin était sûr que le vieux maquignon savourait sa lente procession. Il l'arrêta derrière un percheron. Tout de suite l'étincelle se ralluma dans les prunelles d'Aristide.

— Je l'avais vu, moi aussi ! murmura-t-il à son élève. Ne le laisse pas partir, c'est le meilleur du lot.

Le marchand s'engagea sans hésitation sur la litière, plus adroit qu'il n'y paraissait. Il repoussa l'arrière-train de l'animal du bout de sa canne. Le percheron était encore assez jeune. Quelques menues taches blanches tranchaient sur sa robe grise. Il était plus grand que ceux de sa race. Augustin apprécia ses bons yeux francs. Ils lui ouvrirent la gueule.

— Il a sept ans, reconnut Aristide. Il aura plaisir à montrer sa force lorsqu'il aura échappé aux mains de ces gougnafiers ! Je te le laisse parce que c'est toi. Mais si tu n'en veux pas, je le prends.

— Comment pourriez-vous l'acheter ? Vous n'êtes pas invalide, et vous n'avez pas de victime de guerre dans votre famille !

— Je ne suis pas invalide, dans l'état où je suis ! pleurnicha Aristide, jouant la comédie. Il aurait fait beau voir qu'ils me refusent un ticket d'achat !

Le roué maquignon s'était servi de sa maladie pour obtenir un passe-droit. Le percheron s'appelait Rosier.

— Un cheval qui s'appelle Rosier ne peut pas être un mauvais cheval !

Augustin lui flatta l'encolure. Rosier lui renifla les doigts et lui chatouilla l'intérieur de la main avec ses poils. Il redressa la tête et bougea les naseaux.

Le capitaine de l'intendance le fit à 1 800 francs à Augustin, un prix qui ne se marchandait pas. Aristide Douillard parla alors d'un boulonnais, qu'il était décidé à acquérir, à condition d'un geste du capitaine pour Augustin et lui. La discussion promit d'être longue. Aristide pria Augustin d'aller lui chercher son pliant. Finalement le capitaine céda les chevaux à 1 680 chacun.

Comme prévu, le percheron fut docile sur le chemin de la Trézanne. Augustin lui parla. Le cheval ferré à neuf l'écouta, ses oreilles bougeaient. Il avait la démarche élégante pour un cheval de trait, à cause de sa haute taille. Ils arrivèrent à la nuit tombante. Les braises du couchant scintillaient à travers les arbres. La robe grise de Rosier luisait de sueur. Une mousse blanche mouillait sa gueule et tombait en fil. Le martèlement des sabots sur les pavés de l'entrée fit accourir Élise. Elle se pressa, heureuse, contre Augustin :

— Alors, tu en as trouvé un ? Comme il est grand !

— C'est un gentil. Regarde, il veut déjà ton amitié...

Rosier tendait le mufle vers Élise, et la considérait de ses yeux ronds aux longs cils. Tom surgit à fond de train, en jappant. Rosier s'écarta. Élise houspilla Tom. Marianne, puis Robert Martineau sortirent de leur maison. Donatien cria dans la boulangerie. Il frappait la table avec sa cuiller parce qu'on l'avait laissé tout seul. Élise revint avec son fils, le plâtre calé contre sa hanche. Elle l'approcha du cheval. Marianne fit : « Oh ! », Donatien leva ses petites mains en jasant. Rosier inclina la tête, à elle seule aussi grosse que l'enfant. Il souffla sur la menotte. Un filet de bave glissa sur les cheveux de Donatien.

— Allez, ça suffit ! s'écria Élise en subtilisant Donatien, et en le serrant contre elle.

Le petit se tortilla, tendit les bras vers le cheval. Sa

mère l'en rapprocha. Il posa la joue sur le cou de Rosier, au bord de la crinière.

Un vent brûlant souffla du sud jusqu'à la fin du mois de septembre, pendant l'été 1919. Les plantations de choux et de betteraves crevèrent dans les champs, et on se demanda avec quoi on allait nourrir les bêtes pendant l'hiver. Une nuit, le vent apporta une pluie de sable rouge. Certains y virent une malédiction après les horreurs de la guerre. Des bigots et bigotes parlèrent de larmes de la Vierge changées en pierre. Les vaches beuglaient dans les prés couleur de terre. Les propriétaires autorisèrent leurs paysans à couper des branches dans les haies pour nourrir les bêtes. Le prix du litre de lait monta à 0,60 franc. La livre de beurre se vendit 12 francs le kilo. Augustin ne renouvela pas la belle récolte de pommes de terre de l'année précédente. Il s'emporta contre Marcellin qui tranchait les tubercules avec sa fourche.

— Bon sang, ce n'est pourtant pas sorcier !

Et prenant la fourche de l'enfant, il tira les pommes de terre minuscules de la poussière :

— Je n'ai qu'un seul bras, et j'y arrive !

Les yeux de l'enfant s'emplirent de larmes.

— Tu ne vas pas te mettre à pleurnicher maintenant comme une fille !

Il croisa le regard d'Élise qui ramassait les pommes de terre avec Marianne derrière les arracheurs. Il enfonça de nouveau sa fourche, et retourna la terre avec force et adresse. Il laissa la place à Marcellin et le regarda peiner dans la terre durcie.

— C'est mieux, lui dit-il adouci, tu vois, il faut choisir la bonne distance.

Le niveau d'eau de l'étang de la Trézanne avait baissé considérablement. La digue, appuyée sur un mur de pierres sèches, était depuis longtemps fissurée, et elle n'avait pas été remise en état. Augustin ne conduisait pas les bêtes à l'abreuvoir sans un serrement de cœur. Les vaches couraient sur le fond de pierre rousse où elles buvaient ordinairement, puis sur une surface de vase blanche desséchée, à la peau craquelée, avant d'atteindre enfin l'eau en beuglant. Elles se heurtaient les flancs à qui arriverait la première. Les aulnes du bord montraient leurs racines grises de vase au-dessus du lit à sec. Une crème de poussière blanchâtre traînait à la surface de l'eau. Heureusement, la source venue du milieu du pré continuait de donner. Augustin allait la visiter souvent, presque tous les matins, pendant que les bêtes buvaient. Il écartait les joncs, les lentilles, et dégageait un œil à peine gros comme le poignet. Le fond de cet œil donnait. Augustin y enfonçait sa main. Il sentait une pulsation régulière venue des profondeurs de la terre. L'eau couleur d'acier, même pendant les jours de cet été, s'écoulait dans le fossé et sinuait en un ruisseau au milieu de l'étang. Deux fois de suite, Augustin vit fuir un éclair à l'approche de sa main : une anguille pointue bondit dans l'herbe et disparut dans le monde immense.

La seconde hospitalisation de Donatien fut plus pénible encore, car l'enfant savait ce qui l'attendait. Il se mit à pleurer dès qu'ils franchirent le porche et qu'il reconnut l'odeur caractéristique. Donatien fut de nouveau emporté à travers l'hôpital sur un chariot. Il revint endormi avec un nouveau plâtre, les jambes tout aussi écartées, les pieds un peu plus ramenés vers l'intérieur. Le docteur Jousse fut avare de commentaires. Il dit seulement qu'on en était à la seconde étape, et qu'on se reverrait dans deux mois.

— Avez-vous constaté une amélioration ?

— La réduction est en cours. La luxation de votre fils était importante.

Ils n'obtinrent rien de plus. Cette réponse évasive laissa Augustin et Élise perplexes. Ils repartirent avec le paquet de leur enfant replâtré.

L'aménagement d'Élie et Marthe à la Trézanne eut lieu à la Saint-Michel. Leur départ, prévu depuis le mariage d'Augustin et Élise, occasionna une querelle avec l'oncle Tireau. Pierre-Antoine proposa en effet à Élie et Marthe de demeurer à la ferme des Établières, malgré l'arrivée d'un couple de jeunes pour les remplacer à leur tâche. Il vint les trouver, un soir, accompagné de son fils Antoine doublement blessé à la guerre, à la jambe et à la tête, et passablement assagi par ses souffrances. Le fils à papa d'avant-guerre avait pris la place de son frère aîné mort, et tourné le dos à ses mauvaises habitudes. Il n'était pas monté à Paris depuis son retour. Il accompagnait son père dans ses déplacements de propriétaire terrien, le suivait à La Roche aux réunions du Syndicat agricole départemental, et au Cercle républicain. Pour l'instant, malgré ses efforts, les paysans se méfiaient de lui, de ses gants de pécari et de sa moustache trop fine.

Élie et Marthe aimaient les Établières, parce que la ferme avait été pour eux, domestiques gagnant 100 sous par an, une chance de promotion. Ils y avaient travaillé de toutes leurs forces dans l'espoir de céder la place à Augustin. Le mariage avec Élise en avait décidé autrement. Mais ils avaient associé dans leur affection l'oncle d'Élise. L'entrée d'Élie dans l'église des Moutiers au bras de Mme Tireau avait transformé leur sentiment en ferveur. Ils croyaient leur départ entendu. Ils écoutèrent, désemparés, les Tireau essayer de les convaincre de ne pas rejoindre ceux qu'ils appelaient leurs enfants. Le jeune Antoine dérailla même avec un projet d'exploitation d'avant-garde et de tracteur agricole Rip. Ils racontèrent la discussion à Augustin qui sourit :

— L'oncle Tireau n'est pas aussi bienveillant que vous le croyiez. Il prêche la liberté et l'égalité. Les méthodes d'ancien régime ne lui déplaisent pas.

— Ce n'est pas possible ! s'écria Marthe, les bras croisés sous sa poitrine.

— Ce n'est pas un mauvais homme. Il a de belles idées. Mais il est habitué à commander. Le comte des Fontenelles a le même comportement.

Augustin rencontra le maître des Établières dans l'allée du château. Le canon du Darne dans la saignée du bras, en bottes et pantalon d'écuyer, Pierre-Antoine sifflait son chien dans les fourrés. Il en imposait dans sa tenue de chasse, maigre comme un cep, la tête couverte d'une casquette à longue visière ronde. Augustin, à vélo, ne quitta pas la selle. Le soleil frappait fort. Ils échangèrent quelques paroles sur la sécheresse. Et Augustin engagea aussitôt le fer à sa manière de fonceur tête baissée :

— Vous êtes allé visiter Élie et Marthe ?

Pierre-Antoine surpris souleva sa casquette et s'épongea le front.

— Oui.

— Le servage était une bonne chose. On s'attachait ses paysans.

Pierre-Antoine remit nerveusement son mouchoir dans la poche de sa vareuse, les doigts acharnés sur le bouton à tête de sanglier.

— Écoutez, Augustin. Je n'ai pas voulu empêcher vos parents adoptifs de vous rejoindre.

— Encore heureux ! Mais vous exercez des pressions sur eux. Cela s'était produit de la même façon à l'occasion de notre départ du village des domestiques chez le comte des Fontenelles. Mais Marthe et Élie sont vieux, et ils ont de l'affection pour vous.

— Vous préféreriez que je les chasse ?

Augustin poussa son vélo d'un demi-tour de roue :

— Je ne vous imaginais pas d'une aussi mauvaise foi !

Pierre-Antoine Tireau se raidit :

— Je vous croyais, sinon de l'amitié, du moins de l'estime pour moi..., déclara-t-il, la voix réduite à un filet.

— Après tout ce que vous avez fait pour moi ?

— Je vous ai pas mal aidé, en effet, même si vous refusez d'en avoir de la reconnaissance.

Augustin, conscient d'être allé trop loin, déclara, presque repentant :

— Marthe et Élie déménageront vendredi prochain.

Pierre-Antoine Tireau appela son chien.

Les Girard n'avaient guère plus de mobilier à déménager que lors de leur installation aux Établières. Le nombre des pots de fleurs était, par contre, en progression. Et cette invasion de gamelles, casseroles, seaux, chaudrons au rebut, fleuris par la main verte de Marthe n'était pas sans effrayer Élise. Elle avait confié à Augustin son espoir d'en voir rester une partie aux Établières, et il l'avait suggéré à Élie qui déclara rudement à sa femme :

— Tu vas en laisser là. Tu ne vas pas les encombrer de tes décorations !

— Quelles décorations ? suffoqua Marthe. Si on ne veut pas de mes décorations, comme tu dis, je reste là avec elles !

Augustin battit en retraite, et prit sur-le-champ la position inverse :

— Pourquoi vous disputez-vous ? Marthe peut apporter toutes ses fleurs. La Trézanne a besoin d'être fleurie.

Alors Marthe, persuadée d'une offensive de son seul mari, se lança à l'attaque du malheureux Élie :

— Qu'est-ce que tu leur reproches à mes fleurs ? Ça te gêne qu'elles me fassent plaisir ? J'ai remarqué que tu laissais les vaches les approcher lorsque tu le pouvais !

Sa mauvaise foi était totale aussi. Elle avait souvent vu Élie courir après ses vaches avec un bâton. Mais sa colère avait besoin de s'épanouir.

— Je disais cela pour éviter d'encombrer le déménagement, se défendit Élie.

L'argument convainquit Marthe. Elle s'essuya le visage avec le pan de son tablier de devant :

— Qu'est-ce que c'est que trois ou quatre pots de plus ou de moins ? Si un tour de plus est nécessaire, on le fera !

Ils s'installèrent dans le grand logis, avec Augustin, Élise, et les enfants. Robert Martineau avait proposé ce regroupement.

Augustin avait prétexté la santé de Donatien pour refuser. Mais, surtout, il était à cran à cause de la sécheresse. Il ne cessait de rabâcher à Élise, avec le visage sombre des jours de catastrophe :

— On est au fond du trou, et le trou est à sec. Je vois mal comment nous arriverons à nous en sortir. Où prendra-t-on l'argent pour payer Marchegay ? Il va être content de nous mettre dehors. Notre achat du cheval a été une folie.

Elle refusait d'entrer dans son désespoir.

— Si on n'y arrive pas, lui répondait-elle en haussant les épaules, eh bien, on ira travailler chez les autres. C'est ce que tu as fait jusque-là, non ? Moi, je reprendrai l'enseignement.

Élise craignait pour sa part la promiscuité avec Marthe et les inévitables heurts de caractère dans le cas d'un déménagement commun entre les murs du grand logis. Marthe et Élie les surprirent par leur adhésion spontanée à la proposition de Martineau.

— On avait bien pensé nous installer avec vous dans la grande maison, déclara Marthe, réjouie à l'avance. On n'osait pas vous en parler. On aura moins l'impression d'être à l'étranger en nous mettant avec vous.

Elle devança les craintes d'Élise, et assura :

— Ne t'inquiète pas, on n'essaiera pas de commander chez vous. Je saurai tenir ma langue. Je ne voudrais pas mettre le feu à la maison. Et puis il y a les deux petits poulots, Donatien et Alexina. Ceux-là pourront nous faire tourner bourrique, on ne s'en plaindra pas.

Marthe et Élie prirent leurs quartiers dans la chambre du bas, à gauche du couloir d'entrée. Cela évitait à Marthe de monter l'escalier, sa mauvaise jambe la faisant de plus en plus souffrir, quoi qu'elle dise. Le lit d'Augustin et d'Élise et celui des enfants furent montés dans les chambres du haut. Toute la maisonnée se retrouva sur le parquet de la grande salle à manger aménagée en salle commune, le premier soir, autour de la table.

Élie n'était pas d'accord avec Marthe sur l'orientation de leur lit. Elle le voulait vers l'est, et lui vers le nord. Donatien était assis sur les genoux d'Élie. Un couple de chauves-souris tournait devant les deux fenêtres ouvertes. Le déménagement leur avait mouillé les chemises. La fraîcheur de la nuit les soulageait, et ils goûtaient le bien-être du premier repas. La pendule, calée entre les deux fenêtres, sonna.

— Elle n'a pas l'air de retarder ! fit Élise tournée vers la pendule au boîtier peint de fleurs naïves.

Elle se précipita vers l'encoignure et, la savate de feutre à la main, écrasa une araignée.

— Le mois de septembre est le mois des araignées..., commenta Augustin.

— Je n'aurais jamais pensé finir ma vie dans un château..., murmura Marthe. Quel dommage, on serait bien, si ce poulot n'était pas plâtré !

Élie fronça les sourcils, lui signifiant de parler d'autre chose. Alexina allait s'endormir. Elle luttait contre le sommeil, mais ses yeux se fermaient.

— Ce n'est pas un château, et il est loin d'être encore à nous, rectifia Augustin rappelant les nuages noirs amoncelés au-dessus de leurs têtes.

— Si tu leur donnais les sous..., suggéra Marthe à Élie.

Élie hésita à abandonner Donatien. L'enfant avait devant lui le petit cheval de bois qu'Élie avait fabriqué pour son anniversaire, et il jouait avec l'aïeul à le faire rouler sur la table.

— Tu ne veux pas leur donner ? insista Marthe.

— Attends, mon bonhomme, expliqua Élie à Donatien. On laisse le capitaine passer l'escadron en revue, et on va faire un tour au bureau de l'intendance. Reste au cou.

Il se dressa flageolant, lourdement chargé par Donatien et son carcan. Ils partirent vers le couloir et la chambre.

— Voulez-vous une lampe ? Vous n'allez rien voir dans le noir.

— Un dragon n'a pas peur du noir !

Il y eut un bruit de chaise. La porte de l'armoire couina. Ils réapparurent, Donatien serrant dans ses bras une boîte de biscuits Lefèvre-Utile.

Élise essuya la table. La boîte était pleine de papiers, de livrets. Élie chercha au fond de la boîte. Marthe se leva :

— Attends ! on va fermer les fenêtres !

La nuit était claire. Les étoiles s'insinuaient dans la maison. Marthe revint s'asseoir auprès d'Élie qui sortit un paquet de billets de banque et les poussa vers Augustin. Il gratta encore au fond de la boîte et en tira des pièces qu'il rassembla en un petit tas. Donatien tendit la menotte pour s'en emparer.

— Il les trouve beaux ! gloussa Marthe. Il s'intéresse aux jaunets !

Elle lui en mit un dans le creux de la main.

— Je monte coucher Alexina, chuchota Élise, la lampe pigeon à la main.

Augustin considérait tout cet argent étalé. La table de bois sombre absorbait toute la lumière de la suspension. Les yeux dans la pénombre étaient accrochés à ces paquets de monnaie.

— Vous croyez que c'était nécessaire que cela se passe dès ce soir ?

— On préfère, répondit Élie. On a toujours peur des voleurs.

— Tu sais ce que nous avons fait en 1916, quand tout le monde parlait de l'invasion de la France ? demanda Marthe. Nous l'avons enterrée, la boîte, dans le jardin, au pied du poirier. C'est pour ça qu'elle est rouillée.

— Ça représente beaucoup de peine, constata Augustin.

Il n'avait jamais vu les économies de Marthe et Élie. Il connaissait la boîte, autrefois fixée par des pointes de charpentier à une poutre faîtière de la maison des domestiques. Leur réserve en louis d'or était plus importante qu'ils l'avaient dit.

— Il y en a un, dit Marthe cherchant de l'index parmi les jaunets, que je peux reconnaître.

Elle tourna les pièces. Donatien tendait la main pour en recevoir d'autres.

— Celui-là ! fit-elle, et elle l'éleva dans la lumière. (L'or étincela.) C'est mon premier. Je l'ai rapporté toute jeunette, et pas grosse comme maintenant, du château des Fontenelles. J'avais seize ans. Je l'avais noué dans mon mouchoir.

Elle lut :

— Napoléon Ier, empereur des Français. J'ai mis cinq ans à le gagner. J'étais entrée travailler aux Fontenelles à onze ans.

Augustin écoutait gêné, n'osant pas bouger, devant cet

argent qui représentait toute la peine et la fierté d'une vie. Élie poussa encore vers lui la liasse de billets :

— Tu sais compter, je crois...

— Non, je ne veux pas, ils sont à vous.

Marthe appuya sa lourde poitrine sur la table et se pencha vers Augustin :

— Si ça doit te mettre à l'aise, mon gars, dis-toi qu'on a accepté de venir ici à cause de ça.

— Je ne vous ai rien demandé, et j'aurais été bien mal reconnaissant.

— Je le sais, reprit-elle avec un sourire caressant, mais tu n'es plus tout seul. Et puis, c'est notre orgueil.

Il appuya son anneau sur la liasse, et compta les billets, empila les jaunets.

— Il y a 11 000 francs, dit-il à Élise revenue de la chambre.

— Il ne faut pas..., commença-t-elle.

— Ne recommence pas ! trancha Marthe. On en a déjà parlé. La seule question est de savoir si cet argent vous rendra service.

— Cet argent nous sauve, avoua Augustin. Avec la sécheresse, je ne sais pas comment nous nous en serions tirés. Marchegay aurait pu nous étrangler.

— Eh bien alors ! rayonna Marthe.

Augustin se leva, sortit du tiroir le cahier noir de ses inventaires, montra la longue énumération des champs, prés, bois, hypothéqués, avec la valeur actualisée de chacun d'eux. Il déplia la carte détaillée de la propriété de la Trézanne qu'il avait réalisée lui-même. La plupart des terres étaient regroupées autour du logis. Seules quelques petites parcelles en étaient écartées, en direction de La Genétouze. La rivière la Vie sinuait au milieu. Le chemin des Farfadets traversait la propriété et la longeait sur la partie sud. Augustin avait poussé le luxe jusqu'à dessiner quelques gros chênes à leur place sur leurs talus, et le pont de la Planche du Gravier avec sa rambarde. Il avait hachuré en rouge toutes les terres prises par Marchegay, représentant la moitié de la Trézanne.

— Onze mille francs, réfléchit Augustin tout haut, cela nous permettrait de racheter la grande versenne des Alouettes... (Il l'indiquait du doigt.) Attention, il y a ces saloperies d'intérêts qui nous mangent la moitié de la somme.

La tête de Donatien glissa sur l'épaule d'Élie. L'enfant avait fermé les yeux. Augustin dit :

— Le temps pourrait se brouiller. J'ai des douleurs dans l'épaule.

Élie confirma :

— Le ciel était caillebotté. L'eau pourrait être là pour la fin de la semaine.

Élise essaya de retirer le louis que l'enfant tenait dans son poing serré. Donatien pleurnicha dans son sommeil, refusant de lâcher prise.

— Laissez-lui, intervint Marthe. Et puis non !

Elle chercha parmi les jaunets.

— Donnez-lui plutôt mon premier napoléon. Ce sera mon cadeau au petit bonhomme, pour marquer notre arrivée à la Trézanne.

Lorsqu'ils se furent couchés dans la grande demeure, Augustin et Élise ne trouvèrent pas le sommeil. Ils avaient laissé la fenêtre ouverte. Un rai de lune filtrait à la jointure du mur et du volet, et se cassait sur le plancher de la chambre. Une chouette chevêche passa en miaulant, revint. Ils l'entendirent se poser sur le toit.

— Qu'est-ce qu'elle a, celle-là ? demanda Élise, blottie sous le bras d'Augustin.

— Elle est mécontente. Elle sait qu'on est là. Elle régnait sur cette maison vide. Elle aimerait nous voir repartir.

— Tu as fermé la porte de la chambre ?

— Oui.

— Je n'entends pas les petits.

Élise se leva. Elle entrouvrit la porte de la chambre des enfants à côté. Elle tendit l'oreille pour écouter le souffle léger d'Alexina. Donatien ronflait, obligé de dormir sur le dos à cause du plâtre. Elle revint, le plancher craqua sous ses pieds nus.

— Tu es fraîche, lui dit Augustin en la recevant contre lui.

Elle l'emprisonna entre ses jambes. Elle avait déjà senti son désir. Ils avaient échangé des regards de vêpres du dimanche tout à l'heure autour de la table. Augustin lui murmura à l'oreille :

— Ne chante pas trop fort. Il y a maintenant du monde en dessous.

— Je ne chanterai que pour toi.

3.

Ils conduisirent Donatien à l'hôpital pour la troisième fois au mois d'octobre, dans la carriole tirée par Rosier. Le docteur Jousse le déplâtra et replâtra jambes allongées, légèrement écartées. Augustin et Élise attendaient dans la chambre, lorsque le médecin glissa la tête par l'entrebâillement de la porte :

— Pourrais-je vous parler, madame Vernageau ? Madame Vernageau, toute seule...

Augustin demeura dans la chambre, inquiet. Élise suivit Jousse dans le couloir jusqu'au chariot de Donatien qui s'éveillait. L'enfant avait été légèrement endormi, l'intervention étant plus bénigne. Il murmura en souriant :

— Maman !

Et referma les yeux. Le docteur déclara brutalement, bras croisés :

— Votre fils boitera, madame.

Élise chancela, s'appuya contre le mur. Une religieuse infirmière la soutint par le bras.

— Voulez-vous vous asseoir, madame Vernageau ?

Elle accompagna Élise jusqu'à une chaise.

— Vous nous aviez pourtant laissé espérer, docteur...

— Le côté gauche est pratiquement ramené à une

position normale. La tête du fémur n'a pas repris sa place sur le côté droit.

— Je croyais que le côté droit devait être plus facile...

Augustin devina la mauvaise nouvelle tout de suite en voyant Élise rentrer dans la chambre en même temps que le chariot de Donatien. Il s'emporta contre le médecin, rappela qu'Élise avait remarqué la faiblesse du premier plâtre sur le côté droit, manqua de provoquer un scandale dans la salle commune. La religieuse infirmière alla chercher le docteur Jousse qui avertit Augustin qu'on l'attendait au bloc pour une nouvelle intervention.

— Je suis navré, s'excusa-t-il à voix basse, de vous avoir laissé entendre que la hanche droite se réduirait mieux. Je me suis trompé.

— Ma femme a prévenu le docteur Mouche. Il vous a signalé que ce côté était mal tenu ! déclara vivement Augustin.

Jousse se raidit dans sa blouse blanche, outré par l'allusion à une possible faute devant le parterre de malades de la salle commune.

— J'ai fait mon devoir, monsieur, lança-t-il sèchement. Je n'ai rien à me reprocher. Allez montrer votre fils à un collègue. Vous verrez ce qu'il vous dira. Ne m'accusez pas, s'il vous plaît, de la luxation de votre fils !

Augustin reçut la réplique comme une gifle. Il resta sans voix au milieu de la chambre. Le médecin s'en alla. Élise s'aperçut que le flux de ses règles, juste commencées, avait été brutalement tari.

Le jeune Antoine Tireau se présenta aux élections législatives des 16 et 30 novembre 1919 avec le soutien du Bloc républicain contre le comte des Fontenelles. Il n'écouta pas son père qui lui conseillait de ne pas en faire trop et d'en dire le moins possible. Il crut mettre en péril la droite conservatrice en se lançant dans une campagne baptisée « à l'américaine ». Il mobilisa ses amis du cercle de La Roche, et ils organisèrent des séances cinématographiques dans les cafés, projetant sur les murs des films à la gloire de la vie sportive et rurale outre-océan. Les Américains n'étaient pourtant pas en odeur de sainteté chez les Vendéens. Leur débarquement à Saint-Nazaire en 1917, et leurs virées de cow-boys à travers la Vendée comme dans une réserve indienne, avaient suscité des rancunes tenaces. Antoine Tireau négligeait ces préjugés de la mentalité locale qu'il voulait éduquer. Il décida d'organiser une démonstration de motoculture dans les champs de la Jarrie, chez les Marchegay.

Il fit dresser le grand tivoli rouge et blanc du Syndicat des agriculteurs au bord de l'étang de la Jarrie. Il mit en perce un fût de vin rouge et un fût de vin blanc sur une table de battage, et les domestiques du château furent encouragés à servir sans compter. Par chance, un beau soleil jaune de décembre brillait sur la prairie et les chênes penchés au bord de l'eau. Il avait plu sans cesse au mois de novembre. La sécheresse de l'été n'était plus qu'un mauvais souvenir. Les terres basses étaient saoules. La Vie débordait. Réfugié dans la bibliothèque du château des Marchegay, Antoine guettait derrière les carreaux, et ses doigts dans son dos pianotaient nerveusement une ritournelle. Mais les gens arrivaient en grand nombre, endimanchés, à pied, à vélo. Les chars à bancs s'alignaient au bord du chemin jusqu'à la bonde de l'étang. Les automobiles entraient dans la cour du château. Et tout ce monde affluait vers la toile du tivoli doucement agitée comme un drapeau. Marchegay s'approcha dans le dos d'Antoine.

— C'est le succès, mon vieux. Il paraît que c'est la bousculade sous le tivoli. Les deux fûts ne vont pas suffire.

— Vous avez de la réserve ?

Marchegay sourit de l'inquiétude de son jeune ami. Il

avait accepté cette démonstration chez lui par sympathie, sans grande illusion sur l'issue du scrutin. Il se demandait maintenant si Antoine n'allait pas déjouer tous les pronostics.

— Tu te rends compte, déclara-t-il avec enthousiasme, ils sont près de mille. Ce ne sont pas tous des nôtres. Il y a même sûrement un paquet de paysans du comte des Fontenelles. Tu avais raison, on est entré dans l'ère mécanique, et les gens le sentent jusqu'au fond de nos campagnes.

L'eau de l'étang frissonna. Un nuage passait. Quelques gouttes griffèrent la vitre. Mais ce nuage était unique. Ils descendirent ensemble l'escalier de pierre de Saintonge. Leurs camarades politiques les attendaient dans l'entrée. Les voix joyeuses félicitèrent Antoine qui tempéra l'enthousiasme :

— Il faut maintenant que ce sacré tracteur marche !

— Il marche ! Tu ne l'entends pas ?

Ils sortirent. Le tracteur stationnait devant les communs du château. Son moteur bourdonnait dans un nuage de fumée. Le mécanicien en bourgeron, du même bleu que le tracteur, salua Antoine d'un doigt à la casquette, le tournevis au creux de la main. Ces messieurs considérèrent la longue charrue fixée à l'arrière. Antoine commenta :

— C'est un brabant double porté, bisoc, à relevage automatique, des établissements Bajac à Liancourt.

Le mécanicien opina avec un demi-sourire dans sa moustache à la gauloise et, comme pour appuyer les propos d'Antoine, il manœuvra un levier, tourna un treuil : la charrue quitta la terre, s'éleva. Ils étaient enveloppés par un nuage de fumée noire.

— Nous y allons, dit Antoine le mouchoir sur le nez comme tous ses amis. Vous attendez cinq minutes, et vous arrivez derrière nous.

Ils tournèrent au coin du château et descendirent vers l'étang. Des spectateurs arrivaient encore.

— Vont-ils tous tenir au bord du champ ? demanda quelqu'un.

— Le champ est grand, ne vous inquiétez pas ! assura Marchegay.

Antoine avait commencé de serrer des mains. Un vol de canards s'élevait de l'étang. Le château qui se mirait dans l'eau n'était pas un modèle de bon goût, constitué d'une juxtaposition de quatre tours rectangulaires, comme si son propriétaire avait ajouté les tours aux tours en fonction de la croissance de ses moyens. Mais l'écrin du parc lui donnait de la noblesse : la prairie de gazon anglais descendait jusqu'à l'étang de douze hectares, ceinturé par une double haie de chênes.

— C'est Saint-Pierre de Rome, disait Marchegay à ses visiteurs. Regardez, on dirait la colonnade du Bernin !

Ainsi ses amis l'avaient appelé en plaisantant le pape de la Jarrie. Ils entrèrent sous le tivoli. L'affluence avait obligé à relever la toile des côtés. Un quatuor de jeunes gens essoufflés, rouges, se frayait un passage en portant deux grandes caisses remplies de verres.

— On n'avait pas assez de verres, s'excusa Malidin, le métayer de la Jarrie. Les jeunes sont allés en chercher chez le boucher de Saligny.

Il clama aussitôt :

— Voici les verres ! Voici les verres !

Un violon, un clarinettiste, un trompette, de la fanfare municipale blocarde de La Roche, jouaient sur une estrade derrière la table de boisson. Mais le brouhaha couvrait leur musique. Malidin revint, plus rouge encore, la chemise collée aux épaules :

— J'ai peur qu'on n'ait pas assez de vin, tout à l'heure !

— Vous irez chercher la barrique de blanc à la cave pendant la démonstration.

— Ils préfèrent le vin rouge. Ils veulent tous du rouge.

— Ils boiront du blanc quand il n'y aura plus de rouge !

Un mouvement de foule amena Augustin en face de Marchegay qui le fixa les yeux dans les yeux :

— Alors vous, vous ne manquez pas d'audace ! Vous me mettez à la porte de chez vous, et vous venez tranquillement chez moi !

— Je suis venu à la démonstration ouverte au public.

— Après tout, vous avez raison. J'ai eu tort de ne pas me méfier assez de vous. Je crois bien que je vais devoir faire mon deuil de la Trézanne !

— Vous en avez tout de même la moitié. Pour l'instant, sur le reste, on survit.

Marchegay secoua la tête et finit par donner une tape amicale sur l'épaule d'Augustin :

— Je me méfie. Vous seriez bien capable de tout vouloir, un jour !

Les musiciens quittaient l'estrade. Antoine prit leur place. La chaleur du tivoli l'avait obligé à déboutonner son manteau. Il vérifia machinalement la position de son nœud papillon, leva la main pour réclamer l'attention.

— Entendez-vous le bourdonnement du moteur du tracteur ? Il arrive...

Les gens se retournèrent. En effet, le tracteur apparaissait au tournant, la peinture bleue rutilante avec l'inscription en cursive de cuivre : Rip. Les coutres de la charrue brillaient comme des miroirs.

— Je ne vais pas vous ennuyer avec un discours, reprit-il, mais je voulais tout de même vous remercier d'être venus si nombreux. Vous faites mentir ceux qui prétendent que la population vendéenne n'a aucune curiosité pour le modernisme. Vous allez vous rendre compte par vous-mêmes que la machine peut contribuer à la libération de l'homme. Ce tracteur, d'une puissance de trente-cinq chevaux, va faire devant vous ce que vous réalisez en plusieurs jours. Demain, si nous le voulons, nous verrons ces machines creuser les sillons dans nos campagnes. Demain, elles feront progresser chez nous ces trois mots clés de notre République : liberté, égalité, fraternité...

Quelques applaudissements retentirent.

— ... Je ne sais pas si vous l'avez remarqué, ajouta-t-il, et du doigt il montra le plafond de toile du tivoli. Nous avions le blanc et le rouge. Il nous manquait le bleu. Il gronde d'impatience. Allez, on y va !

Il mit les rieurs de son côté, et fut plus généreusement applaudi. Pierrot, le cousin d'Augustin, pencha à son oreille sa ronde figure rougeaude :

— Il est meilleur parleur que je pensais.

— Il a raison : on ne se passera pas de machines. J'étais cantonné à Voves, en 1916. Le parc de matériel des paysans beaucerons n'avait rien de comparable à ce qu'on trouve chez nous.

Ils marchèrent à la suite du tracteur. Et c'était comme une procession joyeuse. Un vent doux promenait de rares nuages blancs et ronds. Le soleil de décembre éclatait dans les embranchures des chênes.

Le tracteur traçait un sillage de fumée bleue. Les enfants du village de la Jarrie accouraient avec des cris heureux. Les chiens les suivaient en aboyant. Les roues du tracteur laissaient sur le chemin les traces obliques de leurs crampons d'acier.

La démonstration était prévue dans le champ des Mêles, une parcelle d'un journal et demi, à trois cents mètres du château. Les gens s'étirèrent en cordon sur la bordure. L'herbe était mouillée sur le côté ouest qui n'avait pas encore vu le soleil. Le tracteur attendait près de la barrière, à la limite d'une vieille éteule grise, verdie çà et là de touffes d'herbe. D'un signe de tête, Antoine indiqua au mécanicien de commencer.

Le mécanicien tourna la manivelle du treuil, descendit les versoirs jusqu'à terre. Il remonta sur son siège, lâcha le frein. Le moteur pétarada au premier tour de roues, la terre résista à la morsure des socs. Mais il prit ensuite un rythme régulier, et la terre, déchirée sans effort, parut s'abandonner à la puissance des lames. Le champ descendait jusqu'au bord du ruisseau d'alimentation de l'étang. Aussi longtemps que dura la descente et la remontée du tracteur pour un premier sillon, les spectateurs restèrent silencieux, scrutant avec émotion l'éboulement de la terre noire derrière l'oreille de la charrue. Les commentaires fusèrent, quand il entreprit son demi-tour à la barrière, et s'engagea pour une nouvelle descente :

— Ce n'est pas possible, il ne peut pas faire du bon travail !

— C'est la fin du monde ! Même six grands bœufs ne peuvent pas lutter avec un engin pareil !

— Les tracteurs vont vider nos étables. Les chevaux, les bœufs ne serviront plus à rien !

— Ce n'est pas demain la veille. Tu en connais qui pourraient s'en payer un ? Même Tireau, même Marchegay n'en ont pas les moyens.

— Le comte des Fontenelles pourrait avoir un tracteur.

— Justement, il n'en veut pas, et il a bien raison.

Curieusement, l'efficacité du tracteur le desservait. Peu à peu, la quasi-totalité des spectateurs réagissait contre. Le mécanicien avait l'œil à la fois devant et derrière. Parfois il se retournait carrément, la main appuyée sur la garde-boue, il regardait la glèbe s'ouvrir.

Le cousin Pierrot se recula à l'écart, cherchant l'ombre, et il demanda, pour parler, comment ça allait à la Trézanne. Augustin murmura entre ses dents :

— C'est la misère, mon vieux. Quand on est né dedans, c'est difficile de s'en passer.

Pierrot releva le bord de son chapeau, surpris :

— Qu'est-ce qui se passe ?

— Tu en as sans doute entendu parler. Notre Donatien est déhanché. On l'a fait plâtrer. Ça n'a pas réussi.

Il changea de ton, montrant qu'il ne voulait pas en dire plus :

— Ces machines sont pourtant l'avenir. Qu'on le veuille ou non, un jour ou l'autre on y viendra. On ne le connaîtra peut-être pas, mais nos enfants le connaîtront.

Le tracteur continuait de tracer ses raies bien droites. Le mécanicien était aussi un bon laboureur, et il pouvait être fier. Le soleil venait dans les yeux, de biais. Un emballement subit du moteur interrompit les discussions. La terre pantelait au soleil avec une fumée légère. Un quatuor de pies plastronnait sur le labour et s'y disputait des vers. Le tracteur patinait dans le fond au bord du ruisseau. Le mécanicien avait sans doute pris trop au large, et ses roues arrière tournaient à vide dans la terre détrempée.

— Fi de loup, s'écria Malidin, le métayer de la Jarrie, il y a un remouilloir, on ne l'avait pas prévenu !

Il désignait ainsi un espace de terre sans fond, imprégné d'eau comme une éponge. Le mécanicien ne s'affolait pas. Il manœuvrait son volant pour accrocher ses roues avant sur la terre ferme, descendait sa charrue pour faire levier. Il parut réussir. L'arrière du tracteur fut soulevé, jusqu'à ce que la croûte du remouilloir où s'appuyait la charrue cède à son tour brutalement. Les versoirs furent happés et les roues lancèrent une pluie de vase. Les spectateurs les plus proches battirent en retraite sous les éclats de rire.

Le spectacle redevenait intéressant. Le mécanicien remonta son brabant, essaya de nouveau de déplacer sa machine avec les roues avant. Mais le tracteur sombra de plus belle et resta prisonnier de sa gangue. Les laboureurs, tout à l'heure ébahis par les performances de la machine, tenaient leur revanche. À chaque tour de roue nouveau, le tracteur s'enterrait davantage. On s'activa autour. On jeta sous lui des fagots, des rondins, aussitôt happés. Il était maintenant enfoncé jusqu'au bloc, légèrement incliné sur le côté, comme un bateau échoué sur la grève.

— Il n'y a pas trente-six solutions, s'esclaffa un bordier, il va falloir aller chercher les bœufs !

Les bœufs vinrent, deux paires de grands bœufs de la Jarrie, qui s'arc-boutèrent tête baissée, et firent tendre les chaînes. Le tracteur glissa hors de son trou, vacilla un instant, et pétarada glorieusement en retrouvant la terre ferme sous les rires moqueurs et les bravos adressés aux bœufs immobiles au milieu du champ. Le spectacle était terminé. La démonstration s'achevait en désastre. Les spectateurs s'en allaient sans repasser par le tivoli pourtant réapprovisionné en vin. Ils regardaient d'un œil indifférent le tracteur relancé sur le champ et fendant rageusement la glèbe à toute vitesse. Ils s'approchaient avant de partir du trou creusé dans le remouilloir. Pierrot souffla à Augustin :

— À mon avis, la candidature d'Antoine Tireau pourrait connaître le même sort que son tracteur. Elle s'est enlisée dans le remouilloir des Mêles.

Le comte des Fontenelles fut plébiscité par 87 % des suffrages. Il s'était contenté, quant à lui, d'un acte de foi évasif : « Catholique comme vous, je soutiendrai à cet égard, et sous tous les rapports, vos libertés et vos droits. Je réclamerai que, dans le budget de l'État, payé par tous les contribuables, une part juste et légitime soit affectée à toutes les écoles... »

Donatien fut définitivement déplâtré avant Noël. Ses jambes décharnées, paralysées par l'immobilité, étaient couvertes de duvet noir. Des plaques de peaux mortes s'en détachaient. Élise les poudra. Les mains intelligentes du vieil Élie entreprirent leur rééducation. Il frictionna les jambes et trouva les muscles rétrécis en lanières. Il s'enduisait les doigts d'un baume de graisses et de plantes dont il avait le secret. Il babillait en frictionnant, contrairement à son habitude, les pouces très actifs :

— On avait un étalon superbe au 41e des dragons de Sedan. On l'aurait paré d'une robe de soie noire. Un jour, le capitaine me convoque. Il me dit : Girard...

Les chevaux sortaient de la bouche d'or d'Élie. Marthe s'approchait :

— Qu'est-ce que tu lui racontes encore ? Tu le fatigues avec tes histoires de caserne ! Fais attention de ne pas l'écorcher avec tes grands ongles.

Elle traînait sa mauvaise jambe autour de la table, s'inclinait vers le buffet, en sortait un grand bocal :

— Tu vas manger des biscuits de Marthe trempés dans du café au lait, ça te donnera des forces, mon petit mignon. Mais le vieux bonhomme n'en aura pas.

4.

Le 28 mars 1920, le préfet publia un arrêté d'interdiction de toutes les foires en Vendée à cause de la fièvre aphteuse. En une semaine, douze foyers d'infection furent déclarés sur la commune des Moutiers, et sept sur La Genétouze. Augustin et Élise, Élie et Marthe luttèrent avec tous les moyens rationnels pour écarter l'épidémie de la Trézanne. Ils gardèrent les bêtes à l'étable, badigeonnèrent les murs au crésyl, enfermèrent les poules, attachèrent le chien. Pourtant, un soir de la fin avril, Élise appela Marthe en train de traire auprès d'elle :

— Venez voir...

Une mousse de bave pendait aux lèvres de la Câline. Elle donnait à entendre un étrange bruit de succion et tournait de gros yeux effrayés. Elle avait la bouche déjà gonflée et déformée. Augustin accourut, la gorge serrée, le front barré par un profond sillon d'inquiétude, il hocha la tête :

— Elle est prise. Et, dans un souffle : J'irai chercher le vétérinaire demain matin.

Élie promena sa main sur l'encolure de la meilleure beurrière du troupeau :

— Tu m'emmèneras plutôt à La Roche. Le vétérinaire ne nous apprendra rien. Il demandera seulement de planter des pancartes à l'entrée de la Trézanne. Je crois que je peux guérir Câline.

Il paraissait si sûr de lui.

Augustin et Élie partirent donc avant l'aurore avec Rosier, et poussèrent la porte du grainetier Guilloton de la rue du Passage. Élie lui demanda de la levure de bière fraîche.

— Qu'est-ce que vous voulez faire de la levure de bière fraîche ? lança le petit homme rond coiffé d'un béret. Pourquoi vous ne me demandez pas aussi de la graine de joubarbe ?

— De la graine de joubarbe, pourquoi pas ? rétorqua Élie. La joubarbe est un magnifique artichaut bâtard. Marthe, ma femme, la reproduit dans ses pots de fleurs, et j'utilise cette herbe aux cors pour la plus grande satisfaction de ses pieds, des miens, et de ceux des animaux !

Il avait récité cette tirade d'un trait, comme une leçon sue par cœur. Guilloton considéra ce paysan savant avec une prunelle mal aimable, il avait l'habitude de déclarer que sa meilleure réclame était de ne jamais manquer de rien. Il déplaça nerveusement d'un centimètre sur son comptoir une poche de graines, et éloigna une mesure en bois d'un litre. Il n'aimait pas les paysans en général, depuis la création de leurs syndicats et coopératives responsables selon lui de tuer son commerce. Élie resta insensible à ses états d'âme et dit :

— Si vous n'avez pas de levure fraîche, vous avez peut-être de la levure sèche ?

Le rouge gagna le front du grainetier, qui se ravisa soudain.

— Attendez, dit-il.

Il alla chercher son échelle, gravit péniblement les barreaux, les dégringola avec une vivacité surprenante. Il tendit un sac de papier illustré d'une image en couleur à bords dentelés :

— Est-ce cela que vous cherchez ?

Élie lut :

— Levure de bière séchée de Watreloos. Ça m'en a tout l'air. En avez-vous une deuxième bourse ?

Tout ce qui était poche était bourse dans la bouche d'Élie. Le grainetier remonta à son échelle.

— Vous n'en voulez que deux ? Vous n'en voulez pas une troisième ? demanda-t-il le nez dans son tiroir à hauteur du plafond.

— Non.

Élie serra contre sa poitrine les deux paquets de levure d'un air satisfait. Il cligna les yeux :

— Vous ne vendez pas de sucre, par hasard ?

Cette fois l'aplomb du vieil homme dérouta le grainetier.

— Je ne suis pas un épicier, déclara-t-il. Mais qu'est-ce que vous voulez faire de cette mixture ? Je ne crois pas avoir vendu de levure de bière depuis le commencement de la guerre.

Élie avait fait sauter l'agrafe de fermeture d'un sac. Il le renifla, le tendit sous le nez d'Augustin.

— Elle sent bon, dit-il.

Et puis il répondit à Guilloton :

— Soigner des aphtes.

Guilloton interrogea Augustin du regard, se demandant si le vieil Élie se moquait de lui. Il annonça le prix, modique. Ils passèrent à l'épicerie acheter un kilo de sucre. À leur retour à la Trézanne, ils apprirent qu'une deuxième vache, Bclaude, était prise. Élie sortit la balance Robertval de la boulangerie et l'apporta sur la table de la maison. Il pria Augustin de vérifier les poids car il y voyait de plus en plus mal. Marthe, près de lui, surveillait ses mesures.

Il prépara une solution de trente grammes de sucre et cent grammes de levure sèche. Il la garda au coin du feu pendant deux heures, de façon à « revivifier la levure », expliqua-t-il. Et il la donna à boire aux vaches malades. Il les soigna ainsi pendant quatre jours. Les aphtes de la bouche se cicatrisèrent en vingt-quatre heures. Un germe blanc, dur comme un tuyau de plume d'oie, sortit entre les ergots des sabots, et ce fut la fin rapide du mal des pieds si rebelle à tous les traitements.

— Où as-tu appris cela ? lui demanda Marthe avec admiration. Tu ne m'avais pas dit que tu savais soigner la fièvre aphteuse.

Il haussa les épaules :

— Je ne t'ai pas dit tout ce que j'ai appris aux dragons de Sedan !

— Oh ! je me doute que tu en as appris de belles ! fit-elle rougissante en agitant la main.

— On avait quatre vaches, expliqua-t-il. Un jour, elles ont été malades. Mon capitaine m'a appris à les soigner avec de la levure.

— Vous dites que vous perdez la mémoire..., le complimenta Augustin.

— Ces choses-là, on ne les oublie pas, reconnut Élie.

La réputation d'Élie grandit. Sa recette nettoya des foyers de fièvre à l'Alouette et à la Mignardière. Il dit à Marcellin :

— Je me demande si je ne pourrais pas guérir ta petite sœur.

— Mais il faut la guérir, monsieur Élie, si vous le pouvez !

Providence, la sœur de Marcellin, avait survécu à la grippe espagnole, alors que sa mère, sa sœur Pauline, son frère Jeannot, avaient été rapidement emportés. Mais la grippe s'était compliquée en mal de Pott, la tuberculose osseuse, et Providence survivait sur son grabat de la petite maison des carrières depuis trois ans. Élie vint l'examiner, accompagné de Marcellin.

— Tu n'es pas bien grosse, dit-il en fronçant les sourcils. Il faudra que tu y mettes de la bonne volonté si tu veux faire ta première communion, l'année prochaine !

Providence allait avoir sept ans. Elle s'accrocha à cette idée comme à une planche de salut.

— Vous croyez que je pourrai faire ma communion, l'année prochaine ?

— Mais il faudra que tu suives mes recommandations au pied de la lettre !

Élie demanda à Marcellin de prendre note. Mais Marcellin, qui avait fréquenté occasionnellement l'école, peinait à suivre la dictée du vieux soigneur d'animaux qui palpait les épaules d'oiseau fragile et les arêtes de la colonne vertébrale de Providence. L'enfant tirait la langue et formait maladroitement ses lettres.

— Vous lui appliquerez sur la poitrine des compresses d'eau d'alibour à laquelle vous joindrez de l'oxyde de zinc, du cuivre, du camphre, et cinq grammes de safran. Tu dormiras sur le dos, enveloppée dans une compresse de mauve des marais. Tu bois du lait ?

Le grand-père Barbillon, accoudé à la table, souffla dans sa longue moustache grise :

— Elle boit du lait lorsque notre chèvre en a.

— Elle en boira un bol tous les jours, additionné d'une poignée de cresson, et elle mangera un bol d'escargots bouillis mélangés à trois quarts de lait et un quart de sucre.

— Nous ne pourrons pas acheter tout ça..., déclara Marcellin désolé en secouant la tête.

— Écris ! Écris ! Tu es jeune. Tu devrais en profiter pour améliorer ton écriture. Demande des livres à Élise. Elle a été institutrice.

Il prit le papier de Marcellin, n'essaya pas de le déchiffrer, car il était encore moins allé que lui à l'école.

— Marcellin va remonter à la Trézanne avec moi. Il ira chercher les médicaments avec le vélo d'Augustin. Mais il faudra faire exactement comme j'ai dit. Je reviendrai samedi.

Augustin et Élise fournirent le lait du traitement, et

même un peu plus, pour que tous les Barbillon puissent en mettre dans leur soupe. Au bout d'une dizaine de jours, des boutons verts parurent dans le dos de Providence enveloppé de mauve des marais.

— Ce sont des abcès froids, dit Élie. Il faut qu'ils donnent.

Ils donnèrent du pus en abondance.

— C'est bien, dit Élie, on a tiré le mal. Maintenant, il faut que tu retrouves des forces. Est-ce que tu manges bien tes escargots ? Ils servent à dégager la fluxion de poitrine.

— Elle les mange, confirma le vieux Barbillon. Elle est courageuse, car elle ne les aime pas.

— Tu veux être sur pieds pour ta communion, l'année prochaine ?

La petite fille au teint jaune et aux grands yeux noirs grimaça :

— Le printemps de l'année prochaine est loin. Ça va être long !

— Tu as appris à être patiente. Qu'est-ce que c'est une année, après les trois ans que tu viens de vivre !

— Jusque-là j'endurais, répondit-elle. Vous m'avez mis cette idée-là dans la tête. Et maintenant, j'ai des envies, je voudrais que ce soit tout de suite !

Le temps des foins arriva. Un vent tiède courant sur les coteaux du val de Vie mûrissait les prés. Les digitales fleurissaient de mauve les talus. Les pollens entraient dans les maisons et poudraient les narines. Marthe ne cessait pas d'éternuer. Donatien avait recommencé à marcher. La claudication sur le côté gauche était supportable. Mais il se déhanchait affreusement sur le côté droit. Augustin leva le nez de son journal, un soir, à la veillée :

— La faucheuse de Robert Martineau ne fera sans

doute pas l'affaire. L'herbe est haute. Il faudra bien un jour qu'on se décide à en acheter une bonne.

Élise, qui lisait un roman d'Ernest Perochon, examina son index meurtri par une laide blessure : la truie l'avait mordue lorsqu'elle lui versait sa pâtée dans son auge.

— Pourquoi attends-tu ? Vous avez fauché la moitié des prés à la faux, l'année dernière, après la panne de la faucheuse.

— On n'a pas l'argent. Avec quoi veux-tu qu'on achète ? On paiera Marchegay cette année, mais on n'a pas les moyens de dépenser pour du matériel.

— Emprunte.

Marthe reprisait un bas sous la lampe. Elle redressa la tête, et elle fixa Élise comme si elle déparlait. Élie cessa de tirer sur sa courte pipe qui bouillottait et lança sur les uns et les autres un regard ennuyé. Élise pressa l'extrémité de son index et plongea le nez dans sa lecture. Augustin tourna la page de son journal.

Plus tard, dans la chambre, il demanda — Alexina toussait, et on l'entendait respirer bruyamment par la bouche, de l'autre côté de la cloison :

— Tu pensais vraiment à ce que tu disais, tout à l'heure ?

— À quel sujet ?

— De la faucheuse et de l'emprunt.

— Pourquoi pas ? Tout augmente, l'an prochain la faucheuse coûtera encore plus cher. Si les prix continuent d'augmenter, on arrivera à rembourser.

— Avec la déveine qu'on a ? Ils cesseront d'augmenter le jour où on empruntera.

— On n'a pas plus de déveine que les autres. Regarde autour de toi, Augustin. Est-ce que les Barbillon n'en ont pas, du malheur ? Est-ce que les Martineau n'en ont pas eu ?

Augustin soupira et passa le bras sous la tête.

— À qui veux-tu emprunter ? À ton oncle ? Moi, je ne le lui demanderai pas.

Elle tira sur la longue chemise de toile d'Augustin remontée jusque sur les reins.

— Tu ne m'as pas parlé de ces Caisses rurales qu'un abbé Thomas répandrait dans les campagnes ?

— On n'en trouve pas dans le canton. Le comte des Fontenelles préfère que ses paysans s'adressent à lui lorsqu'ils sont dans le besoin.

— Ainsi, il a encore plus de pouvoir sur eux ! Pourquoi tu ne proposerais pas au curé Gallot d'installer une Caisse rurale à La Genétouze ? Tu en profiterais, et tu en ferais profiter les autres. Tu pourrais acheter une moissonneuse-lieuse.

Alexina se mit à tousser. Élise dressa la tête sur l'oreiller. La toux de la petite était rauque. Elle poussa un cri, et s'apaisa. Après avoir écouté encore et hésité à se lever, Élise se serra contre son mari :

— Cet emprunt t'embarrasse aussi à cause de ce que diront les autres ?

— On a déjà des dettes, et on s'en remettrait sur le dos. Tu as vu la réaction de Marthe et d'Élie ?

Élise ne répondit pas. Augustin la sentit s'amollir contre lui : elle n'aimait pas cette évocation de Marthe et Élie. Il retira son bras de dessous sa tête et se tourna vers elle :

— J'irai voir le curé Gallot demain.

Le curé Gallot fit signe à Augustin :

— Viens donc dans le jardin, que je te montre mes pommes de terre. Je les ai semées sous serre. On en mangera à la Pentecôte.

Le prêtre prit son béret au clou derrière la porte. Cette coiffure lui convenait mieux que le chapeau de ses confrères. Il l'enfonçait profond jusqu'à la moitié du front. Il n'avait pas mis le col romain qui lui sciait le cou. Il avait pris l'habitude d'arpenter ainsi les allées de son jardin en compagnie de ses visiteurs, quand le temps le permettait, pour éviter les indiscrétions de sa servante, curieuse et particulièrement bavarde. Elle en était fâchée, et le houspillait de rentrer, les bas de la soutane tachés de terre. Il donna familièrement un coup de son bréviaire sur la prothèse d'Augustin :

— J'attendais que quelqu'un me fasse cette demande de caisse. Elle peut être un progrès. Elle allégera la pression des personnalités en place.

Augustin acquiesça. Les grandes bouches entrouvertes des serres exhalaient au soleil une haleine de terreau humide. Le curé se pencha pour caresser quelques feuilles épanouies :

— Je ne sais pas quels sont les taux.

— J'ai lu qu'ils se situaient autour de 4 p. 100.

— Combien te faut-il ?

— Quinze cents à 2 000, le prix d'une moissonneuse-lieuse.

Le curé écrasa une poignée de terre :

— Je demande à Éloi, expliqua-t-il, de mélanger le fumier de poulet et de vache. La crotte de poule contient plus d'azote. Je connais M. Gouttepagnon, le directeur de la Caisse centrale, et bien sûr l'abbé Thomas. J'irai les trouver.

Il se redressa, toisa Augustin de son petit œil vif :

— Si tu es à l'origine de la Caisse rurale de La Genétouze, tu devras accepter de prendre la tête du conseil d'administration.

— Mais non, se défendit Augustin. Je ne veux pas qu'on m'accuse d'encourager les gens à s'endetter. Il y a des gens plus compétents dans la commune.

— Qui ça ? Le maire, par exemple ? Arrête de te montrer plus pessimiste que tu ne l'es ! Vois-tu, la prière a le mérite de faire des pessimistes heureux. Elle ne les empêche pas de s'apercevoir de la noirceur du monde. Elle les aide à voir au-delà.

— Élise doit faire partie de cette catégorie de croyants pessimistes.

— Eh bien alors !

Ils marchaient dans les vapeurs d'une allée bordée de tout petits buis, hauts d'une trentaine de centimètres, et taillés à la perfection. Le curé désigna un crapaud tapi dans l'ombre, du nez de son soulier :

— Je l'ai appelé Théodule. Je n'ai rien contre les Théodule, ils ne sont parfois pas plus disgracieux que les autres. Nous nous croisons régulièrement dans cette allée. Je l'observe, et il m'observe. Nous chantons tous les deux, avec nos humbles moyens, la louange de Dieu.

La photographie d'Élise sur la moissonneuse est une première du genre. Il ne s'agit plus des grands clichés sur plaques de l'oncle. C'est un tout petit format à bords dentelés, produit de l'un des tout nouveaux Pocket-Kodak lancés sur le marché par la firme américaine. Le vieux Pierre-Antoine s'en était acheté un, et il ne tarissait pas d'éloges sur les qualités de la boîte noire presque invisible et facile à transporter. Il avait rencontré sa nièce sur la place d'armes lors de la foire de La Roche, elle lui avait montré Augustin en discussion avec le vendeur de machines, et il était monté à la Trézanne pour fixer sur la pellicule les premiers andains.

Élise est sur le siège de fer de la moissonneuse. Elle en a déjà expérimenté la rudesse, puisqu'un coussin, probablement un sac de jute plié en quatre, déborde sous sa robe. Elle a les pieds sur les pédales, une main sur le levier de réglage de la barre. Elle ne regarde pas l'objectif. La tête rejetée en arrière, elle boit. Elle tient dans sa main une gourde, appelée « coi ». C'est une citrouille séchée, à double rondeur, percée par un téton. L'eau en jaillit, et Élise la gobe, à la régalade. Sa bouche est ouverte. De l'eau coule au bord de ses lèvres. Ses yeux sont dissimulés dans l'ombre de son chapeau à larges bords, tenu par un foulard noué sous son menton. Le foulard gonfle ses joues. Elle paraît plus robuste, formée par les travaux. Une gerbe fraîchement coupée est allongée derrière la machine. Le soleil écrase. Le champ, plus loin, n'est qu'une tache blanche. Mais au fond, par-delà l'aveuglement de la lumière, on distingue des constructions : une haute bâtisse rectangulaire, une toiture trapue de grange. L'oncle en a profité pour prendre Élise dans la perspective de la Trézanne.

5.

La santé de Providence ne connut pas d'amélioration sensible pendant l'été. Marcellin la leva, les jours de canicule, et l'installa dans une chaise-longue à l'ombre des châtaigniers, près de la maison. Élie le lui avait recommandé :

— Sors-la. Il fait froid dans votre maison comme dans un tombeau !

Elle se réjouissait de ces sorties dans la lumière et de ces longues heures de séjour dans l'ombre bleue des arbres. Elle confia pourtant son nouveau tourment, accrochée au cou de son frère qui la transportait :

— Pour faire sa communion, il faut savoir son catéchisme. Je ne sais pas lire. M. le curé ne me laissera jamais faire ma première communion !

Élise vint apprendre à lire à Providence en octobre, après les vendanges. Elle ne lui apporta qu'un seul livre qui ne la quittait guère, et qu'elle appelait son fablier. Il contenait les « meilleures fables de M. de La Fontaine ». Elle le possédait en double, et même en triple. Elle avait constitué cette réserve au temps de l'école. Elle interrogea Providence :

— Peux-tu me dire une poésie que tu aurais apprise ou entendu réciter par tes frères et sœurs ?

— Ses frères et sœurs ont rarement appris leurs

leçons, déclara le grand-père, ils préfèrent être des ânes et courir les buissons.

— Est-ce que vous les avez encouragés à bien travailler à l'école ?

Le bonhomme grommela, tête baissée, la figure dans son chapeau :

— Moi, je suis allé à l'école des petits valets. Je gagnais trois pistoles, et la soupe n'était pas souvent beurrée.

— Ce n'est pas une raison, père Barbillon. Il faut instruire vos petits-enfants, si vous voulez qu'ils vivent mieux que vous.

C'était le soir. La chandelle de suif et le maigre feu du père Barbillon avaient du mal à repousser la nuit. Deux jeunes enfants croisaient les bras sagement à table comme des écoliers obéissants. Bertine, la grande sœur, préparait des légumes dans l'évier de pierre. Le petit Donatien, accompagnant sa mère, s'était assis auprès des deux enfants, et les imitait, dos droit, déjà vêtu comme un écolier d'une blouse noire serrée par un ceinturon. Élise prit la chandelle sur la table, et la posa sur le linteau de la cheminée pour mieux éclairer Providence sur son oreiller :

— Tu sais des choses. Mais tu ne sais pas que tu les sais.

Élise s'assit sur le coffre, au bord du lit :

— Tu connais la comptine : « Quand le roi va-t-à la chasse, Il tue des lièvres et des bécasses... »

Un timide sourire effleura Providence. Elle hocha la tête.

— Tu vois, tu sais. Qui te l'a apprise ?

— Maman.

Bertine, de son coin d'évier, éleva la voix :

— Il y en a une que tu récitais mieux que moi, Providence, lorsque j'allais à l'école. « Le soir au coin du feu..., commença-t-elle, J'ai songé bien des fois... »

Providence continua avec elle :

— « À la mort des oiseaux quelque part dans les bois
Pendant les tristes jours de l'hiver monotone... »

Bertine se tut. Providence poursuivit toute seule :

— « Les pauvres nids déserts, les nids qu'on abandonne
Se balancent au vent sous un ciel gris de fer... »

L'effort creusait des rides sur son front pointu. Sa voix tremblante hésitait.

— « Oh ! comme les oiseaux doivent mourir l'hiver !
Et pourtant quand viendra le temps des violettes
Nous ne trouverons pas leurs délicats squelettes
Dans les gazons d'avril où nous irons courir.
Est-ce que les oiseaux se cachent pour mourir ? »

Elle prononça le dernier vers, le visage rayonnant. Donatien le premier battit des mains, suivi par les frères de Providence. Élise caressa le bonnet de piqué de Providence, y rentra les cheveux sur les tempes creuses.

— J'en étais sûre. Tu as de la mémoire.

Elle ouvrit le fablier de Providence à la même page que le sien. Elle lut « La cigale et la fourmi », et lui demanda de répéter les vers. Elle demanda aux enfants de bien écouter : ils devraient aider Providence à apprendre sa poésie. Elle montra la première page du fablier :

— J'y ai écrit ton nom : Providence Barbillon.

Elle tint le doigt de la fillette et lui fit suivre les caractères.

— Tu vois, c'est ton livre.

— À moi ? interrogea Providence.

— Bientôt tu sauras lire ce qui est écrit sur ces pages, et je t'apporterai d'autres livres.

Élise lui donna donc des fables à apprendre par cœur. La petite les récita sans faillir. Élise lui expliqua les mots difficiles, lui apprit à déchiffrer sur le fablier les mots qu'elle récitait. La méthode se révéla efficace. La petite commença d'établir une relation entre les caractères obscurs sur le papier et la musique de la fable, et elle se débloqua soudain. Elle accueillit Élise en ouvrant le fablier à la page du « Chat, la belette et le petit lapin ». Elle ânonna :

— Du pa-lais d'un jeu-ne la-pin, da-me be-let-te un beau matin...

Elle jura à Élise que ses frères n'y étaient pour rien.

— Eh bien, tu sais lire ! On n'a plus qu'à perfectionner tout cela. En plus, tu vas mieux. On dirait que ta santé s'améliore à mesure que tu apprends.

— Ce sont mes jambes qui ne veulent rien savoir !

— Cela viendra. Chaque chose en son temps.

Pour la fortifier, Élie lui donnait à boire du vin rouge, où trempait de la limaille de fer.

En repartant de la carrière, Élise dit un soir à Donatien :

— Si tu es sage, je t'apprendrai à lire, bientôt, comme Providence.

La nuit était claire. L'hiver 1920-1921 avait de l'avance. Une bise glacée courait sur le chemin des Farfadets et prenait les branches par en dessous. Élise était emmitouflée dans une coiffe noire : une pèlerine de laine. Donatien avait rechigné à enfiler le passe-montagne qui lui piquait les lèvres. À présent, il s'en trouvait bien et trottait en dandinant à côté de sa mère. Il marchait maintenant, courait, criait, débordait de vie. Mais chacun de ses pas le balançait sur le côté. « Augustin a raison, pensa-t-elle : c'est le regard des autres qui sera terrible pour lui. Mon Dieu, que ce soit le plus tard possible ! »

Un orage d'hiver la surprit en rentrant du marché. Le vent agitait les arbres, poussait contre ses grands paniers à l'avant et à l'arrière de sa bicyclette, et l'empêchait d'avancer. La grêle se mit à tomber lorsqu'elle franchit les piliers de la cour. Marianne était seule, de garde. Augustin et Élie étaient partis aux betteraves, Marthe au lavoir. Elle monta se changer. Alexina dormait dans son petit lit. Son sommeil était si léger, le vent soufflait si fort, qu'elle se pencha sur l'oreiller pour écouter le souffle de sa fille. Elle descendit nu-pieds, en chemise, la robe à la main. Marianne avait étendu la pèlerine mouillée d'Élise devant la cheminée, et elle tisonnait le feu.

— Où est Donatien ? demanda Élise.

Marianne ouvrit de grands yeux :

— Il n'est pas dans son lit ? Je l'ai couché en même temps que sa petite sœur.

Elle monta à la suite d'Élise. Donatien n'était pas dans son lit, ni à côté, ni en dessous, ni dans la chambre de ses parents. Elles fouillèrent la chambre d'Élie, le débarras sous l'escalier, l'appelèrent.

Le cheval de bois avait disparu avec Donatien. Marthe arriva, presque aussi mouillée que le linge sur la brouette, la figure congestionnée par l'effort et les gifles de la pluie. Elle ne prit pas le temps de se sécher. Elle lança à Marianne :

— Quand on a à garder des petits, on ne les laisse pas s'échapper !

Donatien n'était pas dans la maison. Le vent roulait au milieu de la cour une bassine percée qui servait aux fleurs de Marthe. Elle courut la ramasser et boita jusqu'à l'entrée de l'allée sans prendre garde à la pluie. Marianne passa chez Robert Martineau. Élise fouilla la boulangerie. Marthe la rejoignit.

— Vous allez attraper du mal, lui dit Élise.

— Celui que je voudrais attraper, c'est ce petit bandit. Et si tu me laisses faire, je lui administrerai une fessée dont il se souviendra !

Elles aperçurent Robert Martineau à travers la pluie dans l'embrasure de sa porte, coururent vers lui.

— Faut aller voir dans la grange ! cria Élise.

Elle fila la première, tête basse sous l'averse. Marthe, Marianne, Martineau la suivirent. Ils montèrent sur le tas de foin, visitèrent l'étable en appelant Donatien. À ce moment-là, Marianne, à peine sortie, revint :

— Venez voir !

Elle avait laissé ouverte la porte de l'écurie du cheval. Elle posa son doigt sur sa bouche. Ils s'approchèrent à pas de loup de la rambarde en bois du box de Rosier. Le percheron était étalé sur la litière, la tête benoîtement couchée sur la paille. Donatien était assis entre ses pattes, la main appuyée contre le ventre de l'animal. Son cheval de bois était abandonné devant son soulier. La lumière de la lucarne en demi-lune descendait droit sur lui. Il tenait le fablier de sa mère ouvert sur ses genoux. Marthe heurta le bois, Donatien releva la tête.

— Maman, dit-il, écoute : « Du pa-lais d'un jeu-ne lapin, da-me be-let-te un beau ma-tin... »

Élise s'avança :

— Tu répètes ce qu'a dit Providence.

— Non, maman, je sais lire !

Il tourna la page. Son index glissa sous la ligne de la fable :

— « Le chê-ne un jou-r dit au ro-seau... »

Élise murmura :

— Allez, Donatien, tu viens maintenant.

L'enfant referma le livre, ramassa son cheval de bois, s'appuya sur le ventre de l'animal pour se redresser, lui donna une petite tape, et s'extirpa des lourdes pattes avec son habituel déhanchement. Marthe le saisit au passage, le souleva, le serra contre sa poitrine mouillée :

— Oh ! mon poulot, s'écria-t-elle, il en connaît déjà plus que la vieille Marthe !

Donatien se tortilla :

— Tu es toute froide !

Elle ne l'écoutait pas. Elle baisottait ses joues, les mangeait. L'enfant se laissait embrasser, ravi.

Augustin passa prendre Providence le matin de la Pentecôte, pour sa communion à l'église de La Genétouze. Elle monta dans le char à bancs entre son grand-père et Élise. Rosier s'élança dans un trot guilleret sitôt le demi-tour dans l'entrée de la carrière. Des paillettes scintillaient dans le soleil. Les longues hampes des asphodèles tendaient leurs voiles blancs pareils à celui que Providence avait sur la tête. Le grelot de Rosier tintinnabulait. Quand la flèche de l'église parut derrière les arbres et que le carillonnement des cloches retentit, la main de Providence glissa sur le côté et se blottit dans celle d'Élise.

La chorale chanta : « *Venite parvulos*... Laissez venir à moi les tout petits enfants... » Providence sortit de son banc soutenue d'un côté par Marcellin, de l'autre par Élise. Le curé Gallot leur tendit la main, et les encouragea d'un large sourire. Les dalles de l'allée étaient en faux aplomb. Providence chancelait, pas bien grosse encore, mais elle marchait.

La Caisse rurale de La Genétouze connut un réel succès. Des fonds de dépôt vinrent de La Genétouze, mais aussi des Moutiers, d'Aizenay, et d'autres communes environnantes. Des gens sortirent leur argent caché pour le confier au curé Gallot. La bienveillance du prêtre faisait sa notoriété. Il était un anti-curé Brissaud, le successeur aux Moutiers du curé Désamy, à la retraite. Brissaud menaçait ses ouailles de l'enfer. Il gouvernait sa paroisse d'une poigne de fer, et la concurrence de son confrère le choquait.

— Je ne crois pas, l'attaqua-t-il lors d'une réunion de doyenné, que notre vocation nous destine à être des banquiers. En pensant un peu trop à la terre, on oublie le ciel...

— Jésus a multiplié les pains pour la foule affamée. Il a changé l'eau en vin. J'aime, lui dit le curé Gallot avec sa douceur toute ferme, la formule de Thérèse de Lisieux : « Je passerai mon ciel à faire du bien sur la terre. » Tout est question de nature. Je voudrais, à ma place, passer ma terre à faire un peu de bien sur la terre...

Le curé Gallot ne se contentait pas d'encaisser pour la caisse des dépôts. Il prêtait à 4 p. 100, encourageant à réviser les idées établies sur l'emprunt, pas forcément ruineux si les taux n'étaient pas usuraires. Il entraîna Augustin dans son jardin, un dimanche à la sortie de la messe.

— Augustin, j'ai besoin de tes conseils. J'ai une planche de poireaux superbes mangés par les vers. Qu'est-ce que tu crois que je peux y faire ?

— Un arrosage à base de tabac. Mais cela, à mon avis, je ne vous l'apprends pas.

— On est d'accord. Je me demandais seulement si par hasard...

Il enfouit ses mains dans les grandes poches de sa soutane, descendit lentement vers les cyprès plantés derrière le puits.

— À mon avis, dit-il en faisant asseoir Augustin près de lui sur le banc de pierre, c'est ta faute si je suis devenu un curé-banquier. Si je vais en enfer, je demanderai qu'on te présente l'addition.

Augustin lui répondit sur le même ton :

— Moi, je ne suis qu'un chrétien ordinaire, monsieur le curé, il m'est moins demandé qu'à vous. Mais l'évêché soutient les Caisses rurales. L'abbé Thomas travaille avec le directeur, M. Gouttepagnon.

— L'Église a des relations compliquées avec l'argent. Elle est pour les Caisses rurales, mais elle est contre leur succès. Mgr Garnier a reçu une lettre de gens très bien, qui se plaignaient de mes absences répétées pour des raisons financières.

— Qu'a répondu Monseigneur ?

— Il a pris ma défense. Mais il m'a envoyé son vicaire épiscopal qui m'a recommandé la prudence. Je pourrais bien ne pas rester longtemps à la cure de La Genétouze. Nous sommes sur un territoire sensible, dirigé par le comte des Fontenelles...

— Seriez-vous donc un curé rouge, monsieur l'abbé ?

Le curé Gallot se leva :

— Je suis tout simplement un paysan comme toi. Il se trouve que j'ai choisi de devenir prêtre. Je pense que la parole de l'Évangile peut nous aider à mieux vivre.

Il ôta son béret.

— Tu m'excuseras, c'est l'angélus !

Il s'éloigna vers le presbytère :

— Un curé, ça prie !

Il agita son béret dans un signe d'au revoir.

L'oncle Anselme mourut le lendemain de l'inauguration du monument aux morts des Moutiers, le 11 novembre. Les enfants des écoles avaient proclamé les noms gravés dans le marbre, et le comte des Fontenelles, revêtu de son uniforme de colonel, avait déclaré : « Étant aimé sur terre, on n'est mort qu'à demi. »

La tante dit que l'oncle avait pris froid à l'inauguration. Il était resté immobile dans la brume glacée et était rentré de la cérémonie en bougonnant :

— Il fait un froid noir. Je suis gelé jusqu'à l'âme.

Il ne réussit pas à se réchauffer ensuite. L'enterrement de l'oncle rassembla les Vernageau. Les liens de parenté furent évoqués. Augustin rappela le rôle capital joué par le vieux tonnelier dans sa vie. Il s'inclina à l'oreille d'Élise.

— C'est grâce à lui si nous nous sommes rencontrés.

C'est lui qui m'a emmené dans sa carriole aux Établières pour y fûtailler. Et nous avons joué ensemble dans le parc du château...

Par une sorte de loi des séries, Robert Martineau mourut quinze jours plus tard. Le 27 au matin, Marianne s'étonna de ne pas entendre son maître bouger lorsqu'elle lui eut servi la soupe. Elle l'appela, s'approcha de son lit. Il était déjà froid. Elle se précipita chez les Vernageau sans avoir frappé, s'immobilisa devant la table où Élie, Augustin, Marcellin, étaient attablés. Ils comprirent tout de suite qu'un malheur était arrivé.

— Qu'est-ce qui vous arrive ? demanda Marthe.

— Il a passé cette nuit. Je n'ai rien entendu. Il s'est couché hier comme d'habitude. Il ne s'est plaint de rien.

Ils conduisirent Robert Martineau au cimetière de La Genétouze, et l'allongèrent entre sa femme et sa fille. Il était le dernier d'une famille qui avait été enviée. Les Vernageau étaient désormais les seuls maîtres à bord de la Trézanne. En rentrant de l'enterrement, Augustin dit à Marianne :

— Vous pourrez continuer à vivre comme avant dans la salle de ferme. Vous ne changerez rien à vos habitudes. Vous êtes chez vous là-bas.

Elle hocha sa tête couverte d'un châle de laine noire à grosses mailles. Les années la ployaient de plus en plus. Elle était cassée au bas du dos, mais ne se servait pas de canne, contrairement à Marthe qui appréciait le secours d'un bâton pour soulager sa jambe boiteuse. Une pluie à gouttes avares et froides poissait le jour. Marianne murmura, brassant des idées noires :

— Les mois de novembre sont des sales mois !

Quatrième partie

Espérance et Élégance

1.

Augustin et Élise partirent pour Nevers au mois d'octobre 1922. Élise avait voulu être du voyage :

— Si la récolte est correcte, lui avait-elle dit, tu m'emmèneras avec toi dans le Centre. Notre plus grande sortie depuis notre mariage a été la foire de La Roche.

Elle portait crânement un petit chapeau à la mode posé sur son chignon. La saison n'était pas très avancée, mais elle avait profité de la fraîcheur du matin pour mettre un renard capturé par Élie au printemps et préparé en fourrure par Marthe.

À Nevers, Augustin demanda à un voiturier de les conduire à Saint-Bénin-d'Azy. La nuit tombait. Les premières brumes bleues d'automne se déchiraient aux ronces des haies. Élise avait agrafé le renard sous sa gorge. La jument rouge du voiturier pétait en trottant.

Augustin connaissait Saint-Bénin, avant-guerre. Il y avait couché à l'auberge de « La Pie saoule ». Elle existait encore. La fille de la maison précéda les clients dans l'escalier avec une lampe pigeon.

— Les chambres sont propres, dit-elle en ouvrant la porte.

Augustin l'interrogea dans la salle de restaurant :

— Je suis venu chez vous avant la guerre. Le patron

s'appelait Volatier, je crois. Est-ce que c'étaient vos parents ? Je ne les ai pas reconnus.

La jeune fille enfonça les mains dans les poches de son tablier.

— Non.

Elle se tourna vers la porte de la cuisine :

— Papa ! Comment s'appelaient les gens qui étaient là avant nous ?

Le père s'approcha en traînant et en s'essuyant les mains à un torchon qu'il remit dans sa ceinture.

— Les Volatier, dit-il, n'ont pas eu de chance. Lui a été tué à la guerre. Il était fils unique, sa mère est morte de chagrin. Sa femme en a eu la cervelle brouillée. Elle a dû tout vendre.

Augustin raconta :

— Ils avaient une cage avec un pinson derrière le comptoir. Les femelles pinsons émigrent seules pendant l'hiver. Les mâles restent garder les nids. Ce pinson nichait dans le bois à l'entrée du village et il avait pris l'habitude de venir picorer les miettes dans la cour de Volatier. Au printemps, il s'est mis à chanter, en attendant sa pinsonne. Elle n'est pas revenue. Il a cessé peu à peu de s'en retourner au bois et il a élu domicile dans le rosier grimpant, derrière la pompe. Volatier a fini par le prendre dans sa maison. Il lui avait installé une cage près de son comptoir.

— Le rosier, il est toujours derrière la pompe ! dit la jeune fille sensible à cette belle histoire.

Augustin se leva le premier le lendemain. Il se glissa entre les doubles rideaux. Leur chambre donnait sur la cour du pinson, le rosier, la pompe. Le clocher carré de l'église coiffé de tuiles brunes se dressait sur le côté. La campagne commençait aussitôt le cimetière. Des gouttes de rosée pendaient aux feuilles. Élise murmura :

— Tu peux ouvrir les rideaux, si tu veux. La fenêtre aussi.

À la Trézanne aussi elle aimait profiter des matins frais depuis son lit sitôt leur réveil, même en hiver. En bas un balai cognait contre les chaises et les tables. Elle se leva et vint contre Augustin dans la fenêtre.

— C'est calme ! Il n'y a pas de vent. Des matins comme ça sont rares chez nous.

Elle avait raison. Tout était immobile. Pas une feuille ne bougeait. Elle n'était vêtue que de sa légère chemise de nuit. La chair de poule lui graina la peau.

Ils partirent à pied vers la Vigie, le domaine de Jean Lanier qu'Augustin avait fréquenté dix ans plus tôt. La Vigie était à deux kilomètres de Saint-Bénin-d'Azy. Le soleil retardait l'automne. Des averses avaient arrosé fin août et septembre, et tout avait reverdi. Les marguerites avaient même recommencé de fleurir. Élise avait revêtu une robe à fleurs, jeté son foulard sur les épaules. La route serpentait à travers les collines.

— On voit loin. Chez nous, tout est enfermé dans les haies.

Augustin montra un troupeau de vaches blanches sur le vert des coteaux :

— L'herbe pousse ici en abondance, sans engrais.

Un bourdonnement de moteur retentit derrière eux, s'approcha. Ils se rangèrent sur la banquette pour laisser le passage à une automobile. Les doigts d'Élise cherchèrent la main d'Augustin qui pensa que l'homme à chapeau au volant pouvait être Jean Lanier.

La Vigie méritait son nom. Le domaine s'accrochait au sommet d'un mamelon tourné vers le sud.

— Ils ont repeint, dit Augustin.

Il parlait des barrières de bois ceignant la cour et les bâtiments. L'automobile qui les avait doublés était garée devant la maison de grès ventrue à toiture mansardée. Ils s'avancèrent sous un arbre garni de curieux fruits orange.

— C'est un kaki, dit quelqu'un derrière eux. On l'appelle aussi arbre de Noël, parce qu'il garde ces fruits aux couleurs très vives pendant l'hiver.

L'homme en costume de velours souleva son chapeau et Augustin reconnut Jean Lanier qui lui tendit la main.

— Comment allez-vous, Augustin ? Votre lettre nous a fait plaisir. Beaucoup de malheurs nous séparent de notre dernière rencontre.

Le bras manchot d'Augustin le fit grimacer.

— Un cadeau de l'époque ? Mon âge m'a valu d'être versé dans les territoriaux. Mais notre fils, Pierre, a disparu aux Éparges. La guerre préfère les enfants.

Il ouvrit la portière de sa voiture à Élise. L'automobile, une Hotchkiss six cylindres en ligne, démarra en trombe, dans un nuage de poussière. Un vieux domestique, devant la grange, hocha la tête : « Il finira par se tuer avec sa folie de la vitesse ! » Élise, sur la banquette arrière, apprécia cette conduite sportive. La Hotchkiss glissait à travers la marée des prairies, ralentissant à peine dans les virages.

— Nous allons pousser jusqu'à Saint-Saulge où je dois remettre un papier à la mairie, et nous rejoindrons le troupeau.

La qualité des routes surprit Augustin :

— Chez nous, les meilleures sont moins bonnes que celle-là, et les voies secondaires deviennent impraticables dès les premières pluies.

Ils s'arrêtèrent à une barrière. Augustin reconnut Pierre Émeri. C'était de lui qu'il gardait le meilleur souvenir. Pierre était le premier vacher de la Vigie. Trois domestiques du domaine l'aidaient à installer une clôture. Il soulevait comme un jouet une masse énorme qu'il assenait sur un piquet. Sa face carrée s'ouvrit sur un large sourire tandis qu'il se retournait vers Augustin :

— Alors, les Vendéens, on est en vadrouille ?

Augustin et Pierre ne s'étaient rencontrés que deux

fois, ne s'étaient pas vus depuis dix ans, et on aurait dit qu'ils ne s'étaient jamais quittés.

— Je suis bien content de vous connaître, dit Pierre en enfermant les doigts d'Élise dans sa grosse main.

Il appela un vieux occupé à creuser des trous avec une barre :

— Joseph, vous ne reconnaissez pas Augustin ? Il est venu nous acheter des génisses avant-guerre.

Jean Lanier, mains dans les poches, vérifiait l'alignement des piquets déjà en place.

— Vous ne trouvez pas qu'on a assez vu ces barbelés pendant la guerre ? interrogea Augustin.

— Ces barbelés valent mieux que la meilleure des haies. Ils économisent un gardien de troupeau.

Lanier donna rendez-vous à la Vigie avant de remonter dans sa voiture. Pierre accompagna Augustin et Élise par un chemin montant bordé de noisetiers. Les noisettes brunissaient. Les soixante vaches de la Vigie paissaient dans les clos. Pierre s'approcha des vaches : « Blonde, Bernarde, Bichette... » Il déclinait leur identité, citait leur mère, leur père, et toute leur lignée. Il vantait la qualité des familles, leurs réussites, leurs médailles.

Il posa la main sur une croupe :

— Celle-ci, Alliance, a été une des gloires de la Vigie. Cette année, malheureusement, elle a avorté.

Les moins faciles à approcher étaient les génisses. Elles beuglaient devant les visiteurs, et s'enfuyaient la queue levée.

— Ce sont les jeunesses qui vous font envie ? demanda Pierre.

— S'il ne s'agissait que d'envie, j'achèterais tout le troupeau. Mais nos moyens sont petits, même si le cours du bétail a tendance à baisser.

— Le patron n'est pas du genre à revoir facilement ses prix à la baisse, avertit Pierre.

Ils se retrouvèrent le soir dans les étables éclairées à la lumière électrique.

— Nous fabriquons notre propre électricité depuis un an, avec un groupe électrogène, expliqua Jean Lanier. C'est une dynamo entraînée par un moteur à essence.

Pierre ajouta :

— M. Lanier a bricolé lui-même le moteur à électricité. Il a réalisé tout le branchement.

— Vous ne craignez pas de mauvais effets de cette lumière artificielle sur les animaux ? demanda Élise.

— Je n'ai pas entendu dire qu'on se porte moins bien dans les villes éclairées à la lumière électrique ou qu'on y fait de moins beaux enfants, la corrigea Lanier avec un sourire.

Les tempes d'Élise rougirent. Le sol était cimenté en pente pour l'écoulement du purin. La rigole se déversait directement dans une fosse. Un garçon vacher ramenait le taureau Cochise de son clos solitaire.

— N'ayez pas peur, dit le garçon en tirant Cochise par l'anneau, il est content de rentrer, il n'est pas méchant.

Augustin et Élise s'arrêtèrent derrière les génisses que Jean Lanier était disposé à leur vendre. Elles coûtaient cher, 1500 francs, le prix d'une vache laitière et Jean Lanier s'assombrissait dès qu'Augustin proposait 100 ou 200 francs de moins.

Ils dînèrent à la Basse Vigie dans la petite maison de Pierre Émeri serrée au milieu d'un rassemblement de maison de pauvres. La femme de Pierre Émeri paraissait vieille déjà, la figure ridée, les épaules voûtées. Ils avaient cinq garçons. La mère avait hésité durant quarante-huit heures entre la vie et la mort, à l'accouchement du dernier. Leur aîné travaillait déjà. Il se trouvait quelque part entre la Villette et Nevers, accompagnant les wagons de charolais livrés aux abattoirs parisiens.

— Ce n'est pas un travail d'enfant, s'indigna la mère. Les bêtes sont folles. Les grands vachers et les bouchers exposent ces apprentis au danger. Le petit copain de notre fils s'est fait encorner dès son premier voyage.

— Je suis rentré à la Vigie lorsque j'avais dix ans, dit Pierre. Joseph était premier vacher, et sa trique partait pour moi autant que pour les vaches lorsqu'il était mal luné. J'ai couché dans le fenil avec lui jusqu'à dix-neuf ans. Il y couche encore aujourd'hui.

Un taureau au mufle emprisonné dans une muselière de cuir trônait dans un cadre sur la hotte de cheminée :

— C'est Arc-en-Ciel. Il est venu au monde dans mes bras. Il savait qu'il était beau. Je tenais la corde ce jour-là.

Pierre Émeri apporta la photo sous la lampe à pétrole. Élise prit le parti de la femme de Pierre :

— Vous trouvez normal que votre fils risque sa vie à livrer les vaches à Paris ? Et vous ne croyez pas que le vieux Joseph serait mieux à coucher ailleurs que dans une étable ?

— Il y en a qui sont faits pour être vachers, et d'autres propriétaires.

— Vous verrez qu'un jour le système de la Nièvre périclitera. Quand les lois sociales seront les mêmes pour les salariés agricoles que pour les ouvriers, les maîtres ne pourront plus rester à ne rien faire !

Augustin partageait les convictions de sa femme et il ajouta :

— À ce moment-là, nos petites exploitations familiales vous battront sur votre terrain !

Le lendemain, Augustin essaya de négocier à nouveau l'achat de génisses, mais Jean Lanier ne céda pas.

— Le prix du bétail baisse en ce moment ! insista Augustin.

— Ne me faites pas l'injure de mélanger nos animaux avec les autres. En période de baisse, les valeurs sûres ne bougent pas. C'est la juste reconnaissance de nos efforts.

Ils se tenaient derrière trois génisses superbes. Les

autres bêtes avaient été conduites aux champs. Pierre et Élise dans la cour ne se mêlaient pas aux discussions. Augustin aimait ces trois jeunes bêtes bien plantées du mufle. Pierre avait raison. On retrouvait chez elles les qualités de son Arc-en-Ciel sur la photo. Augustin sortit de l'étable :

— Il ne veut rien lâcher, déclara-t-il à Élise.

— Eh bien, alors, il faut aller voir ailleurs !

Ils laissèrent Pierre Émeri, et descendirent sur le chemin de l'étang.

— C'est dommage, dit Augustin désolé, la Vigie est un fleuron du Nivernais.

Élise avait pris le bras d'Augustin. Elle ne voulait pas intervenir. Elle se contentait d'être là pour l'aider à tirer de lui toutes les pensées qui le tourmentaient.

— Il n'a pas d'animaux moins chers ? demanda-t-elle. Des plus jeunes ?

Ils marchèrent en silence. Augustin s'arrêta soudain :

— On va acheter des vieilles vaches. On va les soigner. Elles nous feront d'aussi beaux petits.

Il l'entraîna à grands pas. Jean Lanier conversait avec Pierre.

— Me vendriez-vous Alliance, la vieille vache que j'ai vue hier, et deux autres de son espèce ?

— Alliance a perdu son veau, cette année.

— Je sais. Me la vendriez-vous ?

— Si vous voulez.

— Combien ?

— Mille quatre cents.

— Mille deux cents.

— Mille deux cents, pour ne pas vous voler, et parce que c'est vous.

Ils montèrent dans l'Hotchkiss pour retourner voir les vaches. Augustin choisit deux autres vaches au même prix : Abeille, et Aurore.

— Crois-tu que j'aie fait une bêtise ? demanda-t-il à Élise pour la dixième fois, lorsqu'ils furent installés dans le train.

Elle secoua la tête. Elle avait repris son col de renard.

— Tu as fait ce que tu pouvais.

— Pierre n'était pas de mon avis.

— Pierre vit à la Basse Vigie. Il élève les animaux des autres, et n'a pas d'autre ambition.

Elle écarta le rideau pour voir les rayons du soleil éclater sur les eaux de la Loire. Un pêcheur en barque tendait ses lignes au cœur de cette éclaboussure. Un héron immobile attendait sur une langue de sable. Le train siffla.

— La Trézanne deviendra un berceau du charolais, affirma-t-elle, le doigt sur le rideau, en continuant de regarder au-dehors. Nous aurons l'électricité dans les étables.

— Ce n'est pas pour demain, mais après-demain, rêva Augustin sans rire sur le même ton. Jean Lanier nous recevra chez lui, tu verras. Cela ne nous empêchera pas d'aller manger chez Pierre.

Alliance, Aurore et Abeille ne suscitèrent pas l'enthousiasme d'Élie.

— Ils les vendent tout de même cher, leurs vieilles vaches de sélection ! se contenta-t-il de remarquer, et il les conduisit à l'étable.

Augustin, de nouveau en proie au doute, s'attarda sur les os saillants, les sabots déformés. S'il s'était trompé, il remettait en cause leur élevage et peut-être leur survie à la Trézanne. Les défauts des nouvelles venues, fatiguées par le voyage, paraissaient davantage ici qu'à la Vigie. Elles couchaient les oreilles, reniflaient la crèche, tête basse. Elles étaient des vieilles, brutalement déracinées, peu enclines au changement.

Les autres pensionnaires de la Trézanne les accueillirent avec des meuglements peu sympathiques. Élie surprit même Domino marchant délibérément sur le flanc d'Aurore sa voisine. Il déplaça Aurore auprès des bœufs plus placides, prit garde de ne pas donner davantage de gâteries aux nivernaises.

— Il faut vous adapter, leur dit-il, ici on mange des choux pendant l'hiver. C'est les bovins qu'on devrait appeler ventres à choux !

Les nivernaises s'enveloppèrent peu à peu.

— Vous ne trouvez pas qu'elles ont l'air triste ? demanda Augustin à Élie.

— Peut-être, ces bêtes de race sont plus difficiles que les autres.

— Elles étaient habituées à des installations plus modernes. Elles s'éclairaient à l'électricité.

— Alors, si elles avaient l'électricité !

Ils guettaient le moment où elles seraient taureaudes. Les autres vaches avaient connu déjà l'excitation pour la bonne cause, et avaient rendu visite à Charlemagne, le taureau du Chiron. Les trois nivernaises restaient repliées sur elles-mêmes, sans aucune curiosité. Alors Élie apporta un seau d'eau bien chaude et caressa les vaches sans pudeur sous la croupe et la queue avec un chiffon fumant. Un soir, alors qu'il détachait les bêtes pour les envoyer boire à l'étang, il vit Abeille se dresser dans l'étroit couloir de l'étable, et tricoter des pattes pour grimper Alliance. Il appela Marcellin, heureux :

— Marcellin, viens vite, regarde Abeille !

Ils accompagnèrent les vaches à l'étang. Et cette fois Abeille se laissa grimper par Alliance, en courbant l'échine.

— Ça y est, elles sont prises ! Va chercher Augustin !

Augustin avait déjà prévu le taureau capable de les

satisfaire. Il n'y avait, à son avis, que Bouvreuil, des Établières. Le sang mêlé de Charlemagne était rédhibitoire. Bouvreuil était un taureau pure race, descendant de l'élevage Grandcoin à Decize. Élie l'avait élevé. Augustin avait déjà demandé à Antoine Tireau la permission d'amener ses protégées à son taureau.

— Tu reconnais quand même des qualités aux Établières, répartit Antoine, rappelant leur vieille querelle.

Ils conduisirent dès le lendemain les trois A dans l'étable de Bouvreuil. Les vaches rentrèrent à la Trézanne pleines d'ardeur juvénile. Elles se bousculèrent pour entrer dans l'étable. Élie leur cria :

— Allez-vous vous calmer, les filles !

Augustin était allé réclamer les radios de son fils à l'hôpital et il avait dû batailler pour les obtenir. La secrétaire obéissait aux ordres en prétextant qu'elles étaient déposées au cabinet privé du docteur Jousse. Augustin s'en fut sonner chez le médecin en ville. Une jeune femme entrebâilla tout juste la porte. Augustin éleva la voix, et il réussit à entrer. Il dut attendre pendant une heure pour qu'on lui remette l'enveloppe des radios que réclamait le professeur Bretonnière à Nantes.

Bretonnière n'avait pas du tout l'apparence glacée de Jousse. Il reçut ses patients en chemisette, en plein mois de décembre. Il était rond, de petite taille, ramassé, il s'excusa de ses mains égratignées à nettoyer son jardin. Il ne voyait qu'une manière d'améliorer le côté droit de Donatien : la réduction sanglante, une opération de la hanche pour y pratiquer la cavité manquante.

Donatien fut admis à la clinique Saint-Côme-et-Damien de Nantes peu de jours avant Noël. Élise était descendue au bureau de l'entrée remplir les papiers d'admission. Un jeune anesthésiste passa dans la chambre avec la seringue et les aiguilles. Donatien se mit à pleurer.

— Tu pleures, murmura l'anesthésiste, ce n'est rien à côté de ce que nous te ferons demain.

— Cette opération vous inquiète ? demanda Augustin.

— Parlez-en tout à l'heure avec le professeur lors de sa visite.

Le professeur salua Élise et Augustin.

— Alors, mon garçon, dit-il à Donatien, on est au pied du mur. Et c'est au pied du mur qu'on voit le maçon.

Il vérifia la fiche des examens au pied du lit.

— Est-ce une opération vraiment très grave, docteur ? demanda Élise.

Le médecin soupira, visiblement soucieux.

— C'est une opération aussi grave pour un enfant qu'une opération du cerveau pour un adulte.

Il prit une chaise et s'assit entre Augustin et Élise au bord du lit.

— Écoutez, il n'est pas encore trop tard pour changer d'avis. S'il arrive quelque chose, il ne faudra pas s'en vouloir, ni m'en vouloir.

— Vous craignez que cela se passe mal ? demanda Élise, les mains moites.

Le professeur haussa les épaules :

— C'est ma première réduction sanglante. Vous pouvez me croire quand je vous dis que je sais ce qu'il faut faire, et que je sais comment le faire.

Élise voyait l'inquiétude d'Augustin. Elle se tourna vers Donatien qui écoutait en ouvrant ses grands yeux bleus :

— À mon avis, une chance sur deux, ce n'est pas suffisant.

Augustin ajouta en agitant la tête :

— Même avec deux chances sur trois, le risque serait trop grand.

Le professeur posa sa main sur celle d'Augustin :

— Je suis de votre avis. Nous nous sommes engagés sur une voie dangereuse. Vous me paraissiez tant souhaiter qu'il marche comme tout le monde. Cette opération a déjà été pratiquée à Paris sans donner les résultats escomptés. Un jour elle réussira, mais, si j'étais à votre place, je ne voudrais pas que mon fils serve de cobaye.

— Alors, docteur ?

— Alors, on annule tout !

Donatien avait déjà compris :

— Maman, je vais rentrer à la maison !

— Oui, mon bonhomme, dit le docteur, tu vas fêter Noël chez toi avec tes parents !

Le professeur se leva et s'inclina vers Alexina qui se cachait derrière la robe de sa mère :

— Vous ne me l'avez pas montrée, celle-là !

— Elle marche bien, docteur.

— Montrez-la-moi. Les filles sont plus souvent déhanchées que les garçons.

Il prit Alexina qui pleurnichait déjà, et l'allongea sur le lit de Donatien :

— Allez, zou ! dit-il.

La manipulation méticuleuse des jambes d'Alexina sembla interminable. Le docteur la reposa enfin :

— Non, vous pouvez être tranquilles, elle n'a rien.

Ils rentrèrent, le soir même, à la Trézanne sous une pluie d'hiver glacée. Donatien se précipita vers les bras de Marthe :

— Ils voulaient me tuer !

— Ils voulaient te tuer, mon poulot ! répéta Marthe, les larmes aux yeux, en serrant le petit contre son cou. Nous, on ne veut pas qu'ils te tuent !

Plus tard, sous les couvertures et l'édredon, dans la chambre froide, Élise pensa tout haut :

— On lui aura au moins donné une qualité dont je suis sûre, c'est l'intelligence.

— C'est quelquefois un cadeau dangereux quand on est infirme.

Élise ajouta :

— On lui a aussi donné le courage, il se battra.

2.

Providence prit le chemin de l'école en janvier 1923. Donatien l'aperçut au milieu de la troupe des écoliers et courut derrière elle :

— Je vais avec toi !

Il revint vers la maison de toute la vitesse de ses jambes :

— Maman ! je vais à l'école avec Providence !

Il se heurta à Marthe qui le recueillit essoufflé :

— Mon Poulot, tu n'es pas assez grand, tu as bien le temps !

Il échappa à Marthe et trouva sa mère occupée à changer Alexina :

— Je veux aller à l'école avec Alexina !

— Écoute, on ne l'avait pas prévu, mais si tu veux, on en parlera avec ton père. S'il est d'accord, tu iras.

— Je veux y aller aujourd'hui. Providence m'attend !

Élise haussa les épaules :

— Providence ne t'attend pas. Elle sait qu'elle n'a pas à t'attendre.

Donatien se sauva, courut derrière la maison. Providence n'était plus là. Il s'élança vers les piliers de l'entrée. L'allée était vide. Il revint vers le perron en pleurant. Marthe le serra dans son cotillon :

— Mon petit, pourquoi te mets-tu dans des états pareils ?

Comme Élise, Augustin était d'avis qu'il fallait satisfaire l'envie d'apprendre de Donatien, ils avaient repoussé l'échéance d'une rentrée scolaire, sachant ce qui l'attendait : le nouveau milieu de vie ne serait pas le nid douillet de la Trézanne, bien au contraire, il allait être confronté à la réalité sans ménagement. Ils espéraient que Providence le protégerait. Mais Providence allait à l'école laïque comme tous les Barbillon, parce qu'elle était gratuite. Le père Barbillon mort à la guerre avait été pris en flagrant délit de braconnage sur les terres des Fontenelles et privé pour ce motif de l'aide scolaire du comte qui aurait permis aux enfants d'aller à l'école libre.

— On pourrait peut-être payer l'école des sœurs à Providence ? suggéra Augustin.

— Si Donatien allait tout simplement à l'école laïque ? répondit Élise. Ce n'est quand même pas l'enfer. On dirait que tu as oublié que j'y ai enseigné pendant vingt ans !

— Vous n'allez tout de même pas mettre ce petit malheureux à l'école publique avec son handicap ! s'écria Marthe.

— Pourquoi ? riposta Élise. Vous croyez que les enfants sont moins méchants entre eux parce qu'ils récitent un Je vous salue Marie avant la classe ? Vous êtes sûre que les enfants Bouron seront gentils avec Donatien ?

L'argument sur les fils du maire, réputés aussi teigneux que leur père, porta. Élise continua, plus calmement :

— M. Blanlœil, l'instituteur de l'école laïque, va à la pêche avec Marolleau, le sacristain. Le sacristain porte du poisson au curé Gallot. Le curé Gallot mange du poisson probablement pris par Blanlœil, l'instituteur, et cela ne l'a jamais rendu malade !

Marthe avança :

— Vous imaginez ce qui se dira lorsqu'on apprendra que vous avez mis Donatien à cette école ?

Il était vrai qu'on les cataloguerait s'ils choisissaient l'école de M. Blanlœil, brave homme au demeurant. Son école n'était fréquentée que par les enfants du garde-barrière, du meunier Pelletreau, et quelques misérables du type Barbillon. Pour le plus grand scandale de la population, et pour préserver une position sur un territoire largement dominé par l'école libre, l'inspection académique maintenait pourtant deux classes à la Genétouze, l'asile des petits, confié à Mme Blanlœil, et La classe dite du certificat, dirigée par son mari.

Augustin n'ignorait rien de tout cela. L'argument le plus fort était celui de Providence. Il était certain que la fille des Barbillon protégerait Donatien comme une petite mère. Et l'enlever aux Blanlœil serait une mauvaise action.

— On va mettre Donatien à l'école laïque, dit-il. Pour Alexina, on verra.

Donatien, tout joyeux, rejoignit la troupe des Barbillon qui partait à l'école. Sa joie fut de courte durée lorsqu'il se retrouva dans l'asile de Mme Blanlœil. Ses paupières se mouillèrent d'abord lorsqu'il vit Providence s'éloigner vers les rangs de la classe du certificat. Ses sanglots devinrent bruyants quand il découvrit les activités des petits de son âge, livrés à eux-mêmes, alignant des bâtons sur des ardoises. Mme Blanlœil, bâtie comme une lavandière, portait fièrement un petit élève sous chaque bras les jours de bonne humeur. Elle veillait à la propreté des nez, disposant de mouchoirs pour les plus démunis, et brandissant des pinces menaçantes pour les malpropres qui entretenaient des chandelles sous leurs narines. Elle vint vers Donatien, qu'elle croyait malheureux d'avoir quitté sa mère et son village, et le prit à son cou. Mais l'enfant hurla de plus belle en se tortillant pour descendre. Elle l'abandonna à pleurer au fond de la classe.

Il courut vers Providence à la sonnerie de la cloche. La fillette le prit dans ses bras, et revint vers Mme Blanlœil :

— Madame, Donatien pleure parce qu'il sait lire et écrire. Il ne veut pas rester avec les petits qui ne savent rien.

Mme Blanlœil, incrédule, sortit un syllabaire et le donna à Donatien qui lut sans difficulté, la poitrine encore soulevée par des hoquets. Elle alla chercher son mari. Providence et Donatien récitèrent ensemble « Le chat, la belette et le petit lapin ». Donatien riait maintenant, les pommettes encore rouges. M. Blanlœil empila deux coussins sur le banc à côté de Providence pour élever le petit à hauteur de la table. Donatien comprit vite qu'il fallait lever le doigt pour répondre aux questions, le dos bien droit, bras croisés. M. Blanlœil l'écoutait en tirant sur sa courte barbichette. Il avoua à Élise que c'était un bonheur pour un maître d'avoir un élève comme Donatien :

— Il ne se contente pas d'être un buvard. Il est sans cesse en éveil. Il faut que je le bride, sinon il ne laisserait pas la parole aux autres !

Abeille et Aurore mirent leurs veaux au monde. Alliance ne se décidait pas.

— Elle a rechigné à être en chaleur. Elle rechigne maintenant à faire son veau, constata Augustin inquiet.

Élise aidait Augustin en se levant, elle aussi, pour veiller la nuit dans l'étable. Élie était dispensé de cette charge. Des crises de sciatique le faisaient souffrir depuis le début de l'hiver, et il marchait péniblement. Élise se glissa hors du lit sans attendre Augustin et elle s'empressa vers l'étable, parce qu'elle avait cru remarquer une sorte d'allégresse dans les yeux d'Alliance, la veille. Elle s'était attachée à cette vache qui éclipsait les autres par ses qualités. Abeille et Aurore ne l'égalaient pas. Elles avaient fait deux beaux veaux qui avaient le défaut d'avoir trop de carcasse.

Élise revint précipitamment de l'étable et réveilla Augustin :

— Cette fois, Alliance est malade !

Élie sortit de sa chambre au moment où ils descendaient l'escalier.

— Couvre-toi ! lui recommanda Marthe.

Elle ajouta :

— Couvrez-vous !

Une bise glacée soufflait du nord. Ils traversèrent la cour tête baissée, les sabots sonnant sur la terre gelée. Élise portait la lanterne, emmitouflée dans le châle de laine de Marthe. Elle souleva la lanterne derrière Alliance, et montra le long filet glaireux sous la queue. La respiration de la vache était heurtée et ses flancs se gonflaient. Augustin ramena une fourchée de paille fraîche du fond de l'étable. Élise s'assit sur un tabouret à traire. La délivrance fut pénible. Alliance se couchait et se relevait, les flancs douloureux. Augustin prit une corde. Personne n'évoquait le précédent avortement d'Alliance, mais tous l'avaient à l'esprit. Augustin ficela les pattes du veau dans la matrice, tira doucement d'abord, et de plus en plus vigoureusement. La vache souffrait, ses yeux tournaient.

— Il vient, murmura-t-il. Élise, tiens bon la corde !

Il enfonça le bras, et accompagna la sortie du veau qui fut expulsé dans un clapement de ventouse.

— C'est une vêle, constata Élie. Frotte-la, dit-il à Augustin, active-lui les pattes !

La tête de la génisse pivota. Ses oreilles frémirent. Élise se joignit à Augustin pour frotter de plus belle. La génisse dressa le cou, battit des paupières, émit un premier meuglement très doux.

— Allez, l'encouragea Augustin en la soulevant, appuie-toi sur tes pattes !

Ils s'amusèrent de la voir écarter les pattes comme un tréteau. Élie dit alors :

— Il y en a un autre !

Le ventre d'Alliance était en effet de nouveau remué par une fermentation. Elle avait appuyé le mufle au bord de la crèche, et son souffle mouillé chassait la poussière. Le vêlage fut beaucoup plus rapide. Augustin enfonça le bras, et fut gagné de vitesse. Il appela Élise, qui reçut l'animal dans ses bras. C'était une deuxième vêle, plus vigoureuse que la première, qui essaya de se lever sitôt sur la paille, y parvint en même temps que sa sœur. Toutes deux rivalisèrent, comiquement flageolantes, à qui trouverait la première le pis de sa mère.

— On oublie qu'il s'agit d'animaux ! dit Élise.

Augustin, lui aussi ému, posa sa main graisseuse sur celle de sa femme :

— Ce sont des mises au monde !

Et Élie, sur son tabouret :

— La mise au monde de deux phénomènes.

— Vous croyez ? demanda Augustin.

— Regarde ! Ce sont deux petites princesses !

— Elles peuvent se défaire en grandissant.

— Avec Bouvreuil et Alliance comme père et mère ? Elles ne demanderont qu'à croître et embellir.

Ils rirent de bon cœur.

— Comment va-t-on les appeler ? C'est toi qui vas leur trouver un nom, dit Augustin à Élise.

Il prodiguait les soins à Alliance. Il était trois heures du matin. Ils n'avaient pas envie de quitter la chaleur de l'étable.

— Espérance et Élégance, déclara Élise.

— Quoi ? De quoi parles-tu ?

— De leurs noms. On appelle la première Espérance, puisqu'elle représente notre espoir. On appelle la seconde Élégance, puisqu'Élie assure qu'elle sera un prodige de beauté.

Augustin se tourna vers les génisses, côte à côte, enroulées dans la paille.

— Laquelle est Espérance ? Laquelle Élégance ? Espérance a le front plus frisé, et l'écusson de la queue plus fourni.

Ils sortirent dans la fraîcheur. Des nuées emplissaient le ciel. Mais le vent, venu du côté de l'étang, ouvrait de larges déchirures par où la lumière de la lune coulait. Ils restèrent un moment, tous les trois, tête levée. Une tuile du toit de la grange clapotait.

Augustin fréquenta les foires plus assidûment. Élise l'encourageait à mettre à profit les connaissances acquises avec Élie, puis le marchand Douillard. Il fallait reprendre ce qui avait si bien réussi avec les charolaises, mais avec des vaches ordinaires, non pour la reproduction, mais pour la boucherie.

— L'avenir est à l'herbe ! répétait Augustin. Les gens émigrent vers les villes et ils mangent de plus en plus de viande. Les campagnes vont souffrir de la concurrence des blés américains à bon marché. Les vaches ne se transportent pas aussi facilement sur un bateau.

Il aimait ces levers au milieu de la nuit qui lui rappelaient sa jeunesse. Il s'arrachait aux reins chauds d'Élise. Marthe se levait comme autrefois pour lui faire chauffer sa soupe et son café.

— Pourquoi vous levez-vous ? la rabrouait-il.

Et il ajoutait aussitôt, sûr de lui plaire :

— Élise va être jalouse !

— Je me recoucherai après..., pleurnichait Marthe, heureuse de leur complicité.

Elle versait le café dans la tasse, la main appuyée sur la table ou l'épaule d'Augustin.

— À quoi je sers, gémissait-elle, si je ne peux pas te servir ton café !

Elle repartait en clopinant vers la cheminée, grattait les tartines de pain grillé et les apportait à Augustin, qui lui demandait :

— Vous ne prenez pas de café avec moi ?

Il la savait toujours aussi gourmande. Elle allait se chercher un bol, s'appesantissait sur le banc, les traits enfin détendus.

— Vous n'avez pas froid ?

Elle avait jeté son tricot de laine sur sa chemise de nuit en pilou rose, laissant apparaître sa peau laiteuse et flétrie par l'encolure. Elle avait vieilli. Son épaisse chevelure était complètement blanche. Le parfum amer du café remplissait la cuisine. Augustin cassait une tartine de pain grillé et en poussait la moitié vers Marthe.

Il attelait Rosier à la carriole. Les taches blanches s'élargissaient sur la robe du percheron, mais il était encore vaillant. Il attendait ces matins où Augustin tirait le verrou de l'écurie. Il tournait la tête vers la lanterne et montrait ses dents jaunes d'un air content. Il heurtait du mufle les épaules et le dos d'Augustin qui lui apportait son avoine comme tous les matins de foire. Augustin lui répondait en ébouriffant sa crinière.

Il fut bientôt attendu sur les foires. Les vieux rappelaient le temps où il travaillait pour Douillard. Il ne se trompait pas de dix livres lorsqu'il mettait une bête à poids. Il passait la main sur le dos de la vache, lui soulevait une patte de derrière, et déclarait, infaillible :

— Elle pèse tant !...

On comprenait mal son intérêt pour les bêtes « maigres comme une barrière de champ ». Il rencontra le vieux maquignon Douillard, rangé des affaires après une nouvelle attaque. Le bonhomme branlait de la tête et des mains, et tenait debout difficilement.

— On parle de toi, lui déclara-t-il d'une voix détimbrée. Tu n'achètes que de la viande à saucisson.

— Je n'ai pas les moyens de me payer mieux, lui répondit Augustin.

Douillard cligna de l'œil, et agrippa le bras de bois d'Augustin :

— On dit ça ! Ils croient que tu prends des risques. Je te connais, mon garçon ! Quand tu paies une vache au prix du saucisson, c'est que tu veux la revendre au prix du bifteck.

— J'espère l'améliorer ! convint Augustin.

— Oui, tu espères avec un gros espoir.

— Et vous, comment allez-vous ?

— Moi, c'est fini, j'ai eu trop peur. J'ai tout abandonné à la deuxième secousse.

— Et pourtant, vous êtes là sur le foirail.

— Parce qu'on est à Aizenay, chez moi. Mais je ne me fais pas d'illusions, ça ne durera pas. Je suis foutu, mon vieux. (Il tira sur la prothèse d'Augustin.) Ce n'est plus une vie, la vie que je mène. Ça ne m'intéresse pas de m'accrocher pour continuer comme une momie dans un fauteuil.

Les gens lançaient vers Douillard des coups d'œil à la dérobée. Ils l'avaient connu au sommet de sa gloire. Ils ne le reconnaissaient plus dans ce petit homme chancelant, au nez pincé.

Augustin ramenait une vache, deux vaches, trois vaches, attachées à l'arrière de la carriole, selon les circonstances. Il les payait 2,50 francs à 3 francs, et les revendait six mois plus tard, plus lourdes, 4 francs à 4,35 francs le kilo, mal à l'aise de ces transactions de marchand de bêtes. Les maquignons ont mauvaise réputation. Élise le rassurait :

— Tu ne trompes pas les gens sur le poids et le prix de la viande. Tu n'as pas les deux pieds dans le même sabot, c'est tout.

Ses absences répétées avaient nécessité une nouvelle organisation. Marcellin devenu grand avait été promu laboureur. Un petit toucheur de bœufs l'assistait. Élie s'occupait des étables, aidé d'Élise, qui ne craignait pas de courir derrière une bête récaciltrante.

Marthe s'occupait de la maison, du jardin, des fleurs. Marianne soignait la basse-cour, les lapins. Élise s'inquiétait de la santé des trois vieux :

— Souhaitons qu'ils vivent longtemps ! Comment pourrions-nous les remplacer ?

Élie soignait les vieilles vaches comme des enfants. Il demandait à Augustin de lui apporter un litre d'essence de térébenthine pour frictionner une bête fragile de la poitrine. Il accordait aux moins belles la même affection. Il signalait pourtant à Augustin le moment de vendre.

— À mon avis, cette pensionnaire est accomplie. Si on attend davantage, elle perdra.

Il s'éloignait toujours au moment où Augustin allait de nouveau attacher la vache à la carriole, pour ne pas voir partir la bête.

Augustin vendit quatorze bêtes en 1923 et 1924. Il essayait de garder sa réussite secrète, mais à la campagne tout se sait. Élise et lui firent à nouveau le voyage en Nivernais au début de 1924, et achetèrent trois vaches vieillissantes à Jean Lanier. Espérance et Élégance étaient maintenant deux jeunes génisses resplendissantes qui prenaient des mines en présence des veaux d'Abeille et d'Aurore.

— Il ne faudra pas tarder à les séparer, ces quatre-là, dit Élie, sinon ils pourraient bien faire des bêtises.

Marthe apporta un gros gâteau d'anniversaire, le soir du 1er août, pour célébrer les sept ans de Donatien. La fenêtre ouverte laissait entrer des odeurs de moissons et le chant des grillons. Le soleil se couchait aussi rouge dans les vitres que les géraniums de Marthe. Marianne, Marcellin et le petit toucheur étaient de la fête. Donatien reniflait son morceau de savoie pour le goûter d'abord avec le nez. Alexina quitta sa place près de son frère et courut vers les culottes de son père qui la prit sur ses genoux. Elle avait les cheveux châtains, les yeux marron moirés d'or. Élise l'habillait de robes à volants.

— Quand tu la coiffes avec des boucles, disait Augustin, je crois te voir à son âge avec ton Jean-Bart dans le parc des Établières.

Les ombres de la maison noircissaient les mains tannées, les bras, les figures. La nacre des gorges éclatait par les cols ouverts. Élie se leva soudain, sans rien dire, et s'éloigna de son pas lent, le dos rond. Marthe fit semblant d'être surprise :

— Où t'en vas-tu ?

Ils l'entendirent fureter dans la chambre. Il revint du même pas pesant, aida sa mauvaise jambe à enjamber le banc en la soulevant, la main sous le genou. Il tailla un cube de savoie, comme une bouchée de pain, le laissa tomber dans la crème à la vanille et l'y promena pour bien l'imprégner. Il fit semblant de se souvenir de ce qui gonflait la poche de sa chemise, l'en retira, et tendit à Donatien une petite boîte de carton bleu :

— Tiens, mon petit, c'est pour toi.

Donatien ouvrait grands les yeux, n'osant pas toucher.

— Vas-y, mon bonhomme, ouvre ! l'encouragea Marthe.

L'enfant souleva prudemment le couvercle et, il vit sur un lit de coton rose une montre et sa chaîne d'argent. C'était la montre d'Élie, un gros oignon aux contours ciselés de feuilles de laurier.

— Tu peux la prendre ! dit Élie.

Donatien l'éleva par l'anneau du remontoir, regarda l'heure sur le cadran, compara à la pendule.

— Quelle heure est-il ? demanda Élie. Marche-t-elle ?

L'enfant porta l'oignon à son oreille, hocha la tête :

— Neuf heures cinq.

— Elle est à toi, maintenant, rien qu'à toi, lui dit Élie.

Mais Augustin :

— Tu l'as bien regardée ? Elle est belle, n'est-ce pas ? Bon, tu ne vas pas garder cette montre. Rends-la à présent à Élie.

Il y eut un moment de silence. Donatien leva successivement ses yeux bleus vers son père et Élie. Il réajusta lentement le couvercle de la boîte, encore rieur autour des lèvres, et au bord des larmes autour des paupières. Élie dit alors, la voix vibrante :

— Je suis libre de faire ce que je veux de mes affaires ! Déjà que je n'ai pas grand-chose !

Il s'adressa à Donatien, l'index levé, les yeux brillant plus fort que d'habitude :

— Tu vas à l'école maintenant, tu apprends tout ce que tu veux, tu es content de connaître l'heure. Je te donne ma montre, dit-il sur un ton à ne pas y revenir. Moi, je n'en ai plus besoin. Il ne me reste plus beaucoup de temps. Je n'ai plus envie de guetter les mouvements de la grande et de la petite aiguille.

Il agita son doigt aux phalanges déformées :

— Méfie-toi de ne pas être esclave de la montre. La seule horloge qui compte, c'est celle du monde. En ce moment, le soleil rouge indique la fin du jour et l'heure d'aller se coucher. L'odeur de la poussière et le chant des grillons disent que c'est l'été. Ma dernière dent qui branle rappelle à ma langue que je suis vieux et que j'ai passé soixante-dix. Tu comprends pourquoi je ne veux plus perdre mon temps à m'occuper d'une autre horloge ?...

Il se tourna vers Augustin :

— Qu'est-ce que tu veux donc que cela me fasse de me séparer de ma breloque, même en argent !

Augustin hocha la tête, baissa les yeux, ému par ce que venait de dire Élie. Marthe détendit l'atmosphère :

— Quelle histoire, parce qu'on offre une montre à ce petit bonhomme ! Elle ne s'est jamais détraquée. Ouvre le boîtier, derrière. Tu vois, les initiales d'Élie y sont gravées. Comme ça, tu penseras à Élie quand il ne sera plus là. Tu penseras aussi à moi, parce qu'Élie sans moi !..., fit-elle rieuse. Allez, donne-moi ton assiette, tu vas reprendre un peu de crème !

Le fils du garde-barrière Chaillou croisa Donatien dans la cour de récréation, il se tourna vers lui, et lança : coin-coin ! Donatien fit face. Le grand Chaillou s'avança, il avait un grand cou et les oreilles décollées, il se pinça le nez et trompetta :

— Coin-coin !

Donatien ne recula pas. Chaillou colla son nez contre le sien, la casquette enfoncée jusqu'aux oreilles :

— Coin-coin !

Et il singea sa démarche déhanchée. Les autres garçons qui l'entouraient ricanèrent.

— Coin-coin ! Bancroche !

Chaillou cracha et les yeux de Donatien s'emplirent de larmes. Une noirceur lui voila le regard et il se précipita sur Chaillou. La casquette vola. Il lui empoigna les oreilles et le renversa. Il commença de lui cogner la tête sur le sol en lui assenant :

— Tu vas le regretter, crétin ! Tu vas connaître le bancroche !

Une main le saisit par le fond de la culotte, l'arracha à son ennemi, et le prit par l'oreille :

— Qu'est-ce que c'est que ce petit brigand ?

C'était M. Blanlœil. Il entraîna Donatien et lui planta le front contre le tronc du tilleul.

— Tu vas répéter après moi : « Je ne frapperai plus mes camarades comme un voyou. »

— Je ne frapperai plus mes camarades...

— Comme un voyou !

— Comme un voyou.

— Il n'est pas un voyou, le défendit Providence arrivée trop tard sur les lieux, Chaillou lui a craché dessus et l'a traité de bancroche !

— Est-ce exact ce que me dit ta camarade ? demanda M. Blanlœil au grand Chaillou encore étourdi au milieu de la cour et heureux de s'en tirer à si bon compte. Ramasse ta casquette !

Le maître le saisit par le col de sa blouse et le souleva jusqu'au tilleul.

— Répète après moi : « Je dois le respect à tous mes camarades. »

— Je dois le respect à tous mes camarades.

— Maintenant tu te mets à genoux devant Donatien, et tu lui demandes pardon.

— Non ! dit Donatien, qui craignait que le remède ne fût pire que le mal.

— À genoux !

Le maître appuya sur la nuque de Chaillou.

— Pardon !

— Pardon...

— Et toi, Donatien, pardonne. Dis : « Je te pardonne. »

Donatien se taisait, ravalant ses larmes. Il vit Providence, bredouilla :

— Je te pardonne.

— Maintenant vous gardez les mains dans le dos, en silence, devant le tilleul, pendant cette récréation et les autres de la journée. Vous apprendrez ainsi à vous supporter.

Donatien rentra de l'école comme à l'habitude avec la troupe des Barbillon et ne manifesta rien. Mais le lendemain soir, après les avoir quittés à l'entrée de la cour de la Trézanne, il descendit vers le clos du cheval, Rosier. Il caressa le rude chanfrein en lui confiant ses misères. Il conduisit Rosier à la barrière. La muserolle était suspendue à la branche du chêne. Il enfila la tête de Rosier dans le harnais. Il monta sur le talus et grimpa à califourchon sur le dos du cheval. Ils partirent, en direction de Palluau.

Longtemps après la disparition de Donatien et de Rosier, on trouva le sac d'écolier près de la barrière. Providence raconta l'épisode violent de l'école.

Le boucher Gendron s'en revenait de La Roche où il avait livré des peaux derrière les halles. Comme à l'habitude, il avait été rétribué par un copieux repas arrosé à l'Hôtel de la Vendée. La nuit était très noire. De lourdes nuées glissaient à ras de terre. Les branches mouillées s'égouttaient. La flamme de sa lanterne éclairait tout juste la croupe de sa jument. Pelotonné sous une chaude couverture, Gendron digérait. Il somnolait, confiant dans l'animal qui connaissait la route aussi bien que lui. Il se réveilla soudain et eut conscience d'une présence à la densité du silence. Il s'aperçut que sa jument s'était arrêtée, vit passer les haillons de la brume dans le halo de sa lanterne. Il distingua alors dans la pénombre un grand cheval gris immobile sur la banquette auprès duquel se tenait sa jument.

— Allons, grogna-t-il, qu'est-ce qui se passe ? Qu'est-ce que cette fi de garne de bête fait sur la route à une heure pareille ?

Il entreprit de descendre, faillit rater le marchepied et se rappela les rires de ses compagnons de boisson lorsqu'il avait voulu monter dans sa voiture. Il se rattrapa aux ridelles. Il s'approcha prudemment du cheval qui n'essaya pas de fuir.

— Qu'est-ce qui t'arrive, mon vieux ?

Il s'empara de la bride, et trouva un enfant étendu à son extrémité.

— Qu'est-ce que tu fais là ? Ce n'est pas un endroit pour dormir. Tu vas attraper la mort !

Donatien ne répondit pas.

— Qui es-tu ? D'où viens-tu ?

Le boucher alla chercher la lampe tempête dans sa voiture, l'alluma. Donatien se recula. Le boucher avait élevé la lampe vers sa figure rouge et ses moustaches :

— N'aie pas peur, mon bonhomme, je suis Gendron, le boucher de Palluau. Tu t'es sauvé de chez toi ? Tu ne crois pas que tes parents sont inquiets en ce moment, et qu'ils te cherchent partout ?

Donatien se recula encore dans son fossé, le dos rond, la tête rentrée dans les épaules.

— Bon, si tu ne veux pas parler, je vais te ramener chez moi. Tu ne resteras pas passer la nuit dans ce fossé.

Il tira l'enfant par le bras et s'aperçut qu'il était déhanché. Il éleva sa lampe :

— Mais je te connais : tu es le petit Vernageau de la Trézanne ! Allez, monte ! Je vais te ramener chez toi.

Il enveloppa Donatien dans sa couverture.

— Tu es gelé. Tu grelottes. Couvre-toi.

Il tira sur les brides, et repartit dans l'autre sens.

— Tu ne veux pas me parler ? Tu as peur de ce qui t'attend à la maison ? Tu peux me croire que tu mérites une bonne correction. Et tu es têtu comme une mule, en plus. Tu ne veux pas me faire entendre le son de ta voix ?

Il s'aperçut que le petit dormait. Il entra dans l'allée de la Trézanne, et comprit qu'il ne s'était pas trompé. La maison était sur le pied de guerre. Tout était allumé. M. Blanlœil était là, et le curé Gallot. On fouillait les trous des carrières. On attendait les gendarmes. Augustin reçut sur son bras son petit grelottant au sortir de la couverture, et l'emporta au coin du feu sans dire un mot. Il se rappelait sa propre fugue, une nuit, dans le clocher de l'église des Moutiers. Il remit l'enfant à sa mère, en lui disant :

— Ce goût de la fugue doit être héréditaire.

Le lendemain matin, il vint s'asseoir au bord du lit de Donatien. Élise avait touché le front de l'enfant et lui avait pris le pouls :

— Ça va ? Tu n'as mal nulle part ?

Donatien avait secoué la tête.

— Écoute, lui dit Augustin en le tenant dans ses bras et en le caressant, Providence m'a tout raconté. Je comprends ton comportement. Moi aussi, il m'est arrivé la même chose, une fois, quand j'avais ton âge. J'ai passé la nuit dans le clocher de l'église en construction. Les copains se moquaient de moi parce que je n'avais pas de parents. Tu boites. Ce sera plus dur pour toi que pour les autres, mais on est courageux. (Il agita son bras infirme.) Tu vois, moi aussi, je suis comme toi, on a tous les deux une patte de canard ! Écoute-moi bien : ça se reproduira sûrement d'autres fois. Quand ça t'arrivera, tu nous le raconteras, nous serons toujours là pour t'écouter, et te défendre...

Donatien enfouit la tête dans le cou de son père et se mit à pleurer.

— Pardon, papa, pardonne-moi !

— Mon petit, pourquoi veux-tu que je te pardonne, puisque tu n'es pas coupable.

L'enfant s'arrêta de pleurer, et interrogea son père du regard sans comprendre. Mais, à partir de ce jour-là, il vécut dans une grande confiance avec son père.

3.

Une grande effervescence électorale anima l'année 1925. Gaston Doumergue était président de la République. Édouard Herriot s'efforçait de diriger le gouvernement hétéroclite du Bloc des gauches. Les prix flambaient en Allemagne où on comptait deux millions de chômeurs. Quatre-vingt mille personnes manifestèrent à Nantes pour l'abrogation des lois laïques. Elles s'élevèrent contre la loi de séparation, la loi sur les communautés religieuses, la loi sur le divorce. Une lettre de soutien de l'Assemblée des évêques de France fut lue avant l'intonation d'un Credo vibrant repris par la foule. Les manifestations se reproduisirent dans toutes les grandes villes de France avec un succès semblable.

Les élections municipales étaient prévues pour les dimanches 3 et 10 mai. À l'isue de l'assemblée générale des Caisses rurales vendéennes de crédit, rue La Fontaine à La Roche, le curé Gallot leva son verre de colombard à la santé d'Augustin, et lui chuchota à l'oreille :

— Pourquoi ne te présenterais-tu pas aux municipales ?

Augustin crut que son curé se moquait de lui. Tous les ténors de la droite étaient venus apporter leur soutien à M. Gouttepagnon, le directeur de la Caisse centrale. Le service d'ordre était assuré par les Camelots du roi.

M. des Fontenelles avait salué Augustin d'un discret signe de tête, en passant près de lui. Le curé Gallot souleva un sourcil :

— Tu pourrais demander à M. des Fontenelles de te mettre sur la liste de M. Bouron, le maire...

— Alors, grimaça Augustin, il faudrait qu'il accepte d'enlever Bouron de la liste, et de me mettre à sa place !

L'abbé Gallot détonnait dans cette assemblée de notables grands et petits, les petits singeant les grands par le costume, le gilet, les souliers, la cravate, guettant le moment où le regard du député, du comte, du maire, glisserait sur eux. Le curé Gallot portait son habituelle soutane de drap élimée sur sa protubérance ventrale, chaussé de godillots à œillets et lourdes semelles. Il bloquait son béret plié en deux sous son bras. Augustin le trouvait un peu provocant. Mais le curé se comportait en présence de ses confrères, l'archiprêtre, le vicaire épiscopal, avec un naturel affable qui excluait toute agressivité. C'était lui qui avait proposé à Augustin, comme le temps était beau, d'aller à La Roche avec Rosier, plutôt que de prendre le train aux Moutiers.

Il revint aux élections, sur le chemin du retour :

— J'étais sérieux, dit-il assis près d'Augustin sur le banc de la voiture, lorsque je parlais des élections. Pourquoi ne formeriez-vous pas une liste ? Je suis persuadé que vous auriez des chances de l'emporter.

Rosier s'était lancé dans un trot généreux à l'assaut de la côte de Beaupuy. Le curé Gallot chercha dans sa poche profonde et en tira sa pipe. Il offrit du tabac à Augustin :

— Tu veux en faire une ?

Augustin lâcha les guides. Rosier avait pris le pas pour les derniers hectomètres du sommet. Des flocons de sueur mouillaient son arrière-train.

— Quels noms voyez-vous, quand vous parlez de former une liste ?

— Tu connais tes amis. Tu t'entends bien avec Bernard, le boulanger, aux réunions de la Caisse. Troussicot, le menuisier, me semble proche de vous, aussi.

— Vous croyez qu'on aurait une chance ?

Le curé alluma son briquet, tira sur sa pipe. Ils respirèrent les bouffées chaudes de la fumée.

— Je ne passe pas de jours sans entendre mes paroissiens se plaindre de Bouron. Il voudrait les faire marcher à la baguette. Il n'écoute même pas ses conseillers.

— Oui, lui répondit Augustin, mais il a été mis en place par M. des Fontenelles, et il restera maire aussi longtemps que le comte le voudra. Les gens se plaignent, mais, le jour venu, ils votent comme il faut.

— Ce ne serait pas mal pourtant, soupira le curé, si vous appreniez à vous passer des ordres du château !

Et il croisa les bras.

Il entra dans la cour de la Trézanne, un soir de fin janvier 1925, les oreilles, le nez, les joues violets, la tête seulement couverte par son béret enfoncé profond.

Il avait à peine salué tout le monde, affairé aux soins des bêtes dans l'étable, que le boulanger Bernard arrivait, puis le menuisier Troussicot.

— C'est une conspiration ! s'écria Augustin.

— Tu ne crois pas si bien dire !

Le travail achevé, ils sortirent dans la nuit.

— Pensez-vous que ce temps nous apporte de la neige ?

— Non, je ne crois pas. Il fait trop froid.

Ils entrèrent dans la maison. Augustin ajouta dans le feu la bûche de chêne qui attendait devant le foyer.

— Alors ? interrogea-t-il, après que tout le monde fut assis autour de la table.

Le curé joua avec son béret :

— Tu devines ce qui nous amène... Je ne suis pas à

l'origine de cette démarche. Alain Bernard et Marcel Troussicot m'ont demandé de m'entremettre...

— Oui, confirma Alain Bernard, on savait que M. le curé n'était pas contre notre initiative. Nous sommes plus de deux, mais nous n'allions pas venir à toute une bande.

Alain Bernard avait le teint couleur de ses farines, le visage un peu mou, les moustaches tombantes. Il travaillait avec ardeur à sa boulangerie, cuisait la nuit, livrait le jour, dur avec ses mitrons. Il s'en excusait en disant : « Citez-moi un métier où l'apprentissage est facile. Moi, on m'a appris la boulangerie à coups de pied dans le derrière ! » Il s'adressa à Augustin :

— On est prêt à y aller, à condition que tu viennes avec nous.

Marcel Troussicot ajouta de sa voix de basson :

— Et que tu marches à notre tête.

Il était plus vieux, plus lourd. Il régnait sur les charpentes, les portes et les fenêtres du pays. Il était estimé. Élise entra. Elle venait de tourner la manivelle de l'écrémeuse. Elle enleva son bonnet de laine, son épais tricot, s'approcha de la cheminée pour se chauffer. Elle était grosse sous la laine, et maintenant elle se montrait telle qu'elle était : une femme de caractère qui occupait beaucoup de place. Les visiteurs avaient interrompu leur conversation. Augustin glissa sur le banc, et lui en laissa l'extrémité :

— Viens donc t'asseoir avec nous. Ces messieurs sont venus parler des élections.

Il s'adressa à Bernard et Troussicot à la fois.

— Je comprends que vous vouliez présenter une liste. Je voterai pour vous. Mais je ne veux pas m'engager. Les jours sont déjà trop courts pour tout le travail que j'ai à faire. Je crois que vous me connaissez mal : je ne serais pas à la hauteur.

Marcel Troussicot pesa ses mots, comme il le faisait avec ses morceaux de bois :

— On a envie que ça change. On aimerait que la

commune se prenne en charge. On pensait que c'était aussi ton avis...

— Bien sûr que oui. Mais vous croyez vraiment que vous avez des chances de l'emporter ?

— Si tu en doutes..., constata Alain Bernard.

— Ils voudraient que je sois tête de liste ! précisa Augustin à Élise. Pourquoi ne prenez-vous pas la tête vous-mêmes ? Tout le monde vous connaît.

— Ils sont des commerçants, intervint le curé Gallot. Tu connais la méfiance des paysans à l'égard des commerçants.

Élise ne disait rien. Augustin lui avait rapporté sa conversation avec le curé le jour des Caisses rurales, et elle n'avait pas caché son hostilité à un engagement dans la politique municipale. Elle avait trop vu son oncle perdre son temps dans des combats illusoires. Le dernier avatar avait été la défaite cuisante d'Antoine aux législatives. Le curé s'adressa à elle :

— Qu'en pensez-vous, Élise ? Vous restez silencieuse.

Elle eut un sourire :

— Moi, je n'ai pas d'avis, monsieur le curé. Vous savez que les femmes ne votent pas.

— Ça ne les empêche pas de penser. Beaucoup de femmes choisissent les bulletins de vote de leur mari.

Élise croisa les bras :

— Je laisse Augustin faire ce qu'il veut. S'il juge possible de se lancer dans cette aventure, je ne m'y opposerai pas. C'est sans doute ce que vous vouliez savoir.

Augustin fut surpris. Élise avait changé d'avis. Elle paraissait même l'encourager. Il se tourna vers Bernard et Troussicot :

— Pourquoi voulez-vous me mettre en tête ? Je ne suis rien. J'ai emprunté à la Caisse rurale, et ça se sait.

Alain Bernard haussa les épaules, pas d'accord :

— Les gens savent que la Trézanne était perdue avant votre arrivée à la fin de la guerre. Ils parlent de toi sur les foires, disent que tu es plus fort qu'un marchand de vaches. Et puis, pour être franc..., ajouta-t-il en pinçant les poils de sa moustache, ton bras en moins est un avantage auprès des anciens combattants...

— Il paraît que tu as refusé la pension à laquelle tu avais droit..., ajouta Marcel Troussicot.

Augustin rougit. Ses yeux bleus s'assombrirent :

— Qui est-ce qui vous a dit ça ?

Il croisa le regard d'Élise, s'adoucit, se força à sourire :

— Si je m'attendais à une telle proposition ! fit-il en passant la main dans les boucles de son front. Tu le savais ? demanda-t-il à Élise.

— Non, je ne savais rien ! se défendit-elle.

Il parcourut la table vide :

— On n'a pas encore bu.

Marthe apporta les verres et la bouteille. Il crut bon d'objecter encore :

— Il y a Donatien. Il est à l'école laïque. Ça vous enlèvera des voix.

Le curé approcha son verre du goulot de la bouteille.

— Ta petite Alexina pourrait aller à l'école des sœurs à Pâques...

Augustin interrogea Élise. Cette fois, elle n'était pas opposée à l'inscription de sa fille à l'école libre.

— Vous aviez tout prévu ! lâcha Augustin.

Marcel Troussicot acquiesça en riant :

— Ton Donatien ratisse ceux de la laïque, Alexina récupère les mécontents de Bouron !

— Et M. le curé ramène au bercail de son école chrétienne une brebis qui risquait de lui échapper ! compléta Élise avec une moue amusée.

— Alors, monsieur le curé, demanda Augustin, vous allez prendre parti pour la liste d'opposition ?

— Moi ? Je ne donnerai aucune consigne de vote. À l'occasion, il m'arrivera de manifester une neutralité bienveillante.

— On ne vous demande rien de plus, convint Alain Bernard. Que décides-tu ?

Augustin regarda Élise, puis Marthe, sur la salière au coin du feu, crochetant un rideau de roses et de papillons pour sa chambre.

— On n'est qu'au mois de janvier. Je propose de garder le plus grand secret pour l'instant. Je veux une réunion des douze de la liste, pour qu'on se mette d'accord. Ensuite, on avisera.

La formation d'une liste conduite par Augustin eut l'effet d'une bombe. Après sa victoire contre Antoine Tireau, le comte semblait confortablement installé. Augustin fut assez malin pour ne pas s'attaquer à lui, ni à personne. Il répéta à tous ceux qui le félicitaient de se présenter contre Bouron et, plus bas, des Fontenelles :

— Nous ne sommes contre personne. La démocratie donne la liberté de choisir. On verra bien qui l'emportera.

On n'était pas habitué à cette sorte de démocratie dans le pays. Au début, le comte ignora la liste dite Vernageau comme la piqûre d'un taon sur la croupe d'un cheval. La date du scrutin approchant, les observateurs lui apportèrent des informations inquiétantes. Bouron accumulait les bourdes. Il avait menacé un petit bordier, Guillet, qui avait ri en laissant entendre que l'écharpe de maire pourrait changer d'épaules. Il s'était affiché à l'église en compagnie de quatre ou cinq représentants musclés des Camelots du roi, qui voulaient engager le curé Gallot à modérer ses sympathies pour la liste Vernageau. Augustin, pour sa part, avait fermement refusé le soutien d'Antoine Tireau et du Bloc des gauches :

— Nous sommes battus d'avance si vous êtes avec nous. Nous sommes tout simplement pour la défense des intérêts de la commune. Nous voulons empierrer les routes, donner des fournitures scolaires aux indigents des deux écoles, encourager le machinisme et la modernisation.

Augustin fut doublé par la voiture du comte au croisement de l'allée de la Trézanne, quinze jours avant le premier tour alors qu'il venait de faucher du trèfle avec Marcellin. Le comte freina, engagea une marche arrière zigzagante.

— Je n'étais pas sûr que ce fût vous, déclara-t-il en baissant la vitre.

— Il y a longtemps que nous nous sommes vus, répondit Augustin plus intimidé qu'il ne voulait le montrer.

— J'aimerais profiter de l'occasion pour parler.

Augustin piqua sa faux dans la tomberée de trèfle, laissa Marcellin partir avec les bœufs, monta dans l'automobile du comte. Un lumineux soleil de fin de matinée d'avril donnait à la campagne une ardeur printanière. Les bâtons blancs des asphodèles fleurissaient les talus. Augustin s'excusa de poser ses culottes de travail sur le cuir de la Delahaye :

— Je vais salir votre auto.

— C'est sans importance, fit le comte.

Il laissa rouler la voiture jusqu'à la prochaine entrée de champ. Le comte autrefois brun était à présent tout blanc. Augustin, presque du même âge, semblait jeune près de lui, la chevelure grisonnante, la moustache vigoureuse.

— Vous savez que vous m'embêtez, lui dit le comte. Pourquoi avez-vous fait ça ?

Augustin sourit :

— Pourquoi ne l'aurais-je pas fait ?

— Nous nous connaissons depuis assez longtemps. Si je me souviens bien, je vous ai aidé à élever vos premiers animaux, lorsque vous étiez adolescent au village des domestiques. Si vous aviez envie de participer à la vie communale, il fallait nous le dire. Vous auriez pu figurer en bonne place sur notre liste.

— Je ne souhaitais pas me présenter avec Bouron. Il n'aurait sans doute pas voulu de moi, non plus.

Le comte haussa les épaules :

— Pas voulu ! Il y a toujours moyen de s'arranger. Il est conscient de la dégradation du climat dans la commune. Il est d'accord pour que les choses changent après les élections.

— C'est pourquoi il s'entoure de la garde des Camelots du roi !

Le comte lorgna Augustin de côté, et baissa sa vitre de portière.

— Écoutez, Augustin. Peu de choses nous séparent sur le fond. Il nous reste quinze jours. Nous pouvons encore réunir nos listes.

— Comment ?

— Je ne sais pas. Nous pourrions remplacer quelques noms de la liste Bouron par vos colistiers. Vous figureriez en second, avec l'assurance d'être adjoint au maire. Il ne faut pas tirer la commune à hue et à dia, si on veut lui éviter d'être boiteuse.

Le comte avait employé le mot qu'il ne fallait pas. Le comprit-il ? Augustin se ferma.

— Monsieur le comte, j'ai accepté de parler avec vous. Vous ne croyez pas que j'allais marcher dans cette combinaison. Tant pis si la commune boite. Nous n'avons aucune envie de pouvoir, pour ce qui nous concerne. Nous souhaitons seulement que ça change. Et, pour cette raison, nous irons jusqu'au bout !

Le comte se raidit dans sa veste de tweed. Il prit un regard hautain :

— Je crois que nous nous sommes tout dit. Vous serez responsable de la désunion de la commune.

— Oui, monsieur le comte.

Augustin descendit de la voiture, tourna lentement la poignée de portière.

— Au revoir, monsieur le comte, dit-il à travers la fenêtre ouverte.

Le soleil drapait la campagne d'une lumière blonde. L'automobile démarra derrière lui. Il se retourna pour la voir s'éloigner et disparaître. Les acacias de l'allée de la Trézanne étaient en fleur et il s'engagea dans leur parfum miellé.

Les choses s'envenimèrent pendant la dernière quinzaine. Des histoires méchantes circulèrent sur les candidats de la liste Vernageau. Augustin recommanda à ses colistiers de les ignorer. Il s'affirmait comme un vrai chef. Il y eut malgré tout une bagarre et un menton déchiré. On accusa Alain Bernard de se procurer de la sciure de bois chez Marcel Troussicot pour la mettre dans son pain ; on se lança des verres de vin à la figure, quand l'épicier de la liste Bouron prétendit que Zamond (Edmond) Bonnaudet, cinquième de la liste Vernageau, dissimulait des pommes de terre dans ses mottes de beurre pour les alourdir. Mais la guerre annoncée n'eut pas lieu.

Le samedi soir 2 mai, veille des élections, Augustin eut la gorge nouée après avoir tourné le bouton de la lampe pigeon sur la table de nuit.

— Si tout d'un coup j'étais élu ! suffoqua-t-il.

Élise rit dans le noir :

— Mais tu vas l'être !

— Comment je ferai ! Tu te rends compte du travail que ça nous donnera ?

— On se débrouillera.

— Tu crois que je serai à la hauteur ?

Elle avança la tête. Il sentit son souffle sur son visage. Il respira son odeur familière et rassurante.

— Est-ce qu'il t'est arrivé de ne pas être à la hauteur ?

C'était la période de la lune rousse. L'hiver revenu harcelait la campagne. La grêle crépitait contre leurs volets.

L'aube parut dans une brume rose. Il avait gelé dans les fonds. Tout le monde parla des dégâts causés par le froid à la sortie de la messe. Des vieux battaient la semelle sur la place pour réchauffer leurs pieds froids. Les préoccupations électorales semblaient oubliées. Les vignes, les cerisiers, les pruniers, avaient souffert. Les adversaires d'hier discutaient des dommages des lunes rousses. Le curé Gallot se glissa auprès d'Augustin :

— Dis donc, j'aurais besoin d'un peu de fumier pour mon jardin. Dès le retour des beaux jours, je sèmerai des haricots verts.

— Vous n'êtes pas en avance. Mais vos semis ne souffriront pas du froid !

Ils conversèrent longuement des travaux de potager. Les paroissiens de La Genétouze ne furent pas dupes, et virent dans cet entretien un soutien au candidat.

La tension monta dans l'après-midi. Des voix avinées s'élevèrent des cafés très fréquentés. À six heures, toute la commune afflua vers la mairie trop petite, pour le dépouillement. Le maire Bouron, plus rouge qu'à l'ordinaire, était entouré de son conseil au grand complet. La tête dans les épaules, le visage bosselé, il allait et venait. Ses yeux sombres brillaient lorsqu'ils rencontraient ceux de ses adversaires :

— Il a bu ! chuchota Marcel à l'oreille d'Augustin.

— De toute façon, il va perdre des voix, et il le sait.

Deux tableaux noirs côte à côte portaient l'intitulé des listes, avec les noms des colistiers. Les premiers bulletins furent dépouillés dans un silence religieux. La Genétouze n'avait jamais connu cette atmosphère. Les femmes se pressaient dehors, presque aussi nombreuses que les hommes. Les premiers bulletins présagèrent la Beresina de la liste d'Union catholique et communale du maire.

Augustin atteignit le premier la majorité dans un brouhaha d'applaudissements et de cris. Le maire obtint quelques dizaines de voix seulement.

— Il ne va pas passer ! Il ne sera pas élu ! jubila Alain Bernard en désignant Bouron dont la figure se cuivrait à mesure du décompte.

Le camp du maire était en état de décomposition. Quelques-uns se retirèrent discrètement. Zamond montra le régisseur du comte qui, à son tour, longeait les murs :

— L'émissaire s'en va faire son rapport au patron !

Et Alain Bernard, Marcel Troussicot, Zamond Bonnaudet, franchirent allégrement la barre de la majorité absolue. Au bout des comptes il y eut huit élus de la liste d'Entente démocratique d'Augustin, et quatre en ballottage favorable. Le front en sueur, le maire, qui n'avait obtenu que soixante-deux voix, se contenta de dire :

— Maintenant, il va falloir être capable de diriger la commune !

Il quitta la mairie sous les sifflets. Augustin donna rendez-vous chez Hortense. Et il prit la tête du repli en direction du café. Marcel partit prévenir le curé Gallot de la victoire. Mais la nouvelle avait déjà fait le tour de la commune. Des bravos saluaient le passage de l'équipe. Mais quand ils passèrent devant la maison de la Berthe Micheneau, sa fenêtre d'étage s'ouvrit. Elle vociféra des méchancetés incompréhensibles et versa le contenu de son seau de chambre !

Élise quitta discrètement le café d'Hortense et frappa à son tour à la porte du presbytère. La lune rousse éclairait La Genétouze comme un soleil d'Austerlitz, l'air était vif. Élise sur le seuil refusa d'entrer. Elle dit au curé, la lampe à la main, et ses yeux brasillaient dans leurs trous d'ombre à la lueur de la flamme :

— Je suis seulement venue vous remercier, monsieur le curé. Vous êtes en train de nous sauver.

Son souffle montait en fumée dans la nuit comme un encens.

La photographie est de qualité moyenne. Elle a dû être prise quelques jours après le deuxième tour, car ils sont douze sur les marches de la mairie. Ils portent tous le costume et la cravate, le chapeau, la casquette ou le béret à la main. Augustin se dresse au milieu du rang du dessus, un tortillon de cheveux sur le front, la figure ronde barrée par la moustache conquérante. À sa droite, Marcel Troussicot fixe l'objectif, Zamond Bonnaudet sourit à sa gauche. Les noms des douze sont indiqués dans l'ordre au dos de la photo. Ils s'appellent Guibert, Vaslot, Robert, Mornet, Locteau, Bourcereau, Grenon, Brunelière. L'inscription « Mairie », au-dessus de leurs têtes, ressemble à une étiquette aux coins cassés de livre scolaire. Le drapeau républicain fixé au mur flotte sur le côté. Le dénommé Félicien Vaslot, de petite taille, figure ronde, tête chauve, lève le nez vers Augustin, derrière lui, comme s'il voulait désigner son chef de file. La main qui a inscrit les noms a intitulé l'image : « Les douze », comme dans l'Évangile. Ce n'est pas une écriture connue. Chaque lettre est bien ronde et formée. Les jambages sont courts. Le nom d'Augustin, maire, est cerné d'un cercle parfait comme une auréole. L'auteur de cette photographie ne serait-il pas le curé Gallot, disposant d'un appareil de qualité inférieure à celui de Pierre-Antoine Tireau ?

4.

Le curé Gallot fut déplacé à Petosse, petite paroisse de la plaine, lors du mouvement du clergé de septembre suivant. Élise cria au limogeage, encourageant Augustin à se rendre à Luçon pour demander à l'évêque de revenir sur sa décision. Le curé Gallot s'opposa à cette démarche :

— J'obéis à mon évêque. Des personnalités influentes sont intervenues contre moi. Mais l'entretien avec l'évêque a été cordial. Nous avons parlé de la venue prochaine des missionnaires des campagnes dans la paroisse. Puis le vicaire épiscopal a évoqué la trop longue implantation des prêtres, qui deviennent complices de leurs paroissiens. En clair, cela signifie que je me suis trop mêlé des élections municipales et que je n'ai pas soutenu des gens utiles...

— Qu'ils vous déplacent, s'ils le veulent, s'indigna Élise, mais qu'ils ne vous nomment pas dans une paroisse qui... qui n'existe pas !

— La paroisse de Petosse existe. Elle est modeste, et particulièrement déchristianisée. Un curé n'a pas besoin d'un presbytère en vue pour exercer son apostolat.

— Mais comment allons-nous faire sans vous ?

L'abbé sourit :

— Cela ne m'inquiète pas. Vous avez plus de ressources que vous ne croyez. Nul n'est irremplaçable. Dieu choisit souvent les plus humbles pour communiquer sa grâce.

N'empêche que, lors de sa dernière grand-messe dans l'église de La Genétouze remplie, le curé Gallot eut du mal à dissimuler son émotion. Il profita de l'Évangile sur la résurrection de Lazare et les larmes de Jésus devant le tombeau de son ami pour parler de l'attachement humain.

— C'est un mauvais moment à passer, dit-il, les mains cramponnées au bord de sa chaire. On ne quitte pas de gaieté de cœur des gens qui sont devenus votre famille. Un départ est toujours l'occasion d'un bilan. Je me retourne et je vois le chemin parcouru. Je rencontre surtout vos visages à tel ou tel moment. J'aimerais avoir le temps de rappeler à chacun d'entre vous des instants privilégiés. Je vous remercie de tout ce que vous m'avez donné. Mais je ne vais pas vous ennuyer avec mes états d'âme. Mon départ n'est qu'une péripétie, pas un drame. Les paroissiens de Petosse m'attendent. Je suis sûr que vous allez bien accueillir mon successeur. La vie continue. Pensez à moi dans vos prières, comme je penserai à vous...

Pour obéir au curé Gallot, le conseil municipal et le conseil de fabrique organisèrent un feu de joie célébrant l'arrivée du nouveau curé. Ils plantèrent un mât à Sainte-Radegonde, à l'entrée du bourg de La Genétouze, échafaudèrent un tas de fagots jusqu'à son sommet. Une allumette suffit à embraser cette tour de feu. Le nouveau curé s'appelait Basile Pavageau. Il parut plus distant, plus dans la ligne, que son prédécesseur.

Abeille, Aurore et Alliance prirent tour à tour le chemin de la boucherie Laurevoir. Augustin ne leur passa pas la corde à l'arrière de la carriole de gaieté de cœur. Il avait l'impression que les bêtes comprenaient où il les conduisait. Il souffrit surtout de conduire Alliance.

Il retarda l'échéance autant que possible. Alliance avait réussi de nouveau le miracle d'un double vêlage en 1923. Les deux jeunes taures, Favorite et Fervente, n'avaient rien à envier à leurs aînées. Alliance n'avait pas eu de veau en 1924.

— Elle est encore belle, avait prétexté Augustin pour la sauver. Peut-être aura-t-elle un veau l'an prochain ?

— On ne sait jamais, était convenu Élie.

En fait, ils savaient. Mais ils rechignaient à s'en séparer. Elle était la fierté de leur étable.

En 1925, Augustin laissa passer le printemps et l'été, pour cause d'élections et d'un emploi du temps trop chargé. Il s'excusa auprès d'Alliance, le matin du 15 octobre, alors qu'elle meuglait sourdement à l'attache, la tête tournée vers la porte pour lui signaler qu'il l'oubliait.

— Non, ma pauvre, lui dit-il, je ne t'ai pas oubliée. Regarde bien tes filles. Tu ne les reverras plus.

Il apporta dans la mangeoire d'Alliance une épaisse fourchée de luzerne odorante et savoureuse pour se faire pardonner. Donatien était venu la voir, le matin avant de partir à l'école, et avait tendu la main sous son mufle humide. Il lui donna la pierre de sucre de son café, gâterie dont la vieille était friande. Alexina le tenait par la main, et la fillette sortit de l'étable en pleurant à chaudes larmes. Marcellin lui-même vint lui cajoler les flancs, avant de s'en aller labourer avec les bœufs.

Alliance résista tête basse, refusant l'attache mouvante de la carriole. La vieille Juliette dut abandonner ses seaux au milieu de la cour, et pousser, tordre la queue pour l'obliger à tendre le cou et laisser Augustin faire un nœud solide.

— Ah ! ma pauvre ! marmonnait la vieille, fataliste, il

faut toujours en voir le bout, un jour ou l'autre. Il y a au moins cette justice, personne n'y échappe !

— La différence, précisa Augustin, c'est que nous les aidons à naître, nous les élevons, faisons croire que nous les aimons, et un jour nous les conduisons à l'abattoir.

Élise parut sur le perron, suivie de Marthe, traînant derrière elle sa mauvaise jambe. Élise dit :

— Il aurait fallu la photographier.

Augustin haussa les épaules. Alliance tendit le mufle du côté des femmes et meugla lamentablement, les pigeons s'envolèrent du toit. Elle courba le dos et urina sur la cour. Augustin la laissa finir.

— Regarde-la bien, dit-il à Élise. Tu nous la dessineras, ce soir, avec les enfants à la veillée.

— Je ne sais pas si je me souviendrai de tout.

— Je te dirai, s'il le faut.

Il secoua les guides. Rosier s'ébranla. Alliance laissa tendre le licol. Un torchon bouchonné dépassait de la poche du tablier de Marthe. L'air était doux. La campagne sentait le moût. Ils arrivèrent à la Boule.

— C'est vrai que ce n'est pas n'importe qui, cette dame ! reconnut le boucher.

Il effleura la ligne du dos d'Alliance.

— Ce n'est pas un dos de chien, dit-il au goujat de douze ans, sanglé dans un tablier de boucher trop grand pour lui, qui effleurait le nez de ses sabots. Regarde, profites-en, ce n'est pas tous les jours que tu pourras apprendre sur une vedette comme celle-là !

Il enfonça ses doigts dans le pelage, et palpa en connaisseur :

— Touche de l'épaule, touche de l'aloyau, de l'avant-tétine. Quand tu palpes l'avant-tétine, tu sais si les boyaux sont suffisamment enveloppés de graisse.

La carriole d'Augustin était rangée sur le bord de la route, la bride de Rosier fixée à l'anneau. Laurevoir dit à son goujat de rentrer Alliance dans l'étable. Augustin lui recommanda de n'en rien faire. Il entra dans la buvette prendre un café, et sortit détacher Alliance. Il l'avait vue tourner des yeux effrayés sous les caresses du boucher. Il lui parla. Elle le suivit avec obéissance, marqua l'arrêt devant la porte de l'étable, et puis céda.

La petite étable de Laurevoir jouxtait son abattoir. Une porte y conduisait directement. La litière était sale, la paille pleine de bouses. Du purin séjournait dans le caniveau. Augustin pensa que l'odeur du fumier couvrait celle du sang. Laurevoir, en sabots, les mains dans les poches derrière eux, dit :

— On va la faire attendre jusqu'à ce soir, à la fraîche. Sa viande est échauffée par le trajet.

Augustin attacha la corde à l'anneau, sous la crèche. Il se sauva.

La sécheresse de l'été 1927 le décida à refaire la digue de l'étang. Le niveau d'eau avait de nouveau baissé de moitié. L'étang était redevenu un étang de misère. Il montra le mur fissuré de la digue à l'un des deux frères Rochereau, maçon à La Genétouze. Alcide le rassura : il n'était pas nécessaire d'abattre le mur pour le reconstruire, il s'agissait surtout d'un travail de patience. Il suffisait de rejointoyer les pierres jusqu'à la ligne d'eau.

Alcide et Albert Rochereau ne manquaient pas de patience. Ils ne s'enflammaient jamais. Ils travaillaient tranquillement, à leur rythme, mais leur ouvrage était de première qualité.

Ils arrivèrent avec leur charrette à bras chargée de poutres et de traverses d'échafaudage, les appuyèrent sur la pelle de la bonde, au-dessus de l'eau. Ils installèrent les pieds d'une chèvre sur le chemin de digue. Albert brassait la colle et la descendait à Alcide avec la chèvre. Quand ils avaient du ciment d'avance, il rejoignait son frère, et prenait à son tour la truelle. Aucun ne commandait à l'autre. Il importait que le travail fût accompli. Ils étaient deux corps pour un même chantier. Ils avaient coutume de dire, quand on les interrogeait :

— Tu as deux mains. Est-ce que ta main droite est jalouse de ce que fait ta main gauche ? Nous, nous avons quatre mains, alors il n'est pas question de discorde.

Ils virent passer Marthe, le panier sous le bras, marchant péniblement en s'aidant d'une canne. Marthe n'était pas bien. Sa mauvaise jambe la faisait souffrir. Mais il y avait plus inquiétant : des vertiges l'emportaient ; par deux fois elle était tombée et s'était évanouie. « J'ai perdu connaissance... », disait-elle. Elle s'était remise à marcher aussitôt relevée, courageuse. Élise lui conseillait :

— Reposez-vous un peu.

— Laisse-moi donc en profiter. Je filerai comme tout le monde, quand je serai prise au piège.

Albert Rochereau s'excusa de la faire tourner parmi le ciment et la chèvre, sur la digue.

— Méfiez-vous. Notre attirail mettrait quelqu'un par terre !

Marthe en profita pour reprendre haleine :

— Ne vous en faites pas, la bonne femme tient encore debout !

Midi approchait. Le vent plissait la peau crémeuse de l'étang à moitié vide et y dégageait des espaces pleins de miroitements. Les branches des saules étaient secouées de frissons. Marthe s'en allait chercher quelques légumes dans le jardin frais situé en contre-bas de la digue autour du bief d'écoulement de l'étang.

La terre du jardin frais donnait les plus beaux haricots et les plus belles tomates, au plus torride de l'été. Marthe en avait fait son second royaume, après le jardin d'en haut. Élie lui avait installé un banc pour s'asseoir à l'ombre d'une trompette de Jéricho développée en tonnelle. Marthe s'y était endormie plusieurs fois au cours de cet été 1927. Elle s'y était réveillée en sursaut, et était remontée précipitamment de crainte qu'on s'inquiète de son absence.

Albert Rochereau, pour lui être agréable, complimenta son adresse lorsqu'elle descendit marche à marche l'escalier de terre conduisant au jardin frais. Ils finirent leur auge de ciment et lavèrent leurs instruments avant de s'en aller déjeuner. Ils virent le foulard noir à pois blancs de Marthe parmi les branches de fruitiers dans le contrebas et remontèrent vers la maison où ils avaient laissé leurs paniers. Augustin leur fournissait le vin. Ils réchauffaient leurs assiettes dans la cheminée de la boulangerie.

Élise vint leur demander, alors qu'ils avaient commencé de manger :

— Vous n'avez pas vu la grand-mère lorsque vous étiez au bord de l'étang ?

Oui, ils l'avaient vue. Élise ne semblait pas inquiète. Elle descendit au coin de la grange, quelques minutes plus tard, et appela :

— Marthe ! Il est l'heure de manger !

C'était un jeudi. Donatien accompagnait sa mère. Elle demanda à l'enfant d'aller chercher sa grand-mère. Il s'élança en se déhanchant, suivi du chien jaune qui aboya en le dépassant. Élise le vit sinuer parmi les outils des maçons, et dégringoler l'escalier du jardin frais. Le chien remonta le premier. Il s'arrêta devant le mur de la digue, et aboya, tourné vers l'étang. Élise s'avança à son tour, lentement d'abord, puis de plus en plus vite. Elle arrivait auprès du chien, alarmé de plus belle, au moment où Donatien remontait du jardin.

— Elle n'est pas en bas.

Élise ne lui demanda pas plus d'explication. Le chien lui montrait le dos de Marthe, à demi immergé, le visage enfoncé dans les eaux noires et la vase. Elle empêcha Donatien de s'avancer :

— Va chercher les hommes, dépêche-toi !

Donatien obéit, suivi du chien. En courant, il se

retourna, et distingua la silhouette de la grand-mère dans l'eau. Augustin arriva à toutes jambes, accompagné de Marcellin :

— Qu'est-ce qui se passe ? demanda-t-il essoufflé.

Les deux maçons venaient ensuite. Et puis Élie déboucha du coin de la grange, de son pas lent de vieux. Marthe était tombée à la limite des eaux basses de l'étang. En hiver, il y avait deux mètres à cet endroit, mais en cette saison le niveau atteignait seulement cinquante centimètres.

— Est-ce que c'est la faute à nos affaires ? murmura Alcide, sans voix.

Augustin secoua la tête en silence. Le vieux Élie s'approchait, et il avait déjà tout compris. Une nuée au ventre gris s'interposa devant le soleil. Le panier de Marthe avait roulé avec elle, et semé dans l'eau des carottes, un couple de scaroles et un bouquet de dahlias aux boules rondes et rouges flottant autour de la noyée.

— Il faut la tirer de là, dit Albert Rochereau.

Augustin leva la main et répondit d'attendre. Il se retourna vers Élie qui approchait de la digue. Les traits du vieillard se durcirent lorsqu'il découvrit Marthe. Il devint aussi pâle que sa barbe de plusieurs jours. Il rentra la tête dans les épaules :

— Mes pauvres enfants ! gémit-il.

Élise s'approcha de lui et entoura ses épaules.

— Pauvre Marthe ! dit-elle.

— A-t-elle heurté le pied de la chèvre ? demanda Alcide. Ou bien le manche de la pelle, ou de la tête de loup ?

— Elle n'a rien déplacé, constata Albert. Elle n'a même pas touché l'échafaudage en tombant.

— Elle était déjà sans doute inconsciente avant de tomber dans l'eau, dit Élise. Elle a été victime d'un malaise. Sinon, elle se serait débattue, il y aurait des traces. Elle ne se serait pas noyée dans si peu d'eau.

Augustin demanda aux maçons leur échelle pour la

coucher dessus. Il pria Marcellin de le suivre, rentra délibérément dans l'eau, tira Marthe devenue lourde avec les vêtements mouillés. Augustin s'enfonça dans l'étang jusqu'aux cuisses pour récupérer le panier, les carottes, les salades et les dahlias. Ils remontèrent vers la Trézanne. Albert avait pris la place d'Augustin qui portait le panier de fleurs. Élise soutenait Élie. Donatien s'accrochait à la poche de culotte du grand-père, et il pleurait. Marianne sortit son museau pointu de la maison, et Alexina courut vers le cortège :

— Mémé Marthe ! Mémé Marthe ! s'écria-t-elle.

— Hé oui, dit Élie, en la recevant contre ses jambes, ta pauvre mémé nous a faussé compagnie.

Il réprima un sanglot et, avec ce même regard égaré :

— Qu'est-ce que nous allons devenir ? demanda-t-il.

Ils lavèrent Marthe à grande eau, l'allongèrent sur son lit. Elle avait le visage serein, plus détendu qu'au cours des derniers mois où elle souffrait. Élie dit :

— Elle n'avait pas un caractère commode. Mais elle ne se faisait pas de cadeau à elle non plus.

Le curé vint. Il n'était pas un homme aimable comme le curé Gallot. Il avait été envoyé par l'évêché pour remettre de l'ordre. Il se méfiait des sentiments, s'efforçait d'être juste. Il était naturellement raide. Il dirigea le chapelet deux soirs, près du lit de mort de Marthe.

L'enterrement eut lieu dans le cimetière de La Genétouze. Augustin en profita pour acheter une concession :

— On n'avait pas encore de tombe. Mon grand-père et ma grand-mère sont aux Moutiers, ma mère à La Roche. Tes parents sont à Paris, Élise. Nous aurons notre tombe de famille à La Genétouze. Il y a de la place pour six, là-bas, contre le mur. C'est la tombe la plus proche des trois cyprès.

— Faites creuser assez profond, exigea Élie, qu'ils prévoient de quoi me mettre.

L'église fut à peine assez grande pour contenir toute

la foule, à l'enterrement. Les chaises du café Hortense furent ajoutées dans l'allée centrale. Élie se pencha à l'oreille d'Élise :

— Elle ne s'attendait pas à déplacer tant de monde. On dirait l'enterrement de quelqu'un d'important.

— Mais c'était quelqu'un d'important, Marthe !

Élie branla la tête :

— Je ne sais pas si elle en est contente !

Il pressa le poignet d'Élise, lorsqu'il découvrit la vieille dame debout, au premier rang, la tête couverte d'une mantille noire :

— Par contre, elle serait contente de la savoir là ; elle avait de l'estime pour « la bonne dame ».

La bonne dame était la comtesse des Fontenelles, mère du comte. Marthe avait travaillé sous ses ordres pendant trente ans. Quatre ou cinq servantes, autrefois collègues de Marthe, l'accompagnaient.

Les dahlias cultivés par Marthe fleurissaient l'autel, exhalant une douce amertume.

Les maçons Rochereau achevèrent leur chantier dans la tristesse. Ils ne s'enlevèrent pas de l'idée que leur matériel pouvait être responsable de la disparition de Marthe. Albert dit à Augustin :

— Ton étang ne descendra plus aussi bas. Il ne devrait plus fuir.

Et Alcide :

— Ça tiendra plus longtemps que nous.

Élie errait comme une âme en peine. Il lui arrivait de se rendre quelque part, et de ne plus savoir ce qu'il était venu y faire. Il tournait, cherchait autour de lui :

— C'est quand même quelque chose, je déraille comme Marthe ! Qu'est-ce que je fais là ?

Élise ne le laissait jamais tout seul :

— Il ne faut pas le perdre de vue. Il serait capable de faire des bêtises !

Cinquième partie

La lumière et le paradis

1.

Donatien avait dix ans, et sa taille était celle d'un enfant de sept ans. Sa tête semblait grosse, ses bras longs, comparés à ses jambes atrophiées. Augustin lui expliquait que lui aussi avait eu du retard à grandir. L'enfant n'était pas dupe. Il gardait sa souffrance dans le secret de son cœur. Mais son visage aux traits fins, réguliers, était déjà griffé par un pli d'amertume au coin de sa bouche.

Il n'avait rien manifesté depuis sa fugue avec Rosier. Un soir, pourtant, il rentra de l'école les sourcils froncés, la figure des mauvais jours. Il s'empara du dictionnaire dans l'armoire, tourna les pages. Élise effleura la tempe un peu creuse, les cheveux bouclés :

— Qu'est-ce qu'il a, mon petit lion ? Quel mot as-tu trouvé dans le dictionnaire ?

— Nabot... qui vient de nain et de bot, qui est affecté d'une déformation congénitale. C'est Sylvain Jaunâtre qui m'a traité de nabot.

Élise se précipita, alarmée.

— Ne t'inquiète pas, maman, dit-il en prenant la main de sa mère et en l'embrassant, il va le regretter !

Il régla sans témoin l'affaire Sylvain Jaunâtre.

Il dressait son menton à fossette, les sourcils froncés. Il était un lutteur. On le trouvait sans cesse à galopiner dans les champs, juché sur le dos des vaches qui se laissaient grimper sans regimber, ou monté à la cime des arbres pour rejoindre les nids. Il fut surpris dans le cerisier de M. Blanlœil, un soir après la classe. Il n'était pas seul. Mais il était monté le plus haut. La volée des autres garnements détala en entendant gémir le portillon du jardin. Lui considéra le chapeau de paille de M. Blanlœil à travers le feuillage, assis sur une maîtresse branche et balançant ses bottines, il répondit en souriant à l'injonction de descendre :

— Je veux bien, monsieur, mais ne me punissez pas. Il y avait les autres, qui se sont sauvés !

Le cerisier était un arbre énorme, aux maîtresses branches étalées jusqu'au toit du préau. De la salle de classe, les enfants voyaient les merles et un couple de geais fondre vers les cerises cœur-de-pigeon. On était à quelques jours du certificat de juillet 1928. Donatien devait passer l'examen. Il aimait bien M. Blanlœil à cause de sa passion pour la pêche et la chasse dont les anecdotes émaillaient ses leçons. Mais il s'ennuyait généralement dans sa classe, ayant lu tous les livres. M. Blanlœil insista :

— Tu descends. De toute façon, tu es pris.

Donatien osa :

— Mais vous me promettez, m'sieur...

Il n'avait pas touché terre que la main ferme de M. Blanlœil lui saisit l'oreille :

— Qu'est-ce que c'est que ce gaillard qui prétend me dicter ma conduite ? Demi-tour, mon ami, tu vas méditer à ton aise sur la responsabilité individuelle. Ce n'est pas parce que tes camarades se sont sauvés que tu dois être épargné. Leur tour viendra.

M. Blanlœil avait de grasses joues rougeaudes méticuleusement rasées chaque jour. Il ne lésinait pas sur de gourmandes frottées d'ail avec du beurre ou des rillettes. Il assit Donatien à sa table, et lui donna des problèmes du certificat, pendant qu'il corrigeait ses cahiers. Un visiteur entra dans la cour. Mme Blanlœil vint chercher son mari.

— Ne bouge pas, je reviens ! dit-il à Donatien.

Les hirondelles frôlaient les murs. Donatien songea au bon tour qu'il jouerait en s'enfuyant par la fenêtre du jardin. Le mur n'était pas très élevé, mais la poignée de la crémone se trouvait hors de portée. Il déplaça l'escabeau de la haute estrade du maître, et sauta sur le carré de radis.

L'affaire ne s'acheva pas de façon aussi souriante. Il était à peine arrivé à la Trézanne que M. Blanlœil surgit, rouge et menaçant. Il bégayait de colère, et refusait de présenter Donatien au certificat. Élise prit le parti du maître, et Augustin, ramenant le troupeau à l'étable :

— Qu'est-ce qu'on va faire de toi, si tu n'es pas capable de te discipliner ?

Donatien jugea que la situation n'était pas aussi désespérée que les visages le voulaient montrer. Il inclina un front coupable, et pria M. Blanlœil de lui pardonner. Pardon fut accordé à condition de rester en pénitence chaque soir, jusqu'au certificat. Augustin alourdit la punition en s'engageant à venir chercher le coupable avec sa bicyclette, pour l'empêcher de s'amuser sur le chemin du retour.

Donatien eut bien du plaisir à ces voyages sur le porte-bagages de son père. Le vent chaud courait sur ses jambes, plein de poussière et d'insectes. Les reins massifs de son père se balançaient devant lui. Un soir, Marcellin vint le chercher. Le frère de Providence, désormais âgé de dix-huit ans, et bientôt bon pour le service, réjouit Donatien. Il pédala plus vite qu'Augustin, se lança dans des embardées joueuses à travers tout le chemin.

Donatien fut reçu au certificat. M. Blanlœil proposa de l'aider à préparer le brevet simple, car il était trop jeune pour cesser l'école. Augustin objecta qu'il désorganisait déjà la classe par ses incartades. Donatien voulait devenir paysan, comme ses parents. Or, les frères de Saint-Gabriel avaient ouvert une école d'agriculture, baptisée Notre-Dame-de-la-Forêt à La Mothe-Achard. Augustin y avait assisté à des réunions de la semaine agricole. Le directeur, le frère Henri Buton, y avait donné une conférence. Élise ne fut pas contre l'inscription de son fils dans cette institution religieuse. Le plus proche établissement public du même genre se trouvait à Pétré, presque en Charente-Inférieure.

Les préparatifs de sa valise ne semblèrent pas inquiéter Donatien. L'école avait envoyé la liste des effets obligatoires, et lui avait attribué le numéro 25 qu'Élise cousait le soir sur son linge. Un bleu de travail était exigé pour les travaux. Élise emmena Donatien à La Roche, à la foire de septembre, dans le grand magasin Philémon Maquaire. Il y avait des pantalons simples ou des salopettes à bretelles avec agrafes métalliques. Le prix des secondes était plus élevé, mais Élise en acheta pour Donatien. La vendeuse s'agenouilla pour marquer le bas du pantalon beaucoup trop long. Augustin, qui les attendait sur le trottoir, écarta le papier pour toucher la toile bleue :

— Fais voir !...

Il posa sa lourde main sur l'épaule de son fils :

— Alors, ça y est, tu l'as, ton uniforme de travailleur ?

Donatien fut le plus jeune élève de l'école d'agriculture, de loin le plus petit par la taille. Ses camarades étaient de grands dadais de treize, même quinze ans. Le cours ne comptait que dix-sept élèves. On vivait entre soi, en famille. On oublia bien vite son infirmité. Donatien devint une sorte de petit frère singulier, aux curiosités qui profitaient à toute la bande. Inférieur dans les travaux de force, on était indulgent avec lui. Il s'efforçait malgré tout d'y tenir sa place avec opiniâtreté.

L'école était installée dans un château sans grâce légué à la communauté des frères.

— Vous devez être des princes des champs, disait à ses élèves le frère Guibert, spécialiste en arboriculture et élevage.

Il portait sur le monde des yeux doux de François d'Assise, montrant une science et une adresse incomparables lorsqu'il s'agissait de planter, tailler, greffer. Les cheveux blancs taillés en brosse, il évoquait pour Donatien un Élie jeune, possesseur de toutes ses facultés. Il régnait sur un verger qu'il avait aménagé comme un paradis. Il y avait planté des variétés américaines et canadiennes encore inconnues, comme les pommes Red Delicious et Golden. Il enseignait à ses élèves qu'on forme un arbre et qu'on le soigne comme un être vivant.

Le frère Dominique s'occupait du bétail et de l'exploitation. Les élèves se relayaient à la vacherie modèle pour soigner des spécimens des races de la région : maine-anjou, parthenaise, charolaise. Le frère exigeait une propreté de laboratoire dans les étables :

— La première cause du malheur dans nos campagnes, disait-il, c'est l'insalubrité. Je sais de quoi je parle : je suis né dans un village qui s'appelle La Bourbe, c'est-à-dire le bourbier. En hiver, on y enfonçait jusqu'aux chevilles. Il y avait de l'eau partout, même dans les maisons. Cela faisait de la boue sous les lits, qu'on asséchait l'été avec de la terre du jardin. J'ai le souvenir de langes séchant devant le feu remplis de taches vertes. J'ai perdu ainsi trois frères et sœurs.

Les enfants n'avaient pas de peine à imaginer. Les trous de maisons semblables à celui de frère Dominique n'étaient pas rares. Plusieurs d'entre eux étaient issus de milieux guère plus favorisés. Il avait fait dresser deux silos métalliques dans la cour. Ces grandes tours de fer au coin des granges aux toits de tuiles faisaient branler la tête des visiteurs, qui ne croyaient pas en l'avenir de cette nourriture ainsi conservée pour le bétail.

Le frère Bécaud enfin s'occupait de la vigne et du vin, et il s'efforçait d'améliorer les variétés de cépages rustiques implantés en Vendée. Il contribuait à la vulgarisation des hybrides, bertille-seyre, seibel, bacco. Il était le grand maître du concours des vins organisé à La Roche, cours Henri-IV. On disait l'avoir vu soutenir la compétition avec des buveurs redoutables. Le frère directeur fermait les yeux sur les incartades de son frère vigneron, qui chantait le cantique de la Création à sa manière.

Donatien trouva à s'épanouir dans ce milieu fertile. Le temps des farces et pitreries pour se montrer l'égal des autres était révolu. Ces années de pension comptèrent parmi les plus heureuses de sa vie. À son retour à la Trézanne pour Noël, ses parents le trouvèrent assagi. Il dégurgita les enseignements des frères. Élise l'interrompit plusieurs fois :

— Si le frère l'a dit, alors...

Augustin n'avait pas oublié qu'il avait été élu pour apporter des améliorations dans la commune. Des esprits lourds s'opposaient aux évolutions. Certains élus de sa liste étaient même difficiles à convaincre. Heureusement Marcel Troussicot et Alain Bernard l'épaulaient avec une solidarité sans faille. Les réunions de conseil se poursuivaient chez Hortense jusque tard dans la nuit autour d'une bouteille. Élise grognait lorsque Augustin, rentrant de réunion, se glissait discrètement dans les draps :

— Je croyais que tu allais coucher avec la belle Hortense !

Heureusement, la « belle » Hortense était vieille, maigre comme une chèvre, et barbue. Elle n'attendait pas leur départ. Elle leur laissait la clé de son café. Ils la dissimulaient sous la pierre auprès des marches, cachette connue de tous les habitants de la commune.

Ils bataillèrent pour la réouverture de la carrière du Chiron et le réempierrage des chemins de la commune. Alain Bernard suggéra l'achat d'un petit cylindre mis à la disposition de tous les citoyens pour l'aménagement de leurs passages et cours. On cria à la gabegie des deniers publics. Le cylindre fut tellement sollicité que certains déclarèrent qu'un seul ne suffisait pas.

Mais l'idée du grand œuvre du mandat électoral vint de Blanche Bernard et Élise, un dimanche, après la messe. Augustin était allé rejoindre Alain Bernard dans son fournil, et ils prenaient un verre sur le pétrin, tandis que le four refroidissait. Le commis balayait. La poussière de farine ondoyait dans la lumière du vasistas. Élise avait prévenu Augustin :

— Tu vas blanchir ton costume !

Les hommes entrèrent dans la boutique. Blanche entreprit son mari. Elle avait la chair blanche comme de la crème, de jolis traits ronds, des seins comme ses brioches. Elle donnait appétit rien qu'à approcher la marchande. Elle était la maîtresse dans son magasin :

— Tu aurais pu mettre ta chemise ! Je t'ai dit que je ne voulais pas te voir en tricot de corps dans le magasin !

Alain Bernard cligna de l'œil :

— Élise en a vu d'autres !

Ses épaules nues étaient piquées de longs poils grainés de farine. Sa poitrine tombante faisait bâiller le gilet de corps.

— Comment voulez-vous, dit la boulangère, que j'exige du commis ce que le patron ne fait pas !

Elle changea de sujet :

— À propos... on parlait de l'électricité. Élise me disait qu'elle serait bien contente de l'avoir à la Trézanne.

Augustin interrogea du regard sa femme en chapeau orné de plumes de geai bleues : « Tu y as pensé, toi aussi ? » Elle comprit à son regard que cette idée trottait déjà dans la tête de son mari, et leur communion de pensée la fit sourire.

— Vous avez de belles idées, reconnut-il. Mais jusque-là on n'a éclairé que les bourgs. Personne n'a commencé à desservir les villages.

— Eh bien, réagit Élise, c'est justement parce que ça n'a pas été fait qu'il faut le faire !

La ronde Blanche hocha la tête, et ses seins frissonnèrent.

— Ce sera difficile, réfléchit Augustin. Il nous faudrait l'aide d'un curé Gallot pour nous aider à convaincre les gens.

Alain Bernard cligna de nouveau de l'œil. Il voulait dire : « Ça y est, il est parti. La machine est sur les rails... » Élise sourit. Elle enfonçait son chapeau profond pour dissimuler les cheveux blancs sur les tempes. Elle avait montré à Augustin les griffes des rides autour de ses paupières.

— Tu en as moins que les autres ! Mets de la poudre de riz un peu plus haut !

Il s'était emparé de la houppette et avait voulu lui poudrer les joues :

— Arrête ! J'aurai l'air d'un clown.

Il mobilisa tout son monde autour d'un projet d'électrification totale de la commune. Il créa un Syndicat d'électrification qu'il proposa aux maires du canton, s'allia ceux de Beaufou et d'Aizenay. Ils s'adressèrent au maire des Moutiers, chef-lieu du canton, le comte des Fontenelles. Le comte baissa la garde lorsqu'il fut question de l'électrification des campagnes. Il reconnut que le virus de la lumière hors les bourgs se propagerait bien vite.

— Mais vous devez être le président du Syndicat, Vernageau. Quand on commence quelque chose, mon cher, on va jusqu'au bout !

Augustin n'aima pas se faire ainsi forcer la main. Il n'ignorait pas que la participation du comte et des autres roitelets était à double tranchant. Ses alliés d'un jour guetteraient son premier faux pas. Au besoin, ils lui mettraient des bâtons dans les jambes.

— Je me demande dans quel guêpier je me suis fourré..., avoua-t-il à Élise.

— Ne fais pas cette tête, tu as obtenu ce que tu voulais !

Elle fit le premier pas dans la chambre, ce soir-là. Elle se blottit sous le bras de son mari.

— Caresse-moi ! lui demanda-t-elle.

Et elle promena la main d'Augustin sur elle comme sur sa propriété.

Le secrétaire de mairie de La Genétouze fut désigné comme receveur du Syndicat et un contrat fut signé avec la Compagnie nouvelle d'éclairage et de chauffage par le gaz qui distribuait le courant à travers le département. Augustin organisa des séances de pédagogie sur tableau noir pour vaincre les résistances. Il avait compris que derrière les légitimes interrogations sur la capacité de la commune à financer cette installation se dissimulait une inquiétude plus grande : les gens avaient peur d'y voir trop bien la nuit. Les vieilles susperstitions sur les galipotes et garaches faisaient trembler. Et puis, il y avait l'intuition que les coutumes ancestrales allaient disparaître, comme avaient déjà disparu l'usage de la faux pour le foin, ou l'habitude de marcher chez les jeunes qui ne pouvaient plus se déplacer sans sauter sur leur bicyclette.

Il fit venir un camion automobile de démonstration bourré d'appareils électriques sur la place de l'église. Le camion contenait un hache-paille, une baratte, une écrémeuse, une pompe, un fer à souder, une meule, une perceuse, des lampes, des projecteurs, alimentés par un groupe électrogène. Les visiteurs s'y bousculèrent comme au cirque à la sortie de la messe.

Les ouvriers de la ligne arrivèrent, et installèrent les poteaux au bord des routes. Ils abattirent les arbres gênants, piétinèrent des cultures, effrayèrent des troupeaux, défoncèrent des routes et des chemins réempierrés avec leurs gros camions Renault. Ils furent surnommés « les Américains », prirent pension dans les cafés de La Genétouze et mirent du désordre.

Les isolateurs furent fixés sur les poteaux. Aucun garnement n'ajusta au lance-pierres les godets vert bouteille levés au ciel comme des bras. Les camions apportèrent des roues de fils, hautes comme des charrettes, et les électriciens les tendirent, sanglés aux poteaux et les pieds alourdis d'étonnants crampons d'escalade. C'était à la fin de l'été pluvieux de 1929. Les hirondelles choisirent ces perchoirs pour leurs préparatifs de départ, et on craignit qu'elles fussent les premières victimes de l'électrification.

Vint la phase ultime de l'installation de la lumière. Les ouvriers percèrent de petits trous dans les murs pour le raccordement des maisons. Les abat-jour pendirent au-dessus des tables au bout de fils en tresse. Les interrupteurs furent fixés auprès des portes.

— Quand le courant arrivera, vous n'aurez plus qu'à abaisser le bouton. Vous pourrez ranger votre lampe à pétrole et vos bougies dans vos armoires avec vos vieux souvenirs !

La quasi-totalité des maisons avait souscrit un abonnement. Le mouvement avait été lent, d'abord, et la Compagnie avait émis des réserves sur le projet d'électrification totale d'Augustin. À mesure de l'avancement des travaux, les abonnements devinrent plus nombreux. Même Bouron et sa coterie, après avoir ironisé sur la folie des grandeurs du maire, finirent par se présenter groupés pour signer le contrat.

Et le soir du 31 octobre 1929, veille de la Toussaint, Augustin se rendit au transformateur de Sainte-Radegonde, accompagné de son conseil municipal au grand complet et de l'ingénieur de la Compagnie. Il avait été question de solenniser le branchement de la commune en rassemblant les enfants des écoles. Mais les enfants voulaient être chez eux pour assister à l'arrivée de la lumière. Il avait donc été convenu et proclamé sur la pierre aux annonces que la commune dans son ensemble serait raccordée au réseau d'éclairage électrique le 31 octobre, sitôt le premier coup de six heures, à la pendule de l'église.

Par chance, il faisait beau. Le crépuscule d'automne éteignait lentement les derniers éclats roses d'une lumière rasante filtrée par les frondaisons. Un vent de sud-ouest portait dans la bonne direction et on ne manquerait pas d'entendre la cloche. L'ingénieur tourna la clé de la porte du transformateur. Les conseillers s'approchèrent et découvrirent les barres descendues des isolateurs, la cage protégée par une double porte grillagée.

— Si vous la franchissez, dit l'ingénieur, vous y restez collés. Le courant à haute tension arrive par là. Le courant transformé à 110 volts partira par là, lorsque M. le maire aura basculé ce levier.

Au fil des minutes et à mesure que le noir s'épaississait, les bruits de la vie ordinaire s'estompaient. Le silence devenait plus dense, comme si tout le monde retenait son souffle. On n'entendit plus un cri, plus un roulement de voiture, plus un coup de marteau. L'ombre grandit, un souffle de vent plus vif froissa les noisetiers derrière le transformateur. Le premier coup de six heures retentit. Augustin bascula le levier de commande, et aussitôt un conseiller s'écria :

— Ça marche !

Un éclat jaune était apparu à l'imposte de la maison de la mère Chaillou.

— Et là-bas, chez Crânier !

— Et chez Bernaudeau !

Les conseillers avaient reflué au milieu de la route, et ils regardaient s'illuminer leur village. Les cloches de l'église se mirent à carillonner à toute volée.

— Qu'est-ce que c'est que ça ? demanda Augustin.

— C'est Zamond, avoua Alain Bernard. On ne te l'avait pas dit, au cas où ça ne marcherait pas. Il s'est arrangé avec le sacristain. Ils ont eu du mal à obtenir la permission du curé, une veille de Toussaint.

Augustin sauta sur sa bicyclette en direction de la Trézanne, et fut surpris par le noir en entrant dans la cour. Il poussa la porte de la salle commune. La flamme de la lampe à pétrole dansait sur la table comme d'habitude.

— Qu'est-ce qui se passe ? demanda-t-il inquiet. Le courant n'est pas arrivé à la Trézanne ?

— On t'attendait, dit Élise.

Elle envoya Alexina chercher Élie, Marianne, Marcellin, et le nouveau petit valet Benoît, et la nouvelle servante, Émilienne. Ils se rassemblèrent tous dans la salle commune, laissant leurs sabots dehors au pied des marches.

— C'est toi qui vas allumer, Alexina. Tu es prête ?

Élise éteignit la lampe à pétrole. Les contrevents étaient tirés. Elle avait aussi recouvert le feu en prévision. Elle dit :

— Vas-y.

Et la lumière fut.

2.

Les cours du blé baissaient lentement, mais sûrement. Ceux de la viande stagnaient. Le krach de Wall Street avait retenti en Europe comme un coup de tonnerre. L'Allemagne exsangue venait de se donner démocratiquement au parti nazi d'Adolf Hitler qui promettait du pain, des pommes de terre et du travail aux quatre millions de chômeurs. Le duce Mussolini défilait à Rome devant des bras levés. À Paris, la valse des ministères se poursuivait : Daladier remplaçait Chautemps, qui succédait à Daladier, avant d'être à son tour renversé par Herriot.

Augustin était plus actif que jamais. Il continuait de courir les foires et d'y acheter bon marché des animaux à l'engrais. Le vieux marchand de bêtes Douillard avait pris la direction des écuries du ciel, et Augustin, en achetant, se tournait vers lui pour solliciter son assentiment.

Il était monté deux fois, à La Villette, rencontrer les marchands qui recevaient les wagons de bestiaux de toute la France. Il s'était mis en cheville avec une paire de jumeaux corréziens aussi solides marchands que buveurs, qui avaient entrepris Augustin au gros-plant dès le matin, sans pousser trop loin, découvrant que le manchot avait une résistance estimable, et même peut-être dangereuse. Ils s'appelaient Félix et Fabien Delpeuch, étaient nés au

Kremlin-Bicêtre où leur père tenait boucherie, mais ils proclamaient fièrement leurs origines du côté de Meyssac, berceau misérable de la famille qui venait les visiter parfois pour leur demander le gîte et le couvert, et éventuellement l'assistance à la recherche d'un premier emploi dans la capitale. Ils étaient petits, ronds. La peau de leurs joues vermeilles se fendillait lorsqu'ils souriaient. Ils achetaient les bêtes à Augustin 100 francs plus cher qu'il ne les aurait vendues à Laurevoir. Ils étaient convenus de prendre des bêtes de qualité achetées par Augustin sur les foires contre un versement de courtage de 3 %.

Mais la Trézanne se distinguait désormais comme l'une des étables d'élevage de charolais de sélection. Les filles et fils des filles d'Alliance constituaient une famille aux qualités de gabarit et de finesse réputées. Augustin avait adhéré au Syndicat des éleveurs charolais en 1926, alors qu'il n'avait que sept vaches. Il en avait onze en 1930, et la question d'un taureau se posait. Les services du successeur de Vercingétorix aux Établières ne satisfaisaient pas les Vernageau. Antoine Tireau avait ramené de la Nièvre un animal haut sur pattes, bossu du garrot, semblable à un bison blanc, qui avait le défaut de faire des veaux trop gros. Chaque vêlage était une aventure à haut risque, et les nouveaux venus trop charpentés dépareillaient l'ensemble de l'élevage.

— Mais un taureau, pour onze vaches, n'est pas rentable, reconnut Augustin, sauf si les voisins veulent bien amener leurs vaches et payer la saillie.

Il avait engagé Maurice Piveteau, le grand Maurice, après son mariage avec Émilienne, six mois plus tôt. Les gages du grand Maurice revenaient à 3 370 francs. Ceux de son Émilienne à 1 320 francs. À cette date, la colonne « recettes » aurait dû porter le montant de la vente des blés. Mais un nouveau problème s'était joint à celui de la chute des cours. L'humidité de ces dernières années avait provoqué la prolifération d'ail sauvage dans les blés. La siccité de la graine d'ail dans la farine était devenue si importante que, pour la première fois, les blés aillés avaient été refusés. Il avait fallu passer toute la récolte au tarare.

Élise l'avait bien aidé. Elle s'était montrée aussi infatigable que lui à tourner la manivelle du tarare. Elle n'avait jamais d'arrêt. Augustin avait entendu la vieille Marianne l'appeler « Vaque-à-tout » dans une conversation avec Émilienne.

— De qui parlez-vous ? avait-il demandé.

Émilienne s'était empourprée. Le vieux cuir de Marianne n'avait pas frémi.

— De ta femme ! avait répondu Marianne. Je ne dis pas de mal. C'est vrai qu'elle est partout, et qu'elle s'occupe de tout.

Augustin s'était éloigné en souriant.

Élise était vive. Elle était devenue en vieillissant solide et plantureuse comme une déesse des moissons. Elle allait toujours très vite. Elle s'impatientait souvent de voir Émilienne mettre deux fois plus de temps qu'elle à un travail. Elle n'en avait jamais assez : depuis qu'Augustin était maire, elle s'occupait des indigents de la commune. Elle prenait son panier :

— Allez, disait-elle, je m'en vais battre la campagne.

Elle prenait son vélo. On le trouvait appuyé contre les murs des trous de maisons où les enfants arrivaient aussi vite que la misère. Elle invitait ses enfants à l'accompagner, mais en grandissant Donatien et Alexina ne considéraient plus comme une partie de plaisir les visites aux pauvres gens. Ils se plaignaient de la saleté, de l'odeur.

— C'est justement à cause de cela qu'ils ont besoin de nous. Écoutez, les enfants, je ne voudrais pas que vous oubliez d'où vous êtes sortis : votre père et moi étions orphelins.

Augustin lui dit un soir, satisfait, après avoir tiré un trait au bas d'une page de son cahier :

— Cette fois, ça y est, nous avons fini de payer Marchegay ! Qui l'aurait parié en 1918 !

— Moi, dit-elle, les yeux pleins d'étoiles d'or.

— C'est vrai, reconnut-il. Mais tu ne t'imaginais pas que nous irions aussi vite.

— Je l'espérais.

— Ce qu'il faudrait, hasarda-t-il, c'est qu'on emprunte encore. On est maintenant à vingt-six bêtes. On pourra peut-être pousser un peu plus loin, vingt-sept, vingt-huit. La coutume veut qu'on élève une bête à l'hectare, on n'en a que vingt-cinq. Les frères de Notre-Dame-de-la-Forêt assurent qu'on peut aller bien au-delà. Je ne compte pas Rosier, qui mange, même s'il devient vieux...

Il se tut. Un papillon de nuit se heurtait à l'ampoule électrique, et ses ailes s'effritaient en chatoiements de poussière. Élise travaillait à la fabrication d'un couvre-pied. Le grand cadre de bois du métier était posé sur le dossier de quatre chaises. Elle piquait dans le satin jaune et rouge avec sa grande aiguille enfilée de coton perlé. Un crochet du métier lâcha avec un claquement sec. Élise se déplaça pour le remettre et tendre le satin.

— Alors ? interrogea-t-elle. Il faudrait qu'on s'agrandisse, c'est ça ?

Il se leva, et alla chercher dans le tiroir son plan de la Trézanne. Il le déplia. Élise piqua son aiguille dans le couvre-pied et s'approcha de la table pour regarder par-dessus l'épaule de son mari.

Il suivit du doigt la ligne rouge indiquant les limites actuelles de leur bien. Il paraissait chercher alors qu'il connaissait tout par cœur. Il désigna les parties hachurées en rouge :

— Marchegay avait partagé en quatre les vingt-quatre hectares qu'il avait pris sur la Trézanne. Les parcelles cultivées par Clovis Vilain et Albert Merlet sont intouchables, pour l'instant. Mais je sais qu'il y a de l'eau dans le gaz entre Robert Bertrand et Marchegay. Et puis, il y a surtout les cinq hectares et demi cultivés par Marcel Esnard qui n'en peut plus. J'ai parlé à sa femme. Je suis sûr qu'ils seraient prêts à nous laisser leurs terres et à venir travailler chez nous.

— Où sont ses champs ?

Le doigt d'Augustin se promena sur le bord de la Vie :

— Le champ de la Bordelière 1 ha 52, la grande versenne de la Vallée 2 ha 1 a, le clos de la Petite Vallée, et tous ces petits pâtis mal situés mais qui nous arrangeraient bougrement, le Mauvais-Pas-de-Bas, l'Ouche-du-Pommier, la Ménie...

— On pourrait commencer par ça..., dit Élise en appuyant sa main sur l'épaule d'Augustin.

— Je ne crois pas que Marchegay soit disposé à vendre.

— Tant mieux. On louera. On verra si on peut acheter plus tard, quand on sera plus vieux, et plus riches...

Augustin sentit le poids du corps de sa femme qui s'appuyait dans son dos, l'os de la hanche, le chaud du ventre. Il leva la main et prit entre les siens les doigts de sa femme.

— Mais je n'ai pas encore parlé à Marcel Esnard, et je ne sais pas si Marchegay sera d'accord..., ajouta-t-il.

Il lâcha les doigts d'Élise et montra les terres de Robert Bertrand : la Grande-Lande, la Grande-Prée, le champ des Puits. Il reprit ses doigts en rêvant devant ce papier jaunissant aux coins cassés, comme un général la veille de livrer bataille. Il leva les yeux vers ceux d'Élise, y cherchant ces éclats qui l'avaient encouragé à entreprendre et à vivre. Le papillon tomba comme une pierre sur la table, et y tourna, moribond, laissant sur le bois un rond de paillettes mordorées.

Augustin acheta son premier taureau charolais chez Jacques Batiot, au château de Grissay en Sainte-Cécile. Il emmena le vieil Élie pour choisir avec lui. Rosier montrait des signes de fatigue, sa robe avait blanchi, seul son bas-ventre était encore noir. Il s'efforçait pourtant de donner le change en prenant subitement un trot lent, vite ramené au pas. Élie continuait d'être actif, malgré ses absences passagères. Depuis la mort de sa femme, les plantes médicinales et les préparations de baumes et cataplasmes bienfaisants remplissaient sa chambre, alors que Marthe s'y opposait par souci de propreté. On y sentait désormais le parfum poivré de l'herboristerie.

Jacques Batiot était l'héritier d'une lignée de pionniers d'éleveurs charolais. Augustin avait vu ses bêtes au concours agricole et avait été séduit. Ils choisirent Charleston, fils de Washington et de Bergère, un taurillon plein de promesses. L'animal leur paraissait un peu excité, mais c'est un défaut fréquent de la jeunesse.

— Il a la tête franche, reconnut Élie. Il ne peut pas être méchant.

Il s'approcha sans crainte du fougueux Charleston, qui se laissa flatter le garrot sans résistance.

— Regarde, dit le vieillard, ravi d'imposer une fois encore sa force à un de ces animaux redoutables, ce monstre nous mangera dans la main comme un agneau.

Batiot ne voulait pas le lâcher pour moins de 6 000.

— C'est cher. Avec ça, on peut acheter une paire de bons bœufs de travail !

— Vous ne voulez pas en faire le même usage, et il peut vous rapporter gros.

— Je peux perdre gros, si ça ne marche pas avec mes vaches.

— C'est un taureau de grande classe, et un éleveur comme vous, Vernageau, ne se trompe pas.

— On n'est jamais sûr de rien dans l'appariement des animaux, comme des humains. Ce serait beau si on gagnait à tous les coups.

— Ce serait moche, Vernageau. Où serait le plaisir ?

Ils donnèrent les 6 000 francs, empruntés à la Caisse

rurale, et lièrent Charleston à l'arrière de la carriole de Rosier.

La foire de janvier 1931 fut gâchée par des trombes d'eau. Le temps était tout juste honnête, le matin. Quelques gouttes tombaient à travers une buée grise. Cela ne dissuada pas Augustin et Élise d'emmener avec eux Donatien et Alexina, bien couverts de capuchons, dans la voiture de Rosier. Les vacances de Noël n'étaient pas finies, et les enfants se faisaient une fête d'accompagner leurs parents à la foire. Lorsqu'ils approchèrent de la ville, ils la découvrirent à l'extrémité de la ligne droite de la grand-route dans une muraille de suie noire. Ils n'avaient pas passé les premières maisons des faubourgs des Forges que soudain la poche des eaux se déversa sur leurs têtes. La ville fut noyée sous un déluge. Le tivoli d'un camelot fut arraché par une bourrasque et il effectua tout seul une dizaine de mètres à travers la rue des Sables. Les chalands trouvèrent abri dans les auberges. Les Vernageau mangèrent leur panier au Bon Laboureur où l'on recevait à pied, à cheval, comme l'indiquait le panneau de l'entrée. Plutôt que de rentrer sous la pluie qui continuait de tomber, moins fort, mais avec une admirable opiniâtreté, Augustin proposa d'offrir aux enfants la séance de quatorze heures du Cinéma-Théâtre qui projetait *Ben Hur*, avec Ramon Novarro dans le rôle titre. Alexina n'était jamais allée au cinéma, et la fillette aux rubans bleus, aux joues déjà rosies par le brouhaha de l'auberge, les relents de vin, les odeurs de basilic et de réséda des parfums de femmes mêlés à la sueur, battit des mains. Elle entra dans la salle tout excitée, effrayée par les explications de Donatien qui prenait plaisir à lui faire peur. Elle s'assit entre les sièges protecteurs de son père et sa mère, refusant la présence moqueuse de son frère auprès d'elle.

Le quatuor italien Graziella interprétait l'accompagnement musical. La bataille navale, la course haletante et victorieuse de Ben Hur dans le Grand Cirque enthousiasmèrent autant les grands que les petits, si bien qu'Augustin alla trouver le directeur du Cinéma-Théâtre à la sortie. Il lui demanda s'il lui était possible de transporter son appareil et ses musiciens à La Genétouze. Le plus difficile était de trouver une salle.

Le soir même, Augustin rendit visite au curé Pavageau qui lisait son bréviaire auprès de son poêle Godin. Le prêtre arrêta tout net les envolées lyriques d'Augustin encore sous le charme des exploits de son héros dans le Grand Cirque, il s'opposa catégoriquement à la projection de cinéma dans sa salle paroissiale Notre-Dame :

— Vous avez souvent de drôles d'idées, monsieur le maire. Est-ce que vous ne trouvez pas ce monde assez déboussolé ? Vous avez déjà aménagé les routes et les chemins, et on voit passer des automobiles et des motocyclettes que les jeunes regardent avec envie...

— Ce n'est pas bien, monsieur le curé ?

— Vous n'avez pas charge d'âmes, monsieur le maire. Si vous écoutiez comme moi les confidences des hommes, vous seriez effaré par toutes les occasions qui profitent au diable. Vous voudriez que j'accepte de donner en spectacle des images de femmes demi nues, des danses impies, des fox-trot endiablés qui encouragent au vice !...

Augustin insista :

— Il y aura un cinéma à La Genétouze, monsieur le curé, un jour ou l'autre. Si ce n'est pas chez vous, cela se passera dans la grange d'Hortense ou ailleurs. Si on projette dans votre salle, vous pourrez supprimer certaines images que vous ne jugerez pas montrables.

L'argument ébranla le curé.

— Vous n'imaginez pas les désordres que peuvent causer toutes ces images dans des cervelles fragiles ! opposa-t-il en reculant.

— Quels désordres ? demanda Augustin conciliant.

Le prêtre paraissait si accablé dans sa chaise Henri-II. Il semblait vulnérable dans l'intimité, sans sa barrette et tous les attributs de son ministère. Son large front carré était creusé de rides. Il n'était pas un homme mauvais, ni un inquisiteur, mais l'ampleur de sa tâche devait l'écraser parfois. C'est pourquoi il se raidissait.

La projection de *Ben Hur* eut lieu à la fin de la semaine suivante. On tendit un drap sous la fresque de scène de la salle Notre-Dame représentant l'offrande d'une fleur de lys par un ange à la Sainte Vierge filant sa quenouille. L'orchestre Graziella prit place derrière l'écran sur la scène. Les premières images furent projetées dans un silence religieux. Et puis les cris et commentaires commencèrent à fuser dans le public contre les bourreaux de Ben Hur. La course finale fut suivie de cris et d'applaudissements.

La présentation de *L'Agonie de Jérusalem*, quinze jours plus tard, filmé, disait l'affiche, « en Palestine et sur les lieux saints » connut un succès encore plus grand. Les bancs ajoutés sur les côtés et au ras de l'écran ne suffirent pas et il fallut refuser du monde. Quinze jours plus tard, pour *La Tragédie de Lourdes*, le curé organisa une réservation de billets le dimanche après la messe. Le grand film était précédé du Pathé-Journal. Et soudain les grands de ce monde firent irruption à La Genétouze. On y vit Léon Blum, Pierre Laval, le président Paul Doumer, mais aussi Staline, le roi George V, Hitler, Mussolini. On se croyait à l'écart de tout, à l'abri des bouleversements du monde. La guerre s'était déroulée sur des champs de bataille lointains, et il avait fallu des gares et des gares aux soldats pour rejoindre les combats. Tout d'un coup, la présence de ces Grands sur l'écran flottant de la salle paroissiale rétrécissait considérablement le monde. Et ils se sentaient exposés.

Augustin interrogea le curé Pavageau après cette troisième séance, tandis que la chaleur de la salle chauffée par le volumineux poêle à bois s'échappait dans la nuit glacée en violents effluves animaux :

— Alors, monsieur le curé, regrettez-vous mon idée de cinéma chez vous ?

— C'est un succès extraordinaire. Je continue pourtant à me demander si j'ai eu raison de me laisser forcer la main. Franchement, ne venons-nous pas de les exposer à tous les vents du monde ?

Augustin pensa à la projection du Pathé-Journal. Il revit les moustaches de Staline, le bras levé d'Hitler. Le prêtre refermait ses portes.

— Nous ne sommes pas responsables des mouvements du monde, monsieur le curé, dit Augustin. Tôt ou tard, La Genétouze sera rattrapée. Vous voulez disposer de vos paroissiens comme des enfants.

Le curé soupira, le doigt sur l'interrupteur :

— Mais ce sont des enfants. Vous avez vu, ils réagissent à ces images comme des enfants !

Alexina revêtit une veste en lainage marine foncé, chaussa les souliers noirs sur les chaussettes de laine fixées par un élastique à hauteur du genou, pour entrer pensionnaire chez les Dames de Saint-Joseph, en octobre 1932. Elle détonna dès le premier cours en déclarant tout net devant toute la classe et la religieuse responsable des cinquièmes qu'elle voulait être vétérinaire. Elle soutint sans rougir les sourires de ses camarades aux cheveux nattés, et la remarque de mère Marie de l'Incarnation :

— Eh bien, mademoiselle, nous allons chausser des bottes et respirer le purin !

Alexina avait quasiment atteint la taille d'Élise. Sa jeune poitrine se dressait sous sa blouse avec arrogance. La sœur directrice de l'école primaire à La Genétouze lui ordonnait déjà de cacher son regard trop direct :

— Voulez-vous baisser les yeux, Alexina. On ne montre pas un regard effronté quand on est une petite fille bien élevée !

Élise lui avait offert des jarretelles roses, assorties à son corset, et une longue paire de bas en fil, pour faire passer l'effroi de la découverte de ses premières gouttes de sang au fond de son sous-vêtement en août.

Alexina se mit au travail avec ardeur pour obtenir ce brevet élémentaire qui lui ouvrirait, pensait-elle, les portes de l'école vétérinaire. Elle apprit aussi à peler une poire avec adresse, au couteau et à la fourchette, sans y mettre les doigts. Ses prunelles pain brûlé luisaient à l'ombre du béret réglementaire. Mère Marie de l'Incarnation ordonnait :

— Alexina, baissez les yeux !

Élie tomba au milieu de la cour de la Trézanne à la fin de l'année, après avoir pris son petit déjeuner. Les plus jeunes étaient partis vers les étables : Augustin, le grand Maurice, Marcellin, revenu du service militaire. Élie s'arrêta pour se moucher auprès du buis. Élise était sortie sur le perron et le regardait s'éloigner de son pas lent de vieux. Il avait plu pendant la nuit. Le ciel plein de nuages menaçait à chaque instant de s'ouvrir. Elle vit Élie tomber comme fauché par un bras invisible. Elle se précipita. Il tendit sa main tremblante en s'excusant :

— Quel ballot ! J'ai glissé !

Elle essaya de le relever, mais il restait vissé à terre. Émilienne était encombrée par un gros ventre de femme enceinte. Élise l'envoya chercher Augustin.

Curieusement, Élie ne souffrait de rien. Ils espérèrent, après l'avoir couché, que le lendemain il serait sur pied. Mais il fut incapable de bouger. Augustin actionna ses jambes décharnées sans lui tirer une grimace. Il n'était pas paralysé : il mouvait ses doigts de pied aux ongles déformés. Il ne s'exprimait pas sur son cas, lui qui avait été si souvent appelé à diagnostiquer sur des animaux. Il se contentait de dire : « Je suis pris », ou bien : « Voilà, c'est mon tour. Vous seriez bien avisés de me faire ce qu'on faisait aux chevaux... »

— Cessez vos sottises, lui reprocha Augustin, je vais chercher le médecin.

Le jeune docteur Herbreteau vint au volant de sa Juva 4, et déclara que les deux cols du fémur du vieil homme étaient cassés. L'un en se brisant avait provoqué sa chute, l'autre s'était probablement brisé lorsqu'il était tombé.

Il fut un malade exemplaire. Ils ne l'entendirent pas une fois se plaindre ni réclamer. Au pire, il déclara pour exprimer son ennui :

— J'attends que ça se passe...

Il restait de longues heures en silence à considérer le gros bocal de sangsues baignant dans une eau claire sur la fenêtre. Alexina recueillit et nota sur un cahier toutes ses recettes de médecine pendant les vacances de Noël. Par ordre alphabétique : angines, apoplexie, asthme... Elle écrivait sur ses genoux et levait les yeux vers la vieille tête amaigrie. Élie portait un petit bonnet bleu pour éviter les névralgies. Une touffe de longs poils jaillissait de son oreille, scintillant comme une flamme.

Elle retint sans les noter certaines réflexions sur le mécanisme qui gouverne le monde. Rien n'échappait selon le vieux dragon de Sedan aux lois de la croissance et du déclin. Tout se bousculait pour naître, grandir, et mourir.

— Le soleil n'y échappe pas, il monte et il descend, comme la mer, comme la lune. Soigner, c'est trouver une herbe, un produit, qui lutte contre le déclin. Cette victoire ne compte pas dans le mouvement du monde. Tu grandis, je diminue. J'ai élevé des centaines d'animaux qui sont morts. Notre fierté, c'est de développer ce qui nous permet de grandir.

Le dimanche de la Quasimodo, il dit à Élise qui lui apportait un bouquet de pivoines :

— Je vais retrouver Marthe. Elle sera bien surprise et bien contente de me retrouver. Nous nous sommes trop battus, trop bisés. Le but était d'arriver là...

Le frère Guibert vint chercher Donatien dans la salle d'étude à Notre-Dame-de-la-Forêt :

— Votre grand-père est mort. Je crois qu'il n'était pas votre grand-père. Prenez vos affaires, et rentrez chez vous pour l'enterrement.

Donatien monta dans le train à la gare de La Mothe et regarda l'avancement des cultures à travers la vitre. Il tira la montre de son gousset, se rappela la soirée où Élie la lui avait donnée. Il considéra les fines aiguilles en dentelle de cuivre rouge et fit glisser son pouce sur le verre pour la caresser. Il se souvint des mots d'Élie : « Je n'ai eu que cette montre dans ma vie. Je l'ai achetée avec les économies sur ma solde de dragon à Sedan. »

Il ouvrit l'arrière de la montre où étaient les deux trous des remontoirs. L'argent y était finement ciselé. Deux bandeaux portaient les inscriptions Claude Haag, horloger, pour l'un, et seulement E.G., pour l'autre : Élie Girard. Donatien regretta de ne pas avoir manifesté davantage de tendresse à Élie au cours de ces dernières années. Il avait grandi. Les gestes d'affection entre les hommes sont difficiles. Mais il était trop tard. Trop tard pour Élie, trop tard pour Marthe. Donatien entendit le contrôleur lui demander en plaisantant :

— Eh bien, mon garçon, on a un gros chagrin d'amour ?

Il s'aperçut qu'il pleurait.

3.

Hitler accusa les Juifs et les communistes de l'incendie criminel du Reichstag. Il avait déclaré tous les partis illégaux, sauf le sien. Il haranguait des foules aux bras levés. Il avait promulgué la loi sur la stérilisation. En France, le ministère Daladier venait d'être renversé. Cette année 1933 fut particulièrement cruelle pour les Vernageau.

Marianne, en effet, ne parvint pas à se lever un matin, un mois après l'enterrement d'Élie. Élise dut reprendre les mêmes soins pénibles. Mais la vieille femme eut la délicatesse de rendre le dernier souffle le huitième jour au soir, après avoir mangé sa soupe, une purée de pommes de terre et un couple de pruneaux secs pour aller à la selle. Quand Émilienne vint chercher son assiette, elle ne s'aperçut d'abord de rien. Elle trouva l'assiette soigneusement essuyée avec une bouchée de pain, sur la table de nuit, les deux noyaux dans la cuiller. Elle félicita Marianne :

— C'est bien, vous avez tout mangé. Je vais fermer vos contrevents.

Elle ouvrit la fenêtre, et fut prise d'un doute :

— Vous ne me dites rien. Il y a quelque chose qui ne va pas ? Vous m'entendez ?

Elle s'approcha du lit. Marianne, les yeux fermés, dormait de son dernier sommeil.

Pierre-Antoine Tireau tira sa révérence au mois de décembre de cette même année dans son château des Établières. L'oncle d'Élise, et celui d'Augustin aussi, était mal en point depuis de longs mois. Il perdait lentement l'esprit et, pour son plus grand malheur, s'en apercevait. Il oubliait tout, sa canne, son chapeau, de reboutonner son pantalon. Honorine, la servante qui le soignait, se frappait la tempe de l'index :

— Il est gaga. Il me donne bien plus de mal qu'un enfant. Il me commande et, quand je n'obéis pas à ses caprices, il devient méchant.

Il émergeait parfois et découvrait alors l'étendue des dégâts. Augustin fut témoin de cette transformation à l'occasion d'une visite. Honorine l'avait prévenu :

— Il ne vous reconnaîtra pas. Vous allez voir, il fume. C'est tout ce qu'il sait faire. Il empeste le château avec son tabac.

En effet, Pierre-Antoine, dos courbé dans sa robe de laine écossaise, leva un visage irrité par l'intrusion de cet étranger dans son appartement. Il sursauta au craquement d'une lame du parquet sous la semelle d'Augustin et ne répondit pas à son bonjour. Il tira une cigarette d'un étui d'or sur la table. Honorine approcha une chaise. Pierre-Antoine, assis sur le bord d'une méridienne, cracha sa fumée en silence.

Augustin se leva, s'approcha de la fenêtre qui donnait sur les jardins où il avait partagé ses premiers jeux d'enfant avec Élise. La lumière avait la même blondeur que cinquante ans plus tôt. Le prunier de mirabelles au pied duquel ils étaient assis avait certainement disparu. Pourtant il croyait le reconnaître dans le bel arbre aux branches déployées au milieu du verger. Il revit la fillette à chapeau Jean-Bart jouant avec son chaton, et il se retrouva auprès d'elle, le cœur battant, en train de lui offrir un couteau de poche. Il mêlait Alexina et Donatien à sa vision. Il se voyait en nabot boitant et torturé. Ce n'est pas étonnant qu'il ait été boiteux, pensa-t-il. Je l'étais déjà. Il fut à ce moment tiré de sa rêverie par la voix du vieillard :

— Tu ressembles à mon père ! lui disait-il.

Augustin sursauta :

— Que dites-vous ?

— Je te voyais comme ça dans la lumière. Je t'ai pris pour mon père.

Le sang déserta le visage d'Augustin au rappel de ses origines. La cervelle dérangée du vieil homme avait-elle été traversée par un éclair de lucidité ? Ou bien était-il revenu à la réalité et lui avouait-il un secret qu'il connaissait depuis toujours ?

— Qu'est-ce qui vous fait dire cela ? demanda Augustin.

Pierre-Antoine battit des paupières, redevenu le vieil homme qu'Augustin connaissait. Son front se rida.

— En fait, je t'ai trouvé un air de mon défunt frère, s'excusa-t-il en promenant sa main sur son front comme pour en dissiper les brumes. Je ne sais pas pourquoi, mais j'ai cru un moment que tu étais lui...

— Vous m'avez reconnu ?

— Oui, répondit Pierre-Antoine, retrouvant un peu de la raideur passée, tu es le mari de ma nièce. Comment s'appellent vos deux enfants, déjà ?

Augustin s'approcha des photos de famille fixées au mur dans des cadres dorés.

— Votre frère, dont vous parliez tout à l'heure, est-il ici ?

Le vieillard traîna ses pantoufles sur le parquet et tendit l'index en semant de la cendre sur le tapis. Il entraîna ensuite Augustin jusqu'à son secrétaire qu'il ouvrit. Il en tira un paquet de photographies, les étala sur le maroquin doré au fer du secrétaire, éteignit sa cigarette.

— Que vont devenir ces photos, après moi ? J'en ai une pleine armoire dans mon laboratoire.

Il les triait lentement. Ses doigts ne tremblaient plus. Il sélectionnait les cartons représentant son frère. Augustin s'étonna de trouver à son père un air assez sympathique. Pierre-Antoine se lamenta de l'état déplorable du château de son frère à l'abandon.

— Les ardoises de l'orangerie étaient déjà éparpillées dans la cour parmi les ronces avant que mon frère ne tombe malade.

— Quel âge avait votre frère lorsqu'il est mort ?

Pierre-Antoine réfléchit. Les plis se resserrèrent autour de ses paupières, sa bouche se pinça. Augustin répéta sa question. Mais Pierre-Antoine ne l'entendait plus, ne le voyait plus. Il retourna vers sa méridienne, ouvrit sa boîte de cigarettes, reprit sa position de fumeur fébrile, les doigts décharnés tachés de nicotine, les coudes sur les jambes. Augustin entendit les pas pesants d'Honorine sur le parquet du couloir. Il fourra dans sa poche une photographie de son père.

Au concours de charolais d'octobre 1934, Augustin vendit Généreuse, une génisse de huit mois, pour la somme de 13 000 francs à un Irlandais. Les cours de la viande, s'ils ne connaissaient pas les effondrements catastrophiques du blé étaient, eux aussi, tout doucement tirés vers le bas. Mais Augustin demeurait convaincu que la crise de l'élevage était passagère :

— Les gens vont manger de plus en plus de viande ! répétait-il à ses amis. D'ailleurs, il n'y a pas de crise pour la viande de qualité. Abandonnez vos grandes surfaces en céréales. Semez des prairies artificielles !

Il venait d'obtenir de Marchegay la location de six hectares de la Trézanne qu'il convoitait depuis longtemps et il avait appliqué aussitôt chez lui ses recommandations aux autres : il y avait semé de l'herbe, de la luzerne, des topinambours, du trèfle violet.

Le travail dans les villes, même petites, devenait rare. Les chômeurs avaient profité du concours agricole près de la préfecture pour organiser une manifestation. Il y avait eu des discussions entre les représentants du syndicat ouvrier CGTU et les organisateurs du concours.

— C'est bien connu, disaient les manifestants, les paysans ne sont pas du parti des ouvriers ! D'ailleurs, ceux qui sont là ne sont pas des paysans. Ce sont des propriétaires !

Il y avait des propriétaires, mais aussi des paysans comme Augustin, des gros métayers, et des petits, simplement venus pour rêver.

Un jeune commis boucher rencontré plusieurs fois sur les foires se pencha à l'oreille d'Augustin :

— La vie est dure en ce moment. Quand Félix Artaud m'a embauché à Beaulieu, il y a six mois, je ne lui ai même pas demandé combien il me paierait.

Le commis avait une bonne tête, des yeux gris qu'il ouvrait grand en s'expliquant :

— J'ai du travail, je ne me plains pas, mais on travaille dur. Ce matin, le patron m'a demandé de conduire une tonne de carcasse au train. Je l'ai portée trois fois, c'est-à-dire que j'ai porté trois tonnes de viande ! Je l'ai chargée d'abord une fois dans la charrette à cheval. Je l'ai déchargée pour la mettre dans le cabrouet, et du cabrouet je suis allé la porter dans le train. Et j'ai pris mon vélo, et je suis là cet après-midi !

Augustin le félicita :

— Le vélo et le concours, c'est pour ton plaisir ! Tu y arriveras. Je ne suis pas allé bien loin. Mais à ton âge, avec le marchand de bêtes Douillard, je carburais comme toi !

Il avait repéré l'approche lente de l'Irlandais dans l'allée. Donatien, qui avait maintenant quitté l'école Notre-Dame, venait d'enlever une bouse sur la litière de Généreuse. Il essuyait la cuisse souillée de la vache avec une éponge. Augustin avait déjà rencontré l'homme aux cheveux roux avant midi, et il lui avait dit qu'il ne voulait pas vendre. Généreuse était trop jeune, trop belle pour s'en séparer. Il avait pensé : « Ou alors il faudra y mettre le prix ! »

La présence d'Anglais et d'Irlandais n'était pas une nouveauté. Les Anglo-Saxons appréciaient les élevages de Vendée. Ils aimaient eux aussi les gabarits plus petits, plus ronds, qu'ils ne trouvaient pas chez les éleveurs du Centre. L'Irlandais s'appelait John Mc Gahern. Il était grand, robuste, vêtu d'un lourd manteau de tweed à martingale. Il portait un chapeau brun d'où s'échappaient ses cheveux bouclés et roux. Augustin avait éprouvé de la sympathie pour cet homme à la première poignée de main. Il en avait aimé la fermeté. Il laissa l'Irlandais s'approcher, les mains dans les poches de son pardessus.

— Avez-vous bien déjeuné ? lui demanda-t-il.

— Oui, des moules à la crème.

L'Irlandais enfonça ses souliers dans la paille. Il devait chausser du quarante-six. Généreuse, surprise, s'écarta et heurta sa voisine.

— Elle a du sang, dit l'Irlandais en souriant. Elle est jeune. Elle mérite bien son nom, Généreuse !

Il parlait lentement en évitant de meurtrir les syllabes et son application était amusante.

— Vous allez me la vendre ! déclara-t-il en flattant le ventre de Généreuse.

— Vous la voulez parce qu'elle a obtenu la plaque du premier prix au concours, ce matin ? Prenez sa demi-sœur, Garçonne. Je vous la vends si vous la voulez. Elle aurait tout aussi bien mérité la plaque.

John Mc Gahern se retourna, et examina Garçonne.

— Qui donne les noms à vos animaux ? demanda-t-il, parcourant du regard la croupe de Garçonne.

— Généralement ma femme.

— Elle a le sens de la psychologie animale. Votre Garçonne est belle. Mais elle a les traits d'un veau.

Augustin savait tout cela. C'est pourquoi il était prêt à vendre Garçonne. Mc Gahern revint vers Généreuse :

— Écoutez, j'achète votre Garçonne, si vous me vendez votre Généreuse.

Généreuse attirait les passants, arrêtés dans l'allée, pour admirer la championne des moins de dix mois. Augustin s'avança serrer une main, le bâton de vacher coincé sous son bras de bois. John Mc Gahern passa près de lui :

— Je continue ma promenade. Réfléchissez, je vais revenir.

Il revint et, avant d'avoir demandé à Augustin s'il avait changé d'avis :

— Votre prix sera mon prix, dit-il.

— Méfiez-vous, répondit Augustin, je pourrais vous prendre au mot.

— Allez-y !

— Vous voulez acheter un bijou plein de promesses...

— Oui.

— 13 000.

Le teint de l'Irlandais devint couleur de brique.

— Je prends ! dit-il.

— Vous m'avez dit que vous vouliez Garçonne, aussi. Je vous la fais à 8 000.

— D'accord.

— Cela vous fait 21 000, déclara Augustin incrédule.

— Oui.

Donatien, qui surveillait les deux hommes, vit l'Irlandais tendre la main pour conclure le marché.

— J'ai bien dit 21 000 francs-papier ! répéta Augustin dérouté.

— Oui, 21 000 ! confirma John Mc Gahern gardant son large battoir ouvert.

Alors, Augustin frappa comme à regret dans la main

de l'Irlandais. John Mc Gahern souleva son chapeau et essuya son vaste front chauve avec son mouchoir.

— Son pelage est rare aussi. Comment désignez-vous celui des vaches au mois de juin : en « robe de mariée » ? Ce n'est pas la saison. Mais il mousse sous les doigts comme des fils de soie.

Augustin opina. Vingt et un mille francs, c'était la valeur d'une demi-douzaine d'excellentes laitières, presque un troupeau. C'était évidemment la plus belle vente de toute la carrière d'Augustin, et cela en pleine chute des cours. C'était un tournant dans l'histoire de la Trézanne, les inquiétudes d'argent s'éloignaient, du moins pour un temps.

Ni Augustin ni Donatien n'avaient soufflé mot du montant de leur transaction. Pourtant, la nouvelle se répandit dans le concours. Les gens se bousculèrent pour voir les génisses phénomènes en s'extasiant. Quelques-uns soupçonnèrent un trafic : le prix annoncé n'étant pas le prix payé. Tous s'accordèrent pour reconnaître qu'Augustin le manchot était un malin. Il fut l'objet de curiosité. Il serra des mains d'inconnus qui le félicitèrent. Il posa la main sur l'épaule de Donatien exalté, fier de leur succès :

— N'oublie jamais que les Rameaux sont à cinq jours du Vendredi saint !

— Et le Vendredi saint à deux jours de Pâques !

Il se réjouit du sourire heureux et des yeux brillants de son fils, cravaté et costumé par sa mère.

— Tu me bassines tous les jours avec tes envies de TSF. Va donc voir chez le marchand. J'irai avec toi, après. Qu'est-ce que tu en penses, d'en faire la surprise à ta mère ?

John Mc Gahern vint déjeuner à la Trézanne la veille de son retour à Slane, un petit village, près de Dublin. Il inclina sa grande charpente devant Élise, promena ses yeux verts sur la salle commune :

— Chez nous, on accroche les assiettes et les marmites le long des murs, et on suspend au plafond de grands morceaux de poitrine fumée.

Tous les personnels de la Trézanne étaient autour de la table. Élise leur avait bien recommandé de venir habillés en dimanche. Il y avait Marcellin, le grand Maurice, sa femme Émilienne, le vieux couple Esnard, une petite servante de quatorze ans, et un petit valet de treize. La soupe de pot-au-feu fut servie d'abord. Et puis Augustin coupa la ficelle de boucher qui tenait la viande de bœuf. Ils mangeaient la viande de Dubonnet, tué par Laurevoir. Un ange passa, et le souvenir de l'attelage paisible Dubon-Dubonnet étreignit tous les mangeurs. Et puis ils louèrent la chair onctueuse, un peu grasse, de Dubonnet.

— Sauriez-vous distinguer la viande de la Trézanne de celle d'un animal venant d'ailleurs ? demanda l'Irlandais :

Donatien répondit spontanément :

— Mon père, certainement !

— Tout dépendrait de la cuisinière, rectifia Augustin. Mais si les viandes étaient préparées par la mienne, je crois, oui.

Les regards convergèrent vers Élise. Augustin la trouva belle dans son chemisier blanc, la poitrine et les joues tout en rondeurs, le visage enflammé par la cuisine.

John Mc Gahern la complimenta pour son pot-au-feu. Elle se défendit d'avoir rien préparé d'exceptionnel. Elle traversa la cour en compagnie d'Émilienne, et alla tirer du four les poulets allongés sur des lits de patates. Leur ventre était plein d'une farce d'un mélange de foie, d'œufs, de pâté, de sel, de cannelle. Alors ce fut l'émerveillement des langues et des palais. Les verres se tendirent vers la bouteille de gaillard noir.

L'Irlandais raconta comment chez lui on fabriquait les

chaussettes avec une machine à manivelle fixée par un étau à un coin de table. Puis il parla du froid. Il avait déjà neigé avant son départ. Donatien s'inquiéta : Généreuse et Garçonne n'en souffriraient-elles pas ? John Mc Gahern sourit :

— Les Irlandais sont une variété d'hommes rustiques et résistants. Les Vendéens aussi, d'après ce que j'ai entendu dire. Les bovins vendéens, même de race charolaise, sont capables de résister à la froidure irlandaise.

Élise apporta le gâteau aux noix. Elle accompagna les hommes sur le perron, doucement grise, car elle avait abusé du gaillard sur le dessert. John Mc Gahern devait se trouver, lui aussi, dans cette bienheureuse disposition, puisqu'il avait souhaité faire une promenade malgré l'heure avancée de l'après-midi. Le soleil avait atteint les acacias de l'allée. Il allait rapidement descendre. Elle regarda les deux hommes s'éloigner. Ils étaient radicalement différents. L'Irlandais était long, dégingandé. Son chapeau brun sur le sommet du crâne avait quelque chose de ridicule et de caricatural. Augustin, court et large, dans son costume de velours tabac, paraissait solide comme un roc. Un amoureux élan lui pinça le cœur.

Augustin conduisit son hôte sur le sentier des Farfadets. Il avait beaucoup plu et les chemins n'étaient pas tous praticables. Les dalles de granit du sentier semblaient avoir été lavées. L'atmosphère de cet après-midi convenait à un après-déjeuner. Il n'y avait quasiment pas de vent. La campagne était silencieuse, la lumière un peu brouillée en cette fin d'automne.

Ils débouchèrent sur le chemin en pente raide jusqu'aux berges de la Vie, et furent arrêtés par le passage d'un troupeau. Marcellin et Donatien ramenaient les charolais à l'étable en compagnie de Noé, le petit valet. Les veaux et vêles se bousculaient en beuglant, encadrés par les vaches placides et indifférentes. Elles avançaient d'un pas rapide, sans s'intéresser aux herbes du chemin :

— Elles savent où elles vont, dit Augustin. Nous les sortons l'après-midi pour leur faire prendre l'air. Mais elles veulent du sec. Voyez-vous Généreuse et Garçonne ?

Il les lui montra.

— Vous ne regrettez pas de les avoir achetées ?

— Elles sont encore plus belles au milieu du troupeau.

Donatien et Marcellin avaient revêtu les pantalons et vestes de travail. Les traits douloureux, le visage tendu, Donatien peinait à gravir la côte. Augustin fut dépouillé de sa joie sur-le-champ.

John Mc Gahern et lui arrivèrent sur la plate-forme dominant la Planche du Gravier. Son émotion revint au spectacle de la vallée ouverte sous leurs yeux.

— Voilà, dit-il seulement.

Dieu sait pourtant s'il était venu des centaines de fois à la Planche du Gravier. John Mc Gahern répondit :

— Je comprends...

La réussite de la Trézanne tenait aussi à cette vallée verte où les eaux de la Vie s'étalaient en courbes nourrissantes. Les prairies s'y allongeaient. Les chênes y devenaient géants. Une tribu de corneilles avait déjà pris ses quartiers de nuit dans les branches des peupliers du bord de l'eau.

— Robert Martineau, notre prédécesseur à la Trézanne, appelait cet endroit le paradis. Les prairies sont au midi, bien à l'abri des mauvais vents. L'herbe y pousse toute l'année, sans engrais.

John Mc Gahern hocha la tête.

— Vous avez raison de faire de la sélection, reconnut-il. Je n'ai pas de paradis, chez moi, à Slane.

— Nous avons labouré toutes les vieilles prairies, et en avons semé de nouvelles à notre arrivée, précisa Augustin. On a beaucoup travaillé. Même le Paradis était en mauvais état à la fin de la guerre.

— Sans doute, murmura John Mc Gahern, et il posa

amicalement la main sur l'épaule d'Augustin : Vous êtes un bon paysan.

Augustin montra les terres de l'autre côté de la Vie.

— J'ai récupéré celles-là morceau par morceau. Je pense obtenir celles que vous voyez derrière les châtaigniers. Ainsi j'aurai reconstitué la Trézanne dans son intégrité.

La cheminée du village de l'Alouette dont on apercevait les tuiles rouges au sommet du coteau en face répandait une odeur de brûlé. La soirée s'avançait. John Mc Gahern considéra une dernière fois la vallée de la Vie.

— Je me souviendrai de votre Paradis.

Les reflets d'or se ternissaient sur la rivière. Une fumée violette commençait de s'étendre sur la Planche du Gravier. Ils remontèrent lentement. En dépliant ses ailes, la nuit apportait la froidure. Augustin leva le nez au ciel : gèlerait-il ? Il chercha l'étoile du Bouvier. Elle n'était pas encore allumée. Il était trop tôt.

Il la trouva plus tard en sortant de l'étable avec Élise. Le travail du soir était terminé.

— Viens ! dit-il, en saisissant le poignet d'Élise.

— Où m'emmènes-tu ? répondit-elle consentante, habituée à ses élans subits.

Il l'emmena sur le chemin des Farfadets, jusqu'à la Planche du Gravier. La nuit était sans lune, et le ciel étoilé.

— On est venu là, tout à l'heure, avec l'Irlandais, dit-il. Pour la première fois de ma vie, j'ai le sentiment d'être en accord avec ce monde. J'ai eu l'impression, cet après-midi avec lui, d'atteindre malgré tout une sorte de vérité heureuse.

Elle referma les pans de la vareuse d'Augustin, lui boutonna le col.

— La vérité de la Trézanne, dit-elle.

Il emprisonna ses doigts, et les garda serrés dans le chaud de sa main.

— Et toi ? lui demanda-t-il.

— Moi ? Je n'ai vraiment été malheureuse que lorsque j'ai cru qu'on s'était perdu pour toujours. J'ai pensé que nous passions à côté de notre vie. Lorsque nous nous sommes installés dans la boulangerie, j'étais déjà la reine de la Trézanne !

La rivière étalait en bas une flaque d'argent comme si un morceau de ciel était tombé sur la terre. Il porta les doigts d'Élise à ses lèvres et sa moustache, et il y murmura :

— Je n'ai qu'un seul regret, c'est que mon père soit mort. S'il était vivant aujourd'hui, je me ferais connaître. Je lui dirais : c'est moi.

— Tu tiendrais ta revanche.

Il parcourut du regard la ligne noire de l'épaulement de la colline en face contre le ciel.

— C'est dommage de vieillir ! dit-il.

Elle s'appuya de tout son poids contre lui comme elle en avait l'habitude.

— Non, tu ne vieillis pas, dit-elle, tu t'accomplis. Tu acceptes ce que tu ne peux pas transformer. On ne peut pas s'accomplir et ne pas porter les marques du temps.

— J'ai soixante-quatre ans, et des cheveux blancs. Si j'étais plus jeune, j'irais voir le château en ruine de mon père. Il ne doit pas se vendre très cher.

— Qu'est-ce que tu en ferais ? Tu travaillerais jour et nuit pour le remettre en état ?

— Je n'en ferais rien. Ma mère a été servante, là-bas. Elle a été chassée comme une propre-à-rien.

— Tu es bien un Tireau ! s'exclama-t-elle en l'enveloppant de son bras. Tu crois que nous allons réussir tous les jours des ventes comme celle de Généreuse !

— Non. Peut-être Donatien y arrivera-t-il. Tu as vu

comme il s'y donne, comme ses yeux brillaient à table avec Mc Gahern ? S'il n'était pas aussi infirme...

Élise refusa de s'apitoyer :

— Tu en ferais un châtelain !

Elle pensa à Alexina qui voulait devenir vétérinaire. La main d'Augustin avait glissé sur la taille d'Élise. Il l'embrassait, et cherchait ses reins.

— Arrête ! le gronda-t-elle. S'il venait quelqu'un !

— Qui ?

— Je ne sais pas. Émilienne...

— Crois-tu qu'Émilienne se doute que nous faisons encore ce qu'elle fait avec son grand dadais de Maurice ? Moi, à son âge, j'étais à cent lieues d'imaginer que des vieilles barbes de notre espèce pouvaient encore s'amuser à ces sortes de plaisanteries.

4.

La gauche voulut présenter une liste d'union socialiste aux élections municipales du printemps. L'unique partisan communiste du pays était le nouveau garde-barrière, Tricoire, plus ardent à rebâtir le monde devant une bouteille au café qu'à entretenir son jardin sur le bord de la voie. L'idée d'une liste de droite soutenue par M. des Fontenelles et quelques Croix-de-Feu désireux d'en découdre avait aussi fait son chemin. Finalement les électeurs de La Genétouze n'eurent à choisir que sur une seule liste, l'intérêt du scrutin ne résidant que dans les noms rayés et les surcharges au crayon. Augustin avait proposé de se retirer, et son ami Alain Bernard l'avait provoqué en lui reprochant de ne plus vouloir s'occuper des autres maintenant qu'il devenait riche. Augustin s'était contenu. En vieillissant, il devenait coléreux.

— Écoutez, répondit-il, c'est vrai qu'on n'abandonne pas la barque au milieu du gué. Mais je veux que vous pensiez à me remplacer. En 1940, aux prochaines élections, il me faudra un successeur. Il sera temps de renouveler l'équipe.

Il avait ajouté : « si nous sommes encore en vie ». Il voulait sans doute évoquer les troubles qui ne présageaient rien de bon. Il leva son verre, trinqua avec ses amis pour faire oublier les lueurs de colère dans ses yeux bleus.

— À propos, dit-il, les jeunes sont venus à la mairie hier pour me demander un terrain afin d'y jouer au football.

— Tu aurais bien parlé en leur proposant de t'aider à faire téter les veaux à cinq heures du matin. C'est un sport plus utile que de courir bêtement derrière une ballotte ! déclara Zamond Bonnaudet.

— J'ai justement pensé à toi, et à ton pré de la Croix. Il est plat. Il n'y a pas de maison autour.

— Il y a la grande descente du coteau, aussitôt après. S'ils tapent trop fort dans le ballon, ils devront courir le chercher dans le fond. Ça leur développera le souffle, et les jambes !

Donatien se heurtait assez fréquemment à Marcellin, considéré comme un second fils de la maison. Marcellin avait sa chambre à l'étage, à côté de celle de Donatien. Il labourait, cueillait les choux, arrachait les betteraves, par tous les temps, avec beaucoup d'endurance et de courage. Il était grand. Il avait gardé le teint olivâtre de son enfance. Il aimait la terre, à l'évidence, et plus encore Augustin et Élise, reconnaissant d'avoir été accueilli et sauvé par eux à l'époque de la misère.

— C'est notre famille, répétait-il souvent à son jeune frère plus indépendant ; ils nous ont accueillis, ne l'oublie pas.

Il avait vingt-sept ans, et ne semblait penser qu'à son travail. Il se promenait dans les champs, les dimanches où il n'était pas de garde. Il n'avait pas le goût du cinéma.

Augustin reprochait au grand gars :

— Pourquoi restes-tu là, tu devrais sortir. Pense à toi. Il est temps de songer à te marier. Nous ne serons pas toujours là. Pourquoi ne vas-tu pas au bourg ? Les jolies filles ne manquent pas, qui seraient heureuse d'épouser Marcellin Barbillon.

Dans ces cas-là, Marcellin bredouillait :

— Oui, on verra.

Et ses grands yeux sombres se mouillaient comme au temps où, petit valet, Augustin lui commandait des tâches difficiles. Il était bien conscient de n'être pas chez lui à la Trézanne. Il voyait Donatien prendre de l'assurance. Il ne se sentait pas capable d'aller porter son cœur ailleurs. Une seule l'aurait intéressé. Il en gardait le secret. Il l'avait vue grandir, s'épanouir. Et puis un jour il s'était aperçu qu'elle était devenue une femme. Son sourire, ses yeux vifs, sa robe sur ses jambes, lui avaient empli le cœur de bonheur. Il avait refusé d'abord cette vérité comme un péché. Et puis il avait fini par l'admettre : il était amoureux d'Alexina. Il se réchauffait à cet amour impossible. Il en rêvait tout seul. Il en parlait avec ses bœufs.

Donatien était attaché à Marcellin. Mais leurs caractères les opposaient. Donatien ne supportait pas le calme du grand Marcellin. Il lui reprochait de voir trop petit, trouvait que Marcellin ne labourait jamais assez profond, critiquait sa manie de l'économie. Marcellin disait :

— On va mettre un petit filet de nitrate.

Il accompagnait toujours ses remarques de cet adjectif réducteur :

— Veux-tu me donner un *petit* coup de main ? Je boirais bien un *petit* coup.

Donatien lui criait :

— Arrête !

Marcellin, vexé, boudait.

Augustin s'adressa aux deux gars un soir, après manger, pour leur exposer ce dont il était déjà convenu avec Élise :

— Maintenant qu'on a les terres, il faudrait peut-être songer aux bêtes. On n'a rien fait dans les étables, sauf y brancher l'électricité.

Donatien encourageait sans cesse ses parents à moderniser depuis son retour d'école d'agriculture, et il enrageait de ne pas être écouté.

— Doucement, le modérait son père, ne va pas plus vite que le train. Ce n'est pas le frère Guibert ou le frère Dominique qui paient.

L'impatience de Donatien l'inquiétait.

— Il comprend vite, disait-il à Élise, mais il n'a pas de retenue. Il compense son handicap avec des trépignements de chien fou. Il ne prend pas le temps de réfléchir. Il veut toujours être devant les autres.

Élise haussait les épaules :

— Tu ne te souviens pas du chien fou que tu étais à son âge !

Augustin proposa de creuser une fosse à purin. L'élevage de la Trézanne était à la limite de l'insalubrité. Le purin courait dans la cour derrière la maison et s'en allait en rigoles vers le fossé qui finirait par polluer les eaux de l'étang.

Donatien fut aussitôt enthousiaste. La discussion s'engagea sur le lieu d'implantation de la fosse. Augustin voulait qu'elle recueille aussi les efluents de la soue à cochons. Élise, qui n'était pas encore intervenue, suggéra alors :

— Et si on en profitait pour relier la fosse avec un cabinet dans la maison ?

Donatien n'avait même pas connu ce confort à Notre-Dame-de-la-Forêt. Les cabinets de la cour à la turque en plein nord dissuadaient les élèves de s'attarder dans leurs accroupissements. Élise monta chercher le catalogue de la quincaillerie Pompidou qu'elle s'était procuré à la dernière foire, et elle montra des cuvettes de faïence Jacob-Delafon.

La fosse à purin fut creusée à la pioche dans le granit de la Trézanne. Augustin manifesta dans ce travail une opiniâtreté et une résistance enviées par les plus jeunes. Il devint un bloc massif et sauvage affronté au rocher, et il frappa jusqu'à perdre haleine avec une sorte de fureur contenue. La pierre résistait au fer, puis s'émiettait, giclait, dans une gerbe d'étincelles. Lorsque les coups provoquaient une large craquelure permettant de dégager des blocs, un sourire éclairait les traits d'Augustin.

Les frères Rochereau vinrent cimenter la fosse après les gelées, au mois de mars 1936. Ils installèrent Jacob-Delafon dans le cagibi au bout du couloir, sous l'escalier. La caisse de Crédit mutuel prorogeait les amortissements à cause de la crise, ils en profitèrent pour cimenter les allées de l'étable, et remplacer les vieilles mangeoires de bois par des auges en ciment.

La Vendée envoya des représentants de droite à la Chambre aux élections législatives d'avril. Les résultats du scrutin étaient absolument contraires au niveau national. Le Front populaire obtenait une victoire éclatante avec 375 sièges contre 238 au Front national. Les socialistes de la SFIO s'octroyaient la part du lion avec 146 sièges à eux seuls. Léon Blum déclara devant le mur des Fédérés : « Le Front populaire, c'est la Commune. »

L'augmentation des cours de la viande parut de bon augure. La création d'un Office du blé par Georges Monnet pour relever les prix sembla pleine de bon sens. Élise applaudit la proposition Blum d'une école obligatoire jusqu'à quatorze ans. Le fils de Marcel Coindreau, un propriétaire d'Aizenay, apostropha Augustin lors d'une réunion du Syndicat agricole à la mairie. Il se vantait d'avoir été du dernier coup de main des Camelots du roi à Nantes :

— Les cultivateurs ne pourront plus employer leurs enfants à la garde ou à la conduite des bestiaux puisqu'ils seront à l'école. Comment résoudrez-vous leurs problèmes, monsieur le maire ? Vous leur donnerez de l'argent pour payer des ouvriers agricoles ?

Augustin refusa la discussion et se contenta de répondre :

— Je ne suis pas socialiste. Et je ne suis pas au gouvernement.

Augustin se demandait si la France n'était pas en train de gaspiller ses forces dans de stériles querelles droite-gauche. Outre-Rhin, Hitler fourbissait une formidable machine de guerre. Il décidait d'offrir une automobile au peuple, la Volkswagen, faisant passer l'Allemagne du septième au troisième rang mondial, pendant que la production automobile stagnait en France. Ces constatations éveillaient de curieux élancements dans le moignon d'Augustin.

Alexina n'entra pas à l'école vétérinaire de Maisons-Alfort. Elle écrivit à l'école pour y demander les formalités d'inscription. Elle en reçut une réponse négative : le directeur lui-même lui signalait que l'école était réservée aux garçons. Ce métier d'homme, lui disait-il, n'était pas à adapté à la sensibilité féminine. L'amour naturel des animaux chez une jeune fille ne constituait pas une référence professionnelle. Il avait envoyé une autre lettre à la mère supérieure ironisant sur les viriles aspirations des élèves de Saint-Joseph. Alexina convoquée dans le bureau de la supérieure prit conscience qu'elle ne pourrait pas réaliser ses rêves d'adolescente. Cela ne l'empêcha pas d'être reçue au brevet élémentaire.

Elle rencontra Providence. La petite miraculée d'Élie était devenue couturière après le certificat d'études. Elle était demeurée souffreteuse, mais la conscience de son devoir la maintenait. Elle avoua à Alexina son désir de devenir sage-femme. Alexina l'encouragea, et lui proposa de l'aider à préparer le concours d'entrée. Augustin demanda une bourse départementale pour Providence, et l'obtint. En aidant Providence à apprendre ses leçons,

Alexina se découvrit de l'intérêt pour cette profession proche de ses préoccupations. Elles passèrent le concours d'entrée à l'école de sages-femmes de l'Hôtel-Dieu de Nantes ensemble. Ce n'était qu'une formalité pour Alexina qui accueillit le succès de Providence comme une victoire personnelle. La petite couturière au teint gris et aux traits froissés ne se dérida pas :

— Tu ne te rends pas compte, Providence, lui dit l'exubérante Alexina en l'embrassant, tu vas devenir sage-femme !

Providence ne se projetait pas dans l'avenir. Pour l'heure, elle était admissible, mot qu'elle ignorait avant de passer le concours. Elle était contente.

Élise les accompagna toutes deux pour la rentrée à l'Hôtel-Dieu, le premier lundi de novembre. Une pluie fine tombait, balayée par un vent froid du nord. Elles baissaient la tête, chargées de lourdes valises. Alexina s'était fait couper les cheveux à la garçonne, provoquant la colère de son père.

— On ne sait plus si tu es un garçon ou une fille. Tu te donnes des airs que je n'aime pas.

— De fille ou de garçon ? avait répliqué Alexina.

— Tu ressembles, avait bégayé Augustin rougissant, à cette catin de Joséphine Baker, qui danse avec des plumes aux Folies-Bergère !

Élise demanda plus tard à Augustin :

— Je ne savais pas que tu connaissais cette catin de Joséphine Baker. Où l'as-tu rencontrée ?

Augustin haussa les épaules et bougonna :

— J'ai aperçu sa photographie sur le journal.

— Comment l'as-tu trouvée ?

La question insidieuse d'Élise le fit sourire :

— Je reconnais que c'est une belle femme.

— Et tu trouves ta fille aussi belle ?

Il trouvait sa fille plus belle. Même avec les cheveux coupés à la garçonne, et son fichu mauvais caractère.

Le gravier de la cour de l'hôpital roulait sous les souliers. Le vent retourna le parapluie d'Élise. Les cheveux courts d'Alexina étaient collés au bord de ses joues. Providence grimaçait. Les trois femmes s'engouffrèrent dans le vaste hall d'entrée pour monter le large escalier de pierre blanche aux marches usées.

Cheveux courts, ou cheveux longs, Alexina et Providence revêtirent le voile et la croix bleue des élèves sages-femmes de première année. Elle prirent la blouse blanche pour le service, la blouse noire pour le réfectoire.

De longs poils de vieillard croissaient sur le pelage de Rosier. Donatien les lui coupait, sur le dos, entre les cuisses, au bord des lèvres. Il taillait les longs sourcils blancs qui lui donnaient son air triste. L'animal continuait de promener la carriole des Vernageau, de ramener les vaches des foires. Augustin aurait aimé le remplacer à cause de sa lenteur. Il savait qu'il tuerait sans aucun doute son vieux serviteur en lui enlevant sa raison d'exister, et puis Donatien lui en voudrait. Il était fier aussi de montrer sa fidélité à son vieux cheval blanc, alors qu'on lui reprochait son goût pour la modernité.

Mais Rosier se mit à tousser en février. Il resta plusieurs jours couché. Les frictions à la térébenthine, les potions à base de fer et de vin blanc lui redonnèrent un peu d'énergie. Il sortit faire quelques pas dans la cour. Le médecin Herbreteau, rendant visite au père Esnard malade de la grippe, accepta d'examiner Rosier. Il écouta son cœur, son souffle :

— Il n'y a rien contre la vieillesse ! soupira-t-il.

Comme Rosier toussait, il diagnostiqua une bronchite. Le vieux coursier se coucha un soir, et ne se releva plus. Il parvint à tourner encore sa tête osseuse et blanche plusieurs matins lorsque Donatien ouvrait sa porte en tablier bleu d'écurie. Il ne la bougea pas le matin où le froid figea l'eau entre les pavés de la cour. Il gelait dur. Le ciel était gris d'acier. Rosier avait posé la tête entre ses genoux, et fermé les yeux.

Les Vernageau ne voulurent pas le remplacer. Augustin avait appris que le patron des Caves du Poitou était décidé à vendre sa Ford. Il avait repéré cette automobile à roues aux rayons de bois qui n'avait pas de levier de changement de vitesse, permettant à un manchot de la conduire. Elle n'était pas rapide. Elle n'avait que deux vitesses. Augustin acheta la Ford avant de passer son permis. Comme l'inspecteur n'avait pas de véhicule pour les manchots, Augustin passa son permis sur la Ford, accompagné d'Alain Bernard, et il rentra à la Trézanne au volant.

L'automobile lui permit de prospecter les foires plus lointaines. Il développa son commerce avec les frères Delpeuch. Les cours montaient.

— Si ça ne sentait pas la guerre, dit-il, après avoir réveillé Élise une nuit, très tard, en rentrant de la foire de Clisson, je crois que je ferais des folies...

— Lesquelles ? demanda-t-elle, la tête blottie dans la chaleur de l'oreiller.

De la salive mouillait la taie.

— On est passé près du château de mon père, au Deffend. Donatien ne le connaissait pas. Il faisait noir. On n'y voyait pas bien. Il n'y a quasiment plus de parc. La chaîne qui ferme l'entrée est tombée. Donatien a vite compris. Le Deffend n'est qu'à quinze kilomètres. Il nous voyait déjà y conduire des bêtes. Avec la Ford, c'est faisable. Je l'ai freiné dans son élan. Mais c'est vrai que s'il n'y avait pas cette saloperie d'Anschluss... As-tu entendu quelque chose à la radio ? Qu'est-ce qu'il a dit, Blum ?

— Rien de spécial.

Élise se poussa pour laisser un peu de place chaude à Augustin. Il vint contre elle, pour prendre encore plus de chaleur. Il saisit la poire à la tête du lit, et éteignit. Élise était maintenant complètement réveillée. Elle se retourna vers Augustin :

— Si je comprends bien, tu es content, tu as dissuadé Donatien, il y a l'Anschluss, mais tu as semé ton idée. On ne sait jamais, si cela s'arrange, un jour cela peut germer...

— Est-ce que semer n'est pas la première tâche d'un paysan ?...

Un jeune abbé Gautier était vicaire à la paroisse voisine. Il parcourait la campagne sur un vélo d'homme, le bas de sa soutane déboutonné et fixé aux mollets par des pinces, la tête couverte d'une casquette écossaise de gardien de but, poste qu'il ne rechignait pas à occuper lorsqu'il venait retrouver les jeunes sur le terrain de foot de la paroisse. Ses confrères circulaient à vélo de femme. Donatien avait mesuré l'ennui des réunions d'action catholique avec le curé Pavageau, comparées aux réunions de secteur avec l'abbé Gautier, et il avait inventé des prétextes pour rejoindre le jeune abbé. Il avait participé au congrès national de la JAC à Tours. Il était monté à la tribune et s'était signalé par une déclaration vigoureuse au nom de sa section en faveur de la solidarité paysanne, si bien que l'évêque avait demandé à saluer ce farfadet, de petite taille, totalement déhanché, qui avait traversé si vaillamment l'estrade.

À vingt ans, son handicap était évident. Il mesurait un mètre cinquante-six, son déhanchement faisait saillir ses reins, balançait ses bras, lui donnait un air de constante application dans ses déplacements. Il se déplaçait pourtant constamment. On aurait dit qu'il se vengeait de son infirmité en multipliant les motifs d'agitation. Élise s'asseyait parfois sur le banc, à table, auprès de lui. Elle appuyait la main sur sa jambe alors qu'il s'apprêtait à se lever :

— Arrête-toi un peu ! Souffle ! Tu as le temps.

Il souriait à sa mère, posait la tête sur son épaule pour la câliner. Il était prêt à sauter sur sa bicyclette pour foncer n'importe où. Il menait les débats des réunions de JAC, en bégayant parfois de passion, sur des sujets comme l'incommodité de l'habitat, le manque d'hygiène, la promiscuité familiale, le machinisme nécessaire, la migration vers les terres libres des Charentes. L'abbé Gautier s'appuyait sur lui :

— Quand je peine à trouver un sujet pour nos réunions, disait-il, je me tourne vers le farfadet. Il a toujours les idées qui se bousculent !

Le farfadet ne savait pas qu'il ressemblait à un saint Jean-Baptiste. Il avait les traits fins de sa mère, et son visage en était presque féminin. Sa chevelure était drue et bouclée comme celle de son père, et son œil bleu parcouru d'éclairs. Il était entouré d'une majorité de filles à ses réunions d'action catholique, et il se plaisait au milieu d'elles. Trois étaient chargées avec lui de responsabilités dans le mouvement : Léonne Bernard, la fille d'Alain, Jeanne Buet, dont le père était métayer des Fontenelles, et Maria Massuyau, fille de l'instituteur d'Aizenay. Elles étaient venues plusieurs fois à la Trézanne, appuyant ferme sur les pédales pour ne pas être distancées par Donatien.

— Crois-tu que l'une d'elles s'intéresse à lui ? avait demandé Augustin.

— Regarde comme leurs robes volent, avait murmuré Élise, comme elles dressent la tête sous leurs chapeaux.

— Elles lui tournent autour comme des génisses, s'amusa Augustin. Si seulement c'était vrai, mon Dieu !

Les photographies de l'époque sont beaucoup plus nombreuses. Elles ont été prises par Donatien, passionné comme son grand-oncle par la photographie. Il a mitraillé autour de lui. On voit des paysages : la Planche du Gravier, le chemin des Farfadets, la chapelle du moine. Beaucoup de scènes sur le vif : Augustin au volant de la Ford, Élise à la fenêtre enlevant les fleurs fanées de géraniums, Marcellin la tête appuyée au flanc d'une vache, en train de traire. Il y a des photos d'animaux. Celle de Charleston a dû figurer longtemps dans un cadre. Elle est jaune. L'animal porte une médaille à l'encolure. Il en est très fier.

Il y a aussi « Donatien et les trois Grâces ». Laquelle est Léonne, Jeanne ou Marie ? Ils sont à bicyclette, devant le buis de la cour. Donatien, légèrement en retrait, a un faux air zazou à la mode, les cheveux collés par de la gomina, la chemise blanche à la cravate négligemment desserrée. Les filles portent des robes légères serrées à la taille par une large ceinture.

Deux jeunes filles sont assises côte à côte au bord d'un lit de fer, sur une autre photo. On croirait des religieuses novices, à cause du voile marqué d'une croix. Mais des cheveux s'échappent des voiles. Elles sont jolies elles aussi, Alexina et Providence. Celle qui s'abandonne est Alexina. On ne voit d'abord qu'elle. Providence n'est plus la jeune fille rentrée et maladive, elle a l'air hardi et volontaire.

5.

Manuel et Pilar Martinez-Cordoba vinrent occuper deux petites pièces dans une venelle de La Genétouze, au début de l'année 1939. Les actualités Pathé avaient montré les atrocités de la guerre d'Espagne à la salle Notre-Dame. Les gendarmes des Moutiers montèrent plusieurs fois à La Genétouze pour vérifier les identités des Espagnols et de leurs sept enfants, car ces réfugiés de Navarre auraient dû se trouver dans un camp de regroupement dans le Sud. Augustin fournit des certificats de travail à Manuel Martinez-Cordoba et à sa femme. Leurs enfants furent inscrits à l'école. Les Navarrais ne furent plus inquiétés.

Le curé Pavageau, le premier, donna l'exemple, un dimanche, au commencement de la messe. Tous les bancs étaient occupés, et les Martinez arrivés en retard étaient debout contre la porte du fond. Le curé entra dans le chœur les mains jointes, salua l'autel, et se tourna aussitôt vers l'assemblée :

— Avancez, dit-il en s'approchant de la Sainte Table, il y a de la place devant.

Les Martinez-Cordoba hésitèrent, comprenant très mal le français. L'un des fils, plus familiarisé avec la langue, traduisit. Pilar remonta la grande allée centrale, suivie de ses quatre filles, la tête couverte de mantilles noires, les manteaux souffreteux ; les trois garçons suivirent, les pantalons tirebouchonnés, et Manuel, le chapeau à la main. Le curé Pavageau entonna l'*Asperges me.*

L'invasion de la Pologne, le 1er septembre, ne surprit pas Augustin. Il avait compris depuis longtemps qu'on était entré dans une logique de guerre, et n'avait pas applaudi aux accords de Munich comme Alain Bernard avec lequel il s'était querellé. L'arrivée des affiches de la mobilisation générale à la mairie le frappa pourtant de stupeur, et il demeura prostré devant la table de bois tachée d'encre. Il avait trop de mémoire. Les images du cauchemar revenaient fidèles. Les bruits ordinaires de la guerre cognaient dans sa tête. Les odeurs tièdes, écœurantes du sang et des viscères le suffoquaient. Il revoyait la même scène, mille fois revécue. Il s'avançait avec son copain Le Covec, chargé de bouteillons de vin, en direction des premières lignes. Il bondissait au croisement de la tranchée des Veuves. Et l'obus explosait dans une déflagration de fin du monde.

La vie continua, étrange, pendant cette première année de guerre. Les affaires s'amélioraient. La demande militaire dopait les cours du blé et de la viande. Après quelques semaines d'arrêt, comme tout le monde, Augustin reprit le chemin des foires. Il monta à La Villette rencontrer les frères Delpeuch. L'un d'eux portait le béret basque sur l'oreille gauche, montrant sa sympathie pour les Croix-de-Feu.

Puisque la vie continuait, Élise encouragea Augustin à commander un crépissage neuf pour le logis de la Trézanne aux frères Rochereau. Ils vinrent au mois de mars, et dressèrent leurs échafaudages devant la façade. Ils nettoyèrent le granit des linteaux et du perron. Ils changèrent des crochets à la couverture d'ardoises, et y enlevèrent la mousse. Donatien peignit en vert bronze les grandes grilles et la porte de l'entrée. Le gouvernement

Daladier fut renversé pendant ces jours-là, et remplacé par celui de Paul Reynaud, partisan de la lutte à outrance. Les troupes allemandes débarquèrent en Norvège et occupèrent Narvick sans coup férir. Les Franco-Britanniques envoyèrent un corps expéditionnaire, et Paul Reynaud proclama à la TSF : « La route du fer est et restera définitivement coupée ! »

Marcellin était à Lunéville, le grand Maurice à Compiègne. Émilienne revenait les yeux rouges à chaque fois qu'elle s'était isolée pour lire la lettre de Maurice.

Donatien n'osait plus sortir, honteux d'être là comme Félix, le pied-bot des Juraires, et Gagou, l'innocent de la mère Mandin. Il n'avait rien dit à ses parents, mais il était allé frapper à la porte du bureau de recrutement à la caserne lors de la foire d'octobre à La Roche. Un gros gradé d'adjudant l'avait regardé s'approcher de sa table. Donatien lui avait demandé :

— Croyez-vous que, tel que je suis, je puisse m'engager ?

L'adjudant l'avait considéré de ses gros yeux bleus, il avait haussé des sourcils ennuyés et esquissé le geste de se lever en soupirant. Donatien ne lui avait pas laissé le temps d'en dire plus.

— J'ai compris !

Et il s'était sauvé.

L'atmosphère était bizarre à cause de l'absence d'hommes jeunes. Un silence anormal durait sur le village. Les communiqués de l'état-major étaient pourtant rassurants. Les photos montraient des soldats barbus et hilares sculptant des cannes. Maurice Chevalier chantait pour le Théâtre aux armées. Des chariots apportaient des barriques dans les cantonnements et les soldats tendaient leurs verres avec un sourire pour le photographe. On aurait dit des vacances dans les auberges de jeunesse mises à l'honneur par les congés payés.

— Est-ce qu'ils ne seraient pas mieux à travailler avec nous, plutôt qu'à perdre leur temps et prendre de mauvaises habitudes ? disaient les femmes.

Elles commandaient. Les vieux se taisaient. Les enfants filaient.

Sixième partie

L'étoile du Bouvier

Les Allemands arrivèrent à La Genétouze le 30 juin. Ils étaient en Vendée depuis plusieurs jours, mais n'avaient pas encore investi les campagnes. Un neveu de Zamond Bonnaudet était arrivé chez lui, épuisé, l'uniforme en lambeaux, quelques jours plus tôt, en compagnie d'un camarade de Charente-Inférieure.

— On les a sur les talons depuis Troyes. On s'est mêlé aux réfugiés.

Mais on était sans nouvelles de tous les autres. Il était question de combats violents sur la Loire, et de centaines de milliers de prisonniers. À la radio on entendait les sirènes des Stukas et le bruit de râteleuse des mitrailleuses. On avait vu passer des convois de camions et de matériel allemands, dissimulé derrière une haie de la grand-route.

Les feuilles clignotaient dans le vent chaud, l'après-midi du 30 juin. Le temps avait été favorable aux foins, et il ne restait plus une charretée à rentrer à la Trézanne. Augustin et tout le personnel, du plus jeune au plus vieux, Manuel et Pilar compris, s'étaient vengés sur le travail. Un beau foin bien sec remplissait la grange, mais on lui trouvait un goût amer. Son abondance avait quelque chose d'absurde par les temps qui couraient.

La moisson des orges mûres aurait dû commencer aussitôt. Mais Augustin avait dit à Élise :

— Les orges peuvent attendre. La versenne est loin. Je veux être là quand ils vont venir.

C'était une question d'heures. Un gendarme réserviste avait prévenu la veille au soir que les Allemands étaient aux Moutiers. Augustin était allé au bourg, et avait conseillé la prudence, recommandant de ne pas s'éloigner des maisons. Les champs étaient vides. Même les troupeaux étaient rassemblés dans les clos autour des étables.

Manuel surgit sur une bicyclette, à grands coups de pédales. Il freina si fort qu'il dérapa. Il se releva, le pantalon gris de poussière :

— *Llegan ! Llegan !* cria-t-il.

Et puis en français :

— Les voilà !

— Où ça ? Chez nous ? demanda Augustin, incrédule.

Il se tourna vers l'allée, et tout le monde écouta avec lui. La campagne bruissait comme de la friture. Une hirondelle fendit le bleu du ciel et piqua vers son nid sous l'avant-toit de la boulangerie. Le vélo de Manuel était abandonné par terre. Élise leva le doigt sur le perron :

— Écoutez !

En effet, on entendait bien un bruit de moteur qui se rapprochait. Augustin dit à Donatien :

— Rentre vite ce vélo, et montez à la maison.

Le bourdonnement avait augmenté. Le soleil ne laissait qu'une étroite ligne d'ombre le long de la maison. Manuel gravit les marches devant Donatien qui s'arrêta auprès de sa mère et de sa sœur immobiles contre la rampe de pierre. Augustin était planté au soleil, dans le milieu de la cour, la casquette de coutil sur le front, la manche de sa chemise à carreaux remontée par-dessus le coude, le bras de bois du vieil Anselme pendant sur le côté.

— Tu rentres, toi ! dit-il fermement à Élise.

De la poussière s'élevait entre les acacias de l'allée.

— Rentrez ! dit-elle à Donatien et à Alexina.

De la main, elle poussa doucement son fils derrière elle. Donatien et Alexina reculèrent.

— Et si je ne veux pas rentrer ? demanda Élise.

Les travaux de printemps avaient tanné la figure d'Augustin.

La sueur luisait sur l'à-plat des joues.

— C'est moi le maire. C'est moi qui commande... Ils ont besoin de toi à l'intérieur, articula-t-il tendrement.

Ils étaient face à face. Elle était belle encore d'une beauté qui dure, malgré les rides, la jupe ballonnée par le vent chaud. Il pensa : on la dirait enceinte. Et elle le vit sourire. Et elle fronça les sourcils. Elle avait toujours le même visage en triangle, élargi vers le haut en un front buté frangé de la chevelure blanchissante. Elle croisait les bras sur sa poitrine, qu'il aimait emprisonner dans sa main.

Vingt-deux ans avaient passé, et c'était comme un jour. L'eau continuait de couler dans le lit de la Vie. La guerre était revenue. Tout était peut-être à recommencer. Rien n'est jamais fini dans les travaux des hommes. Il ne savait pas s'il avait encore assez de forces pour lutter.

Élise le voyait pourtant solide comme le rocher, ses cheveux blancs en boucles sur le front, le cou épaissi, les épaules larges. Elle se fiait à son œil bleu pervenche qui l'avait séduite tout de suite, la première fois, et qui n'avait pas perdu de son éclat. Le grondement dans l'allée grossissait. Augustin porta la main à son moignon en grimaçant et la laissa glisser le long de la prothèse. La vieille douleur lancinante était revenue. Élise le voyait souffrir. Son moignon lui faisait mal, mais, pis encore, il avait l'impression qu'on enfonçait des épingles dans son poignet absent. Il dit à Élise, en s'excusant de sa détresse :

— Reste.

Elle s'approcha. Augustin leva le nez au ciel. Élise comprit qu'il cherchait la place de leur étoile dans l'aveuglement du soleil.

L'étoile du Bouvier

Les photographies de l'époque ont été développées en sépia. Donatien venait de découvrir le procédé de coloration au bromure.

Un œil non averti prendrait la photo datée du 1er juillet 40 pour un cliché raté, sous-exposé. Elle est d'un brun-rouge quasi uniforme. Mais il y a cette date. À y regarder de plus près on soupçonne un essai de pose avec le Kodak peu destiné à cet usage. On distingue des grains blancs, çà et là, au milieu du brun. Et puis soudain l'image s'illumine : le photographe s'est essayé à fixer le ciel, cette nuit de juillet 40. D'une certaine manière, il y est parvenu. On repère le chariot de la Grande Ourse et, en dessous, sur le côté, la coulée blanche de la Constellation du Bouvier. Arcturus y scintille, baptisée par Élise l'étoile du Bouvier.

L'Épinay
juillet 1996-septembre 1997

TABLE

Ouvrage photocomposé par Nord Compo
Villeneuve-d'Ascq (Nord)

Cet ouvrage a été réalisé par la
Société Nouvelle Firmin-Didot
Mesnil-sur-l'Estrée
pour le compte de France Loisirs
en octobre 1998

Cet ouvrage est imprimé
sur du papier sans bois et sans acide.

Dépôt légal : octobre 1998
N° d'édition : 30422 – N° d'impression : 44179

Imprimé en France